The Question of Bruno

Aleksandar Hemon

ブルーノの問題

アレクサンダル・ヘモン

柴田元幸　秋草俊一郎 訳

書肆侃侃房

ブルーノの問題

The Question of Bruno

THE QUESTION OF BRUNO
by Aleksandar Hemon

装幀　緒方修一

サラエヴォに

妻に

contents

島

Islands

1

僕たちは夜明けに起きて、卵黄みたいな太陽を無視し、ネイビーブルーのオースティンにスーツケースを積み込んで海岸までまっすぐ車を走らせ、僕がおしっこをするためにサラエヴォの町はずれで一度停まっただけだった。道中ずっと、僕は共産党の歌を歌っていた。悲しみに暮れる母が死んだ息子を捜して墓を見て回る歌。蒸気機関車みたいに湯気の立つ、鋼《はがね》の硬さの革命歌。ストライキ中の坑夫たちが死んだ同志を埋葬する歌。海岸に着いたころには、もうほとんど声が嗄《か》れていた。

2

僕たちは細長い石造りの桟橋で船を待った。サンダルを脱いだとたん、石で足の裏が焼けた。空気はうだるように熱く、海のオゾンと排気ガス、それとココナツの日焼け止めの匂いがあたりに満ちていた。日焼け止めは写真を撮ろうと桟橋の端に並んでいる、すでに赤く焼けてシェラックを塗ったみたいになっているドイツ人観光客たちから匂ってくるのだ。糸のような水平線から、煙の薄いストッキングがたなびくのが見え、それから船自体が見えて、子供の描いた絵みたいにいくぶん傾《かし》いだ姿がだんだん大きくなっていった。僕は七人の小人全員が描いてある丸い麦わら帽をかぶっていた。帽子が短い、まだらの影を僕の顔に投げかけて、大人を見るには頭を上げないといけなかった。そうしないと、見えるのは節くれ立った膝、シャツに広がる汗のしみ、太腿に浮かぶ贅肉のたわんだ皺だけだった。ドイツ人のうちの、骨張ったお爺さんが膝をついて桟橋の縁から吐いた。ゲロが水面に当たり、それから、子供たちがかくれんぼの鬼から逃げるみたいに四方に散らばっていった。波に脈打つ、黄土色と栗色の吐物が作る島の下にアルミニウムの魚が群がってきて、もぞもぞ気難しげにそれを噛んだ。

3

船はひどく古びていて、鋼鉄の階段はペンキが剝げかけ、手すりは錆の薄片に覆われて指を切りそうだった。階段はねじれたタオルみたいに上昇する螺旋《らせん》を描いていた。「ようこそ」と、無精ひげを生やした、船の絵のTシャツを着た男の人が言った。絵の船は蛇みたいな煙を吐きながら波の上でぐらぐら揺れ、その上空に、口にU字のスマイルを浮かべ両目がウムラウトを作っている太陽が浮かんでいた。僕たちは上の方のデッキに座り、船はつつましい波の上を、喘ぎ、ゲップを吐きながら跳ねていった。一直線に連なった、道路脇に並ぶ事故車みたいな小さな島々の前を船は通り過ぎ、僕が両親に「これってムリエト？」と訊くたびに「違う」と言われた。石化した島々のひとつの陰から、鬼火に削られた風が飛び出してきて僕たちに襲いかかり、僕の頭から麦わら帽をもぎ取って海へ放り投げた。帽子が上下に揺れながら遠ざかっていくのを僕は見守った。髪が頭蓋に、ヘルメットみたいにべったり貼りついた。もう自分が絶対、二度とその帽子を目にしないのだということを僕は悟った。僕は時間を逆戻りしたかった。腹黒いつむじ風に顔を襲われる前に、帽子をがっちり押さえつけたかった。船は見るみる帽子から離れていき、鼻汁みたいな緑色の海の上で帽子はベージュ色のしみに変わっていった。僕は泣き出して、泣き疲れて眠りに落ちた。目が覚めると、船はもう桟橋に入っていて、その島がムリエトだった。

4

ユリウス伯父さんがいかめしい、湿ったキスを僕の頬に押しつけた。伯父さんの口の隅が僕の口の隅に触れ、鼻の下に唾の点を残していく。でも伯父さんの唇はナメクジみたいに柔らかで、そのうしろには何も支えがない感じがした。桟橋を離れながら、入れ歯を忘れてきたんだと伯父さんは言って、嘘でないことを見せようと、僕に向かってニッと笑い、朱色の傷あとのあるピンク色の歯ぐきをむき出しにした。伯父さんはパインのオーデコロンの香りをぷんぷんさせていたが、腐敗の臭《にお》いを含む風が内臓から漏れて、香りの雲をつき抜けて出てきた。僕は母さんのスカートのなかに顔を隠した。伯父さんが鼻を鳴らして笑うのが聞こえた。「ねえ、もう帰ろうよ！」と僕は叫んだ。

5

熱を発散している、荒れはてた曲がりくねった道路を僕たちは歩いていった。ユリウス伯父さんのサンダルがかたかたと心地よいリズムで鳴っていて、僕は眠くなってきた。道路ぞいに、こんもりと茂った、でも緑はない藪《やぶ》があった。ムリェトには昔ものすごくたくさん毒蛇がいたから、みんないつも家のなかでもゴムの長靴をはいてたんだぞとユリウス伯父さんは言った。蛇に噛まれるなんて、蚊に刺されるのと同じくらい日常茶飯事だったよ。噛まれたらすぐ、毒が回らないうちに、噛まれた部分の肉をこそぎとるんだ。みんなそういうことを心得ていたんだよ。蛇には鶏や犬も殺されたな。一度、牛乳の匂いに惹かれて蛇がやって来て、眠ってる赤ん坊の上に丸まってたこともあった、と伯父さんは言った。それから誰かが、マングースっていう動物は蛇を喜んで殺すと聞いたんで、みんなでアフリカに男を一人送り出して、マングースを何匹か連れ帰らせて島に放したんだ。蛇はものすごくたくさんいたから、マングースたちにはまさに天国だった。何マイル歩いても、聞こえるのはもっぱら蛇のしゅうしゅうという声、マングースの叫び、それに藪のなかのバタバタガサガサという音ばかりだった。でもやがてマングースたちは蛇を残らず殺してしまい、すごい勢いで繁殖したものだから、島は彼らにとって小さすぎるほどになった。鶏たちが消えはじめ、猫も同じだった。狂犬病にかかったマングースがいるという噂が立ち、天国で近親交配した挙げ句に化け物マングースが生まれたんだと言い出す連中もいた。今度はみんな、どうやってマングースを退治するかに頭を悩ませるようになった。世の中そういうものさ、と伯父さんは言った。厄介の種は次々出てくる。革命みたいにな。人生ってのは要するにろくでもないことの数珠《じゅず》つなぎなのさ、と伯父さんは言って立ちどまり、左足のサンダルから小石を取り出した。ちっぽけな、灰色の小石を伯父さんは、自分の正しさを示す、反駁の余地なき証拠を差し出すかのように僕たちに見せた。

6

伯父さんが門を開け、僕たちは小さな整然とした菜園のなかを通っていった。通り道の両側に、太いトマトの茎が番兵みたいに並んでいた。伯父さんの奥さん（あれがそうだ、と伯父さんが指さした）が中庭に立っていた。奥さんは真ん中にずんぐり小さなジャガイモがある一斤のパンみたいな顔をしていて、両手を腰に当てて肘をつき出し、ふくらはぎには打ち傷やいまにも破裂しそうな血管がたくさんあって、くるぶしはむくんでいた。足は裸足で、両方の親指が曲がっていた。こんな奴は嫌だ、とおたがい思ったみたいに、ある一点でいきなりそり返っているのだ。奥さんは両の手のひらで僕の頭を包み、ぐいと上向けにねじってから、僕の口に自分の口を当てて、生温かい唾液の厚い層を残していった。僕は急いでそれを肩になすりつけた。リュドミラ伯母さん、というのが奥さんの名前だった。

7

プラスチックの海水浴用おもちゃを詰めた袋を引きずりながら、僕はすたすたと軽快に歩く両親のあとを追って、家の側面にあるコンクリートの階段を苦労してのぼっていった。階段は一段一段縁《ふち》が鋭く、呑気そうな花たちの鉢植えが、蠟燭《ろうそく》を捧げ持つ召使いたちみたいに手すりの側に並んでいた。

8

部屋はラベンダーと、蚊とりスプレーと、アイロンかけ立ての清潔なシーツの匂いがした。くねくね曲がった島の航空写真があって（ムリェト、と右下隅に書いてあった）、同志チトーの笑顔の白黒写真が反対側の壁にあった。窓の下の床のあちこちに、いまだ急襲から立ち直れぬ蚊がいた。緑に光る大きな蝿や、蜂がところどころに混じっている。そばへ寄っていくと、僕が動いたせいで空気が揺れたからか、蚊たちはまた急襲かと思って退却するみたいに、すうっとさざ波を描いて離れていった。

9

僕はベッドに寝転がり、風にふくらんだカーテンがぱたぱた鳴る音を聞き、ムリェトの写真を眺めた。長方形の湖が二つ、たがいに触れあうようにして写真の島のてっぺんに広がり、その一方の湖のなかにもうひとつ島があった。

10

目が覚めると、夜は蟬のうなりに満ちていた。島のエンジンのうなりといった風情で、一瞬も休まず鳴っている。みんなは外に出て、組格子に絡みついた蔦《つた》のとばりが頭上に広がるテーブルを囲んで座っていた。黒いワインが一杯に入った首の長いカラフェが、車軸みたいにテーブルの真ん中に置いてあった。ユリウス伯父さんが喋っていて、みんなが笑った。伯父さんは目をぎょろつかせ、身を乗り出す。片方の握りこぶしをつき出し、開くと、人差指は僕の母さんと伯父さんの奥さんとのあいだの空間を指していた。やがて手はこぶしに戻っていくが、指はまた現われて、その先端がテーブルをとんとん、電報を送るみたいに叩いた。やがて伯父さんは喋るのをやめて、最初の位置に引っ込み、みんなが笑うのをただ眺めた。

11

ユリウス伯父さんが言った。「ボスニアに養蜂を持ち込んだのはわしらウクライナ人なんだ。ウクライナ人が移ってくるまで、土着の連中はただ、蜂を泥と藁《わら》でできた巣に入れて飼って、蜜が必要になったら硫黄を使って皆殺しにするだけだった。わしのお祖父さんはボスニアに来て三年後には蜂の巣を五十個持っていた。亡くなる前は長いあいだ病気だった。亡くなった当日、蜂たちのところへ連れていってくれと頼むので、みんなで連れていった。お祖父さんは巣のそばに何時間もとどまって、しくしくしくしく、さんざん泣きじゃくっていた。そして寝床に戻されると、一時間後に亡くなった」

「死因は何だったの？」リュドミラ伯母さんが訊いた。

「赤痢さ。あのころは赤痢で年じゅう人が死んでいた。ひたすら下痢が続いて死ぬんだよ」

12

僕は階段を降りていって、喉が渇いた、と伝えた。リュドミラ伯母さんが僕の右側の暗い片隅に行くと、突然こうこうと明かりが点いて、大きな木の蓋のあるコンクリートの箱が現われた。伯母さんは蓋をとって、ブリキのカップをつかみ、片腕を箱のなかにつっ込んだ。僕はその水槽のところに行って（そう、要するに水槽だったのだ）のぞいてみた。向こう側の壁に白いナメクジがいた。ナメクジが上にのぼっている最中なのか、僕らがいきなり出現したせいで凍りついてしまったのかはわからなかった。背中の露がきらきら光って、ナメクジは切り落とされた舌みたいに見えた。僕はリュドミラ伯母さんの方をちらっと見たが、伯母さんは何も気づいていない様子だった。伯母さんは僕にカップを差し出したけれど、僕は首を横に振って、飲もうとしなかった。ナメクジだけでなく、水自体も濁って見えたのだ。

それで伯母さんたちは代わりに冷えたスイカを一切れ持ってきてくれて、僕は半眠りの頭でスイカをもぐもぐ嚙んだ。「だらしないなあ」とユリウス伯父さんが言った。「これが飲めないなんて！　喉がものすごく渇いて気が変になりそうになって、水、水、水！　それしか考えられなくて、なのに水はない、なんてことになったらどうするつもりだ。お前、いくつだ？」

「九歳です」と僕の母さんが言った。

13

アルハンゲリスクの収容所にいたときの話を僕たちは伯父さんから聞かされた。スターリンと議会とで新しい法律を考案し、学校に何度も遅刻したり、理由もなしに何日か休んだりした子供は半年から三年収容所に入れられることになった。そういうわけで、一九四三年、アルハンゲリスクの収容所に突如子供が大勢送られてきた。みんな僕より少し大きいだけの、十二歳とか、十五歳とかの子供だった。子供たちはそんなところに連れてこられて、何をしたらいいかもわからなかった。それで囚人たちは、一番見た目のいい子供たちを自分の宿舎に連れていって、飯を食わせてやり、わかるだろう（と伯父さんは言ったが僕にはわからなかった）、虐待したのさ。そういうことさ。寒かったから、子供たちは蝿みたいにばたばた死んでいって、暖かい衣服もなくなって、割りあてられたわずかな食べ物や水を護って保存するすべも知らなかった。「保護者」がいる子供しか生き残れなかった。そこにヴァニカという名前の男の子がいた。痩せこけた、十二歳くらいの、金髪で青い瞳の子だった。ヴァニカは自分より弱い子から食べ物を盗み、何人もの保護者に体を預け、看守に賄賂を渡して生き延びていた。あるとき——たぶん囚人たちとウォッカを飲んでいたんだな——ヴァニカは叫び出した。「ありがとう、われらが指導者、幸せな子供時代を！」。精一杯声を張り上げて、「ありがとう、スターリン、幸せな子供時代を！」と叫んだ。みんなは銃の床尾でヴァニカを叩きのめし、彼を連れ去った。

14

「そういう話、この子の前ではやめてくださいな。怯えて眠れなくなってしまいます」

「いや、聞かせなさい。知っていた方がいいんだ」

15

やがてユリウス伯父さんは別の収容所に送られ、さらにまた別の収容所に送られ、そのうちにもうどれだけの時間をいくつの収容所で過ごしたのかもわからなくなった末に、シベリアに行きついた。

ある春、伯父さんの仕事は、霜の解けかけた地面に大きな墓穴を掘って、死体の山を大きな荷車に載せて運んできて、穴のなかに詰め込むことだった。墓ひとつにつき五十体というのが規定量だった。時には、規定を満たすために、すでに穴に入れた死体の山を靴で踏んづけてスペースを作らねばならなかった。伯父さんはものすごく大きなブーツをはいていた。ある日、監禁独房に死人が一人出たと言われて、荷車を押していって、死体を荷車に載せた。そして荷車を押していると、死体がうめき声を上げた——「死なせてくれ！　死なせてくれ！　死なせてくれ！」。わしはすっかり怯えて、自分も危うく死にそうになって、へなへなと倒れ込んだ、と伯父さんは言った。相手はなおも「死なせてくれ！　生きていたくない！」とうめきつづけた。そこでわしは荷車をバラックの裏まで押していって、かがみ込んでそいつを見てみた。やつれ果てて、歯は一本も残っていなくて、耳も片方なくなっていたが、目はどこまでも青かった。ヴァニカだった！　でも、ああ、すっかり老けて見えた！　それでわしが、取っておいたパンのかけらをやって、君のことは覚えているよと言ったら、こんな話をしてくれたのさ。

16

連れ去られたヴァニカは、何日も痛い目に遭わされ、ありとあらゆるひどい仕打ちを受けた。やがて別の収容所に移されたが、そこでもずっと問題を抱えていた。そうしない方が身のためだとわかっていても、また余計なことを言ってしまうのだ。自分より弱い連中から盗むすべは心得ていたし、気に入ってくれる大人たちもまだいた。みんなから睨まれていたユダヤ人の男を、トランプ博打で負けたあとに殺したことで一目置かれるようにもなった。さらに人を殺した。すさまじい悪を為《な》し、生き延びるすべを身につけた。だがどうしても、口をつぐむことだけはできなかった。こうして彼は、最悪の囚人が送り込まれる島に連れてこられた。一番近い監視人といっても、五十キロくらい離れた海岸にいる。囚人連中は自分たちだけで放っておかれ、狂犬みたいに奪いあい、殺しあうのだ。月に一度、監視人たちがやって来て、食べ物を置いていき、死体と墓を数えて、海岸の宿舎に戻っていく。そしてある日、ヴァニカとほかの囚人二人が、何人か囚人仲間を殺して食べ物と衣服を奪い、徒歩で海岸へ向かった。その冬はものすごく寒くて、松の木が毎日、マッチみたいにぽきぽき折れていた。だから、監視人たちの目さえ逃れれば、凍った海峡を歩いて渡れると考えたのだ。だが彼らは途中で道に迷い、食べ物もなくなった。ヴァニカは残り二人のうち一方と目で合図を交わし、もう一方を殺すことにした。こうしてそいつを殺し、その肉を食べて、どこまでもどこまでも歩いていった。やがてヴァニカはもう一人も殺して、そいつを食べた。だが犬を連れた監視人たちにとうとう追いつかれ、捕らえられてここの監禁独房に行きついた。ここに来てどれくらい経つのか、本人もわかっていなかった。死ぬことだけが唯一の望みで、壁に頭を叩きつけもすれば、舌を使って窒息死も試みた。食べることも拒んだが、もう少し生かして苦しませようというのか、無理矢理食べ物を押し込まれた。「死なせてくれ！」と彼は何度も叫んだ。

17

ユリウス伯父さんは黙り込み、誰一人何も言おうとしなかった。でも僕は「それでその人、どうなったの?」と訊いた。
「殺されたよ」と伯父さんは言って、片手で、僕を脇へ、視界の外へ追い払うようなしぐさをした。

18

目が覚めると、ここがどこなのか、自分が誰なのかもわからなかったが、やがてムリェトの写真が見えて、それが何なのか僕は思い出した。起き上がって、誰でもない状態から抜け出し、はじまったばかりの日のなかへ入っていった。目がくらむくらいまぶしくて、遠い海岸の喧騒が聞こえてきた。はにかむような波のささやき、どこからともわからない音楽のこだま、ボートのエンジンのさえずり、子供たちの金切り声、オールが水をはね上げるシンコペーションを伴った音。蜂たちが階段の花に向かってのぼって来ていたので、僕はその横を用心深く通っていった。蔦の作る、網みたいな影のなか、食卓の上に朝ご飯が並べてあった。まだくすぶっているべとべとの卵。湯気が勢いよく上がっているカップ。パン七切れが鏡みたいな金属のトレーに載っていて、倒れたドミノのようにたがいに寄りかかっている。中庭の石畳に伸びた影以外、あたりには誰もいなかった。僕は椅子に座って牛乳入りのコーヒーをかき混ぜた。渦のなかに蜂の死骸がひとつ入っていて、仰向けの体がくるくる回っていたが、それもだんだん遅くなって、やがてしぶしぶ静止した。

19

朝ご飯が済むと、僕たちは毎日、雑木林のなかにできた巣穴みたいに見える山道を歩いていった。僕は青と白のニベアのビーチボールを持っていたが、時おりうっかり落としてしまうと、ボールは僕たちの前をスローモーションで跳ねていった。藪のなかで、がさごそ音がする——蛇だろうか。でもやがてさらに音がして、僕はマングースが蛇を殺すさまを思い描いた。血みどろの死闘がくり広げられ、苦しげにのたうつ蛇が、その頭を食いちぎろうとしているマングースと絡みあっている。まさにそういう情景をテレビの『サバイバル』で見たことがあったのだ。僕は両親が追いつくのを待った。獰猛なマングースが、好奇心旺盛な少年に対していかなる感情を抱くものか、僕にはわからなかったのだ。マングースはやっぱり、その子の首を食いちぎろうと思うのだろうか？

20

二つの湖を隔てるダム近くの、砂利が広がる浜辺に僕たちは着く。泳いでいいと言われる前に、まず浜に敷いたタオルにしばらく座っていないといけなかった。左側にはたいてい一人のお爺さんがいた。肌はあちこちすぼんでいて、スパイ小説が顔を覆い、白い毛が胸の上で弱々しく逆立ち、腹がごくわずかに上下して、大きな金属っぽい緑色の蠅がへその縁にとまっていた。右側には二人の、左右対称のお爺さんがいて、麦わら帽子にだぶだぶの海水パンツという格好でおごそかに黙ってチェスをしていて、二人のたるんだ胸がチェス盤を見下ろしていた。もう少し離れたところに子供が三人いた。タオルの上に座って、たぶん母親だろう、一人の女の人を囲んでいる。女の人はみんなにトマトと、何か黄ばんだものを塗ったパンのスライスを配った。子供たちはみな同時にパンとトマトにかぶりつき、それから勢いよく噛んだ。トマトの汁があごを伝って落ちても誰も気にしないみたいだったが、食べ終えると母親が、嫌がる三人の顔を、しみのついた白い布きれで拭くのだった。

21

やっと泳いでいいと両親に言われて、痛い砂利の上をよたよた歩いていき、浅い水に入っていく。脈打つクラゲがふわふわと通り過ぎていくのが見える。水底の石はぬるぬるの苔に覆われていた。僕は恐るおそる、水のなかに飛び込む。冷たさのショックに、自分が自分の体のなかにいることを実感する。自分の皮膚が、世界と自分の境であることを意識するのだ。それから僕は足をついてまっすぐ立つ。細かく震える湖水が乳首の高さまで来ている。僕が両親に手を振ると、「あと五分だよ！」と二人は叫ぶのだった。

22

透明な水のなか、魚が底を滑るように進んでいくのが見えることもあった。一度、ミニチュアのメカジキみたいに見える魚の群れが見えた。腹は銀色、鼻は針みたいに尖っていた。みんな一隊になって進んでいたが、僕の前まで来るとぴたっと止まり、何百もの小さな、見開いた目が恐怖に彩られた驚きとともに僕を凝視した。やがて僕がまばたきすると、魚たちはすうっと離れていった。

23

陽もそろそろ沈むころ、僕たちは来た山道を戻っていった。何もかもが真鍮のような色合いを帯びて、時おり、細い、黄金色の光の筋が槍みたいに地面から飛び出していた。蟬の声は勢いを増してきて、地面の温かさが道に落ちた乾いた松葉の香りを強めていた。高い松の木の影にしばらく覆われていたあたりに入っていくと、突然涼しくなって、自分の肩がどれだけ熱くなっているかを僕は意識した。一方の肩を親指でぎゅっと押して離してみると、青白いしみが浮かんだが、それも少しずつ縮んで、赤みのなかに戻っていった。

24

ジャーマンシェパードをリードでつないだ男がいて、リードの大半は自分の手に巻きつけていた。シェパードは石壁の小さな残骸に追いつめたマングースに襲いかかろうとしていた。犬のあごがマングースの鼻のほんの少し前でぱちんと閉じると、男は犬を引き戻した。マングースは毛を逆立て、牙をむき出し、さも物騒に見えたが、実はただ発狂しそうなくらい怯えていただけだと思う。目は赤い、フラッシュを焚いた出来の悪いカラー写真に写った人間の目みたいな光を放っていた。犬はグルルルとうなり、ワンワン吠えたてた。ピンクと茶色の歯ぐきが見え、血に飢えた唾液があごの端を流れていくのが見えた。男は犬のリードをゆるめた。一瞬、しゅうしゅうゼイゼイ、グルルルキャンキャン、声だけがあった。男が犬をぐいっと引き戻すと、マングースは仰向けに横たわっていた。無意味に牙をむき出して、前足を、いまやもう自分が無害になったことを示すかのように広げ、目は大きく見開いて瞳孔が虹彩の端まで伸び、仰天した表情が浮かんでいた。胸に穴が開いていて――犬に食いちぎられたのだろう――小さなトマトみたいな心臓がしゃっくりのように脈打っているのが見えた。鼓動はだんだんゆっくりになり、間隔が少しずつ長くなって、やがてあっさり止まった。

25

夕暮れの道を両親と歩いていると、サンダルに松葉が入ってきて、立ちどまって取り出さないといけなかった。無数のホタルが藪のなかに浮かんで光っては消え、あたかも妖精の写真家たちがフラッシュを用意して隠れていて、僕たちのスナップ写真を撮っているみたいだった。「お腹空いた？」と母さんが訊いた。

26

蔦の天井の下に僕たちは、ずんぐり丸い壜に入った澄んだ蜂蜜と、皿に載ったピクルスを前にして座っていた。ユリウス伯父さんがピクルスをひとつ蜜に浸すと、蜂が何匹か壜から身をはがし、食卓の上に浮かんだ。僕は指を浸して、蜜の細い糸がむき出しの太腿に垂れてしまう前に唇まで持っていこうとしたが、どうしても間に合わなかった。

時たま、昼ご飯の時間に、ユリウス伯父さんが僕を養蜂場に連れていった。伯父さんは白いオーバーオールを着て、白い帽子には胸まで垂れたベールがついているので、花嫁みたいに見えた。ぼろ切れに火を点けて、持っていろと僕に命じた。蜂が寄ってこないようにするためだ。音を立てるなよ、ちょっとでも動いちゃいかん、まばたきもするんじゃないぞ、と伯父さんに言われた。くすぶっているぼろ切れを片手でつき出して、僕は伯父さんの背中からのぞき見るのだった。伯父さんが巣の蓋を慎重に、島を目覚めさせてはいけないと思っているみたいにそっと持ち上げると、ぶーんという羽音が埃のように立ちのぼって、僕たちの周りに漂う。枠と枠のあいだの蠟を伯父さんはこそげ落とし、一つずつ取り出しては僕に見せた。糖蜜みたいな蜂たちがぐずぐず残っているのが見えた。「いつも働いてるんだ」と伯父さんはひそひそ声で言った。「絶対に休まない」。いないふりをしていれば蜂は襲ってこない、と伯父さんに言われていたが、刺されるのでは、と思うとやっぱり怖かった。怖さがどんどん膨らんでいって、考えれば考えるほどますます不安になっていった。とうとう、もう我慢できなくなって僕は家に逃げ帰り、階段に上がって、そこから遠くの、器用な手がゆっくり賢明に働く以外はじっと動かない伯父さんを見るのだった。オリーブの木々と居並ぶ巣箱から成るスクリーンに写っているみたいなその姿を眺めていると、やがて伯父さんはこっちを向いた。ベールの向こうに奇妙な、静かな笑みが浮かんでいるのが見てとれた。

27

母さんと父さんは船尾に座って、船底にたまった生ぬるい水に足を浸し、ユリウス伯父さんがオールを操り、僕は舳先《へさき》に座って両足を船外に垂らしていた。湖の水面が目立たない波とともにゆっくり上がってきて、僕の足はメンソールグリーンの水の涼しさのなかに降り立っていく。ギイッ、バシャッというオールのアダージョに乗って、僕たちは湖中の島に向かって滑るように進んでいった。灰褐色の石造りの、窓を閉じた建物があって、ねじ曲がったオリーブの木々がその前に並んでいた。短い、侘《わび》しい桟橋の方へユリウス伯父さんは平底船を操っていった。船から降りるときに僕は足を滑らせたが、伯父さんがさっと手をつかんでくれて、僕は一瞬、脈打つ湖の上で静止していた——水をたっぷり吸ったパンと、雑誌のページの上で熱っぽく微笑む女性が、浮氷のように水面に貼りついていた。

28

「このへんの湖はどこも」とユリウス伯父さんが言った。「十六世紀には海賊の隠れ家だった。ここに戦利品をためておいて、人質を連れてきて身代金が取れなかったら殺したり拷問にかけたりする。それをまさにこの建物でやるのさ。親が身代金を出さなかった子供が三人、ここで肉用フックから吊されたんで、いまもその幽霊が出るという話だ。そのあとここは女子修道院になったが、住んでるのは修道女じゃなくて魔女だと信じている連中も当時はいた。それからドイツ軍の監獄になった。そしていまは、何とホテルになってる。まあ観光客なんてめったに来ないがね」

29

広々としてよく音の響く、肌寒い石壁の玄関広間に僕たちは入っていった。受付デスクがあったが誰もいなくて、一つひとつ番号のついた仕切りに分かれた棚の上にチトーの小さな写真が掛かっていた。それから、長いトンネルを通って、僕以外はみんな頭を下げないと通れない低いドアを抜けると、そこは窓もない四角い小部屋で（「前は修道女の個室だったんだ」と伯父さんがささやいた）、そこも抜けると今度は食堂で（ここでもみんな、お祈りするみたいに膝を曲げ頭を下げないと入れなかった）、細長い木の食卓があって、二列平行にお皿や食器が並んでいた。僕たちはそこに座ってウェイターを待った。新品の鉛筆くらい大きい、アイスキャンデーみたいな黄色のトカゲが一匹、ユリウス伯父さんのうしろの石壁に貼りついていた。トカゲはまばたきひとつしない大理石の片目で、とまどった様子で僕たちを見ていたが、やがてこそこそと上の方、よく見えない窓の方へ這い上がっていった。

30

ユリウス伯父さんから聞かされた話――

「三〇年代、モスクワで若い学生だったころ、世界一高齢の男をわしは見た。わしは生物学の授業を取っていて、そこは巨大な階段式講堂で、何百列も座席があって何千人も学生がいた。そこへ一人の老人が連れてこられた。もう自分では歩けず、同志二人に抱きかかえられて、腕を二人の肩にかけていた。足は床につかずぶらぶら垂れていて、胴は赤ん坊みたいにすっかり丸まっていた。この人は一五八歳で、コーカサスのどこかから来たということだった。教壇の上に横向きに下ろされると、老人が赤ん坊みたいに泣き出したんで、周りの連中がぬいぐるみを与えた――猫だったと思うが、確かなことはわからない。わしはずっとうしろの方に座っていたものでね。まるで望遠鏡を逆さに見ているみたいだったよ。それから先生が、この老人は一日じゅう泣いていて、流動食しか摂らず、お気に入りのぬいぐるみと離ればなれになるのが耐えられないのだと言った。よく眠るし、自分の名前もわからなければ記憶もないと先生は言った。使える言葉はほんの一握り、水、プープー（うんち）、その程度。そのときわしは悟ったんだ、人生ってのはひとつの輪なんだ、一五八まで生きればはじまりに戻ってくるものなんだ、とね。犬が自分の尻尾を追いかけるみたいなものさ、なんにもなりやしない。さんざん生きて、挙句の果てにこの子みたいになって（そう言って僕を指さした）、何も知らないし何も覚えちゃいない。なあ坊主、いま生きるのやめたって同じことだぞ。いまやめたって同じさ、何も変わりやしないんだから」

31

落ち着かない夢が一晩中つづいたあと目を覚ますと、スーツケースがどれも口を開けていて、両親が皺の寄った下着やシャツを詰め込んでいた。ユリウス伯父さんが僕の頭くらい大きい蜂蜜の壜を持ってきて、父さんに渡した。ムリェトの写真に伯父さんはふと目をやり、それから、右上隅の、二つ一組、じっと見ている両目みたいに見える湖のそばの一点に指先を当てて、「この家はここだ」と言った。

32

太陽はまだ丘の向こうから顔を出していなかったから、影はどこにもなくて、何もかもが薄いガーゼに覆われたみたいにぼんやりして見えた。細い道路を僕たちは歩いていった。アスファルトは冷たく湿っていた。死んだ魚の束を持って歩いている男の人と僕たちはすれ違った。魚はどれも、紅色のえらにフックが掛かっていた。「おはよう！」と男の人は言ってにっこり笑った。

僕たちは桟橋で待った。ペンキの剝げかけた、舳先に薄い色で『海賊号《パイレート》』と書いたみすぼらしい船が、コホコホ咳込んで沖に出ようとしていた。右腕に錨の刺青をした男が舵をとっていた。破れた赤と黒のネルのシャツを着ていて、黒いサッカーパンツをはき、靴ははいていない。両足とも膨れ上がって、おそろしく汚かった。まっすぐ前の、港に入ってこようとしているフェリーの方を男は見ている。フェリーは徐々にスピードを落としていき、しまいには所在なげに浮かんでいるだけになって、それから、お城の橋みたいに、キイキイと耳障りな音を立てて昇降口を降ろした。行きに僕たちが乗ってきたのとは違う船だったが、ひょこひょこ揺れる船の絵のシャツを着た同じ人が「ようこそ！」とまた言って、僕たちのことを覚えているみたいににっこり笑った。

同じ島々の前を船は通っていった。島はどれも、重たい黴びたパンが巨大な船の陰に落とされたみたいに見えた。ひとつの、船がそのすぐそばを通った島に、山羊の群れがいた。山羊たちは穏やかに面喰らった目で僕たちを見たが、じきに一匹また一匹と興味を失い、草を食《は》む営みに戻っていった。たぶんドイツ人観光客だろう、カメラを持った男が山羊たちの写真を撮り、それからカメラを、そばかす顔で青い目の息子に渡した。男の子はカメラを太陽に向けたが、男は冗談半分に息子を叱って、息子とカメラを僕たちの方に向けた。僕たちは何もできず、ニタニタ笑って息子を見ていた。

33

海岸から家までは四時間しかかからず、僕はその間ずっと眠りっぱなしで、サラエヴォに着くまで暑さにも気づかないままだった。家に帰りつくと、夕陽がオレンジ色に降りそそぐ只中に、萎れた草木や花々があった。水をやってくれるはずだったお隣の人が、突然の心臓発作で死んだために、みんな枯れてしまっていたのだ。猫も一週間以上餌をもらえず、やせ衰え、空腹で気も狂わんばかりになっていた。僕は猫を呼んだが、彼女は寄ってこなかった。彼女はただ、取り消しようのない憎悪の目で僕を見るばかりだった。

アルフォンス・カウダースの生涯と作品

The life and work of Alphonse Kauders

アルフォンス・カウダースは、『林学文献目録　一九〇〇―一九四八』の作成者である。一九四九年にザグレブで技術者協会から刊行された本書は、林学に特化した文献目録である。全体は七三のグループに分類され、八八〇〇件の記事と論文を網羅している。書誌情報に番号はふられていない。本目録は、林学にまつわるすべての事象をカタログ化した最初の書籍で、影響力を広く認められている。

アルフォンス・カウダースはレックスという名の犬を飼っていた。カウダースはあるとき、レックスの子をヨシップ・B・チトーに贈った。

アルフォンス・カウダースは前立腺に正体不明の病をかかえていた。彼はあるときこう言った。「尿の道は不思議なり」。

アルフォンス・カウダースはローザ・ルクセンブルクにこう言った。「ちょっとでいいから挿れさせてくれ。ちょっとだけでいいから。痛くしないから」

アルフォンス・カウダースはこう言った。「そして、私がまだここに存在するとしたら？」

アルフォンス・カウダースはひとり息子だった。父親は教師をしていた。七歳の少女七人を同時に暴行しようとして、精神病院に収監された。父親であり、教師であった。

アルフォンス・カウダースはヨーゼフ・ゲッベルス博士にこう言った。「執筆とは無益な営みだ。気体の、たとえば空気の分子一つひとつにサインするようなもんだ。そして空気というやつは、わかりきったことだが、目に見えんのだよ。でもサインした気体だか空気だかのほうが吸いこみやすいのだがね」

ヨーゼフ・ゲッベルス博士はこう言った。「いいかね、気体一つひとつで違うんだ」

アルフォンス・カウダースはアレクサンダル一世の暗殺に使用されたリボルバーを所有していた。

アルフォンス・カウダースの七人の妻のひとりには、三歳児ほどの大きさの腫瘍があった。

アルフォンス・カウダースはこう言った。「人の顔というのはとても醜いから、身分証に顔写真を入れる義務からは解放されるべきだ。少なくとも、党員証には入れるべきではない」

アルフォンス・カウダースは猥褻文学の書誌作成を熱望していた。三千七百冊の猥褻文学を頭の中にしまいこんでいた。加えて雑誌も。

リヒャルト・ゾルゲはアルフォンス・カウダースの放屁についての話で、こう言った。「たとえるなら胸を引き裂く哀しみをたたえた嗚咽のようだった。波にも似て、魂の奥底から寄せてはまた、どこか高い、はるか高いところで砕ける」

アルフォンス・カウダースはあるとき、ペニスを七十七匹の蜂に刺されたせいで、四つん這いになって七日の間暮らさなくてはならなかった。

アルフォンス・カウダースはモスクワ、ベルリン、マルセイユ、ベオグラード、ミュンヘンの淫奔な女たちを網羅したリストを所有していた。

アルフォンス・カウダースは乙女座だった。童貞だったのは星座だけだった。

アルフォンス・カウダースは時計を身につけず、持ち歩くこともなかった。

五歳のアルフォンス・カウダースが家の食糧庫に「秩序体系」をもたらして、母親を驚かせたという記録が残っている。

アルフォンス・カウダースはミュンヘンでアドルフ・ヒトラーにこう言った。二人が七杯目のビールをがぶ飲みしているときのことだった。「おれのときたら、必要なときはいつも固いんだ。そしていつも必要なときなんだ」

アルフォンス・カウダースは
（イ）森を憎んでいた
（ロ）火を見るのが好きだった
　この二つの性向は、山火事への悪名高いオブセッションというかたちで幸福に融合していた――機会あるごとに、嬉々として山火事を眺めていた。

　ヨシップ・B・チトーはアルフォンス・カウダースの放屁について、こう言った。「五月一日のメーデーにモスクワ中のサイレンが鳴り響いているような音がする」

　アルフォンス・カウダースはエヴァ・ブラウンを妊娠させ、その後彼女は子供を出産した。しかしアドルフ・ヒトラーが新たな秩序と規律を敷くようになり、エヴァ・ブラウンを誘惑するようになると、総統《フューラー》の雄々しさに魅せられたエヴァはその子を強制収容所《コンセントレーション・キャンプ》に送ってしまった――夏の間だけのことと自分に言い聞かせて。

アルフォンス・カウダースは馬を憎んでいた。ああ、アルフォンス・カウダースが馬を憎むその深さといったら。

アルフォンス・カウダースはあるとき、人類は歴史の進展につれて自己を確立したのだと、心から信じるようになった。

アルフォンス・カウダースはガヴリロ・プリンツィプの背後に立ち、囁いた（ガヴリロの尿は太ももをつたって滴り落ち、ずっしりしたリボルバーを握っている手は汗ばみ、ポケットの中で震えている）。アルフォンス・カウダースはこう囁いたのである――「さあ、撃てよ。セルビア人魂を見せろよ」

アルフォンス・カウダースはレックスとの関係をこう表現した。「私たちは恐怖の中で暮らし、憎みあっている」

記録によるとアルフォンス・カウダースは、一週間に七件の山火事を起こして、少年鑑別所に数年間入れられていた。

アルフォンス・カウダースはこう言った。「馬とほとんど同じくらい、人間が嫌いだ。そこら中にうんざりするほどいるし、蜂を殺すし、屁はこくわ体は臭いわ、おまけになんやかや思いつくし——最悪なのは面倒な革命を思いつくときだね」

アルフォンス・カウダースはリヒャルト・ゾルゲにこう書き送った。「私はしゃべれない。私の周囲の物たちはしゃべらない。川底の岩みたいに静かにじっとしていて、ぴくりともせず、なんの意味も持たず、ただかろうじてそこにあるのだ。じっと見つめてみる。なにかしゃべってくれ、なんでもいいから、名前をつけられるように何か言ってくれと私は懇願する。存在してくれと懇願する。でもみんな闇の中でブンブン呻っているだけだ。番組がないラジオのよう、空っぽの街のようだ——奴らはなにも言いたくないのだ。なにも。私は沈黙の圧力に耐えられない。音すら少しも動かないのだ。私はなにもしゃべれない。言葉は私には意味をなさない。レックスのほうが私よりものがわかっていることもある。ずっとよくわかっている。すばらしいことに、彼は静かだ」

アルフォンス・カウダースはベルリンの電話帳の最初の五十頁を暗記していた。

アルフォンス・カウダースはヨシフ・Ｖ・スターリンに「いいえ！」と言った最初の人間だった。

スターリンが「同志カウダースよ、時計を持っているかね？」と訊ねると、アルフォンス・カウダースは「いいえ！」と言った。

アルフォンス・カウダースはあるとき、次のように語った。「党には大きな派閥がふたつある。『偏執狂』と『殺し屋』だ。『偏執狂』は発狂し、『殺し屋』は殺すんだ。もちろん、このふたつの派閥のどこにも女性はいない。女性はひっくるめて『女性』という派閥だ。『偏執狂』と『殺し屋』のあいだの血みどろの抗争の口実になるのが主な役割だ。サッカーチームを組ませれば、偏執狂のほうがいいチームになる。だが殺し屋はナイフを使わせれば、われらが近代世界では右に出るものがいない」

アルフォンス・カウダースは淋病に七回かかり、梅毒は一度だけだった。

アルフォンス・カウダースは『ソヴィエト連邦大百科事典』には出てこない。それでいて『ユーゴスラヴィア大百科事典』にも出てこない。

アルフォンス・カウダースはこう言った。「私は私だが、ほかはすべて物語だ」

ヨーゼフ・ゲッベルス博士はアルフォンス・カウダースの放屁について、こう言った。「果てしなく孤独なサイレンの慟哭に似ていた。哀しみをこれ以上ないほど純粋なかたちで抽出したような」

アルフォンス・カウダースの七人の妻のうち、ひとりは片足が短かった。もう片方の足は長かった。両手はほぼ同じ長さだった。

ソヴィエト連邦の文書館には、アルフォンス・カウダースの手によるものと思われる原稿が所蔵されている。

「(1)舌の下(?)を撃つ

(2)象徴的意味(?)、地べたでの死(?)、森の中で(?・?)、蟻塚のそばで(?)、蜂の巣のかたわらで

(3)用いる弾丸は一発だけ

(4)文：この弾丸を外したら、私は生まれかわろう。外れては困る

(5)全身の血が頭に行くように、横になる

(6)手稿はすべて焼いてしまう↓価値があるものだったと、だれかが思ってくれるかもしれない

(7)愛情をでっちあげる(?)

(8)文：私は誰のことも責めない――とくに「彼女」(?)のことは

(9)部屋を片付ける

（10）スターリンに手紙を書く：コーバ［スターリンの愛称。革命後はごく近しい人物しか使うことを許されなかった］、なにゆえわが死を求めたのか？
（11）水を一瓶、持っていく
（12）その日までしゃべらないようにする」

アルフォンス・カウダースの結婚式での新郎付添いの七人のひとりが、リヒャルト・ゾルゲだった。

アルフォンス・カウダースはヨーロッパじゅうのポルノ誌というポルノ誌を定期購読していた。

アルフォンス・カウダースはシベリアで、自分の盲腸を除去した。土壇場で収容所の病院に搬送されなければ、十中八九死んでいただろう。搬送してもらえたのは、隣のベッドの盗人が夜、密かに祈りを捧げているとカウダースが密告したことがあったという、それだけの理由だった。

アルフォンス・カウダースはエヴァ・ブラウンにこう言った。「金《かね》がすべてじゃない。金《きん》だってあるし」

アルフォンス・カウダースは熱心な養蜂家だった。容赦なく蜂をむさぼる寄生ダニ（「バロア」と呼ばれている）との激烈にして無慈悲な闘いを生涯にわたって繰りひろげた。

アルフォンス・カウダースはこう言った。「私が見た中でもっとも美しかった火事は、（山火事ではなく）国会議事堂《ライヒスターク》の炎上だ」

アルフォンス・カウダースをつくるというまさにそのアイデアを、はじめて思いついたのは（未来の）母親のほうだった。彼女はアルフォンス・カウダースの（未来の）父親にこう言った。「情熱的に愛しあって、アルフォンス・カウダースをつくりましょう」

父親は言った。「いいよ。でも、そうだな、映画でも観ようじゃないか」

アルフォンス・カウダースは七つの図書館、七つの養蜂協会、七つの共産党とひとつの国家社会主義政党のメンバーだった。

アルフォンス・カウダースは次のように語った。「小学生のころ、握りこぶしを口に突っこんで周囲の気を惹いていた。ほかのクラスの女の子たちが、私が握りこぶしを口に突っこむところを見ようと大勢詰めかけた。教師をしていた父親は、私のまわりに女の子が群がっているのを見て、歓喜で顔をほてらせていた。私がセックスしたいと思っていた女子が近づいてきたこともあった。ものすごく興奮して、握りこぶしを両方とも口の中に突っこもうとした。激情のあまり前歯を二本犠牲にしたのだ。

以来ずっと、頭のおかしな奴として目を付けられるようになった。おそらくはこの奇妙な出来事のせいで、私の人生の行く末が決まってしまった。以来、私はしゃべるのをやめた」

　ザグレブに保管されている『林学文献目録　一九〇〇―一九四八』のある一冊には、次のような手書きのコメントが書きこまれている。「生まれたその日から、私は審判の日を待ち望んできた。審判の日は一向にやってこない。生きるうちに、まざまざとわかってきたことがある。自分は審判の日のあとに生まれたのだ」

　アルフォンス・カウダースは次のように語った。「レックスと喧嘩になると――そんなのはほとんど毎日だったが――レックスは出ていってしまって、何日も戻ってこなかった。そして何も言わないんだ。一度だけ、レックスはこう言った――「野良犬のシェルターはスパイだらけだ」。

　第二次世界大戦の勃発前夜、アルフォンス・カウダースはベルリンでイヴォ・アンドリッチにこう言った。「確固としたシステムが存在するのは、もはや狂人の精神の中だけだ。ほかの人々の精神にも、その周囲にも、混沌しかない。ひょっとすると芸術は混沌に抗う残存勢力のひとつではないかな。まあ、そうじゃないかもしれない。どうだっていいさ」

第一次世界大戦の勃発前夜、アルフォンス・カウダースはフランツ・フェルディナント大公の身重の妻にこう言った。「ちょっとでいいから挿れさせてください。ちょっとだけでいいから。痛くしませんから」

アルフォンス・カウダースの七つの墓のひとつには、こう刻まれている。「私は消え、そして現れた。いま、私はここにいる。私は消え去り、そして戻ってくるだろう。やがてふたたび、私はここにいるだろう。すべてはかくもシンプルだ。必要なのは勇気だけだ」

アルフォンス・カウダースは七人の妻のひとりに「卑猥な細部と病んだポルノ的ファンタジーが満載」の手紙を書き送った。スターリンはそのような手紙をソ連の郵便で送るのを禁じた。「手紙を開封して読む人々の中には、従順で善良な家庭人も多い」という理由からだった。それでアルフォンス・カウダースは、信頼のおける運び屋を介して手紙を送るようになった。

アルフォンス・カウダースはこう言った。「私は……私は人間ではない。私は……私はアルフォンス・カウダースだ」

アルフォンス・カウダースはリヒャルト・ゾルゲにこう言った。「空っぽの街以上に空っぽなものがあるかどうか疑わしい。だからほかになにもないのなら、戦車でも死体でも街にあったほうがましなんだ。『なにかある』は『なにもない』よりましだからさ」

アルフォンス・カウダースはあるとき、ガヴリロ・プリンツィプのこめかみにリボルバーを押しあてた。彼が煙草で蜂を一匹焼き殺したことがあるというのがその理由だった。

アルフォンス・カウダースはあるとき、スターリンにこう言った。「コーバ、ブハーリンをもう一度撃つようなことがあれば、二人で議論をすることになるだろうね」そしてブハーリンは一度しか撃たれなかった。

アルフォンス・カウダースはエヴァ・ブラウンにこう言った。ベッドで、七回連続してオーガズムを相互に経験したあとで（うち四回は記録ものだった）、アルフォンス・カウダースはエヴァ・ブラウンにこう言ったのだ。「人々が話すのを、特に話し合うのを禁止するすべを見つけなくちゃならん。時計を身につけるのも禁止しなくちゃならん。人々に対してはあらゆる手を打たねばならん」

知る人ぞ知る、著者名偽名のポルノ小説『七人のかわいい少女』は、アルフォンス・カウダースが書いたものだと広く信じられている。

アルフォンス・カウダースはあるとき、ロシア革命の最初の日々についてこう語った。「われわれは暴れ馬を全部殺した。空き家に火をつけた。兵士がすすり泣いているのを見た。牢獄から人が次々飛び出してきた。みな怯えていた。われわれは嫌悪感しかなかった」

アルフォンス・カウダースは魂の底から民衆を憎み、その憎しみの深さはほとんど馬に対するものと同じくらい深かったが（ああ、アルフォンス・カウダースが馬を憎んだことといったら！）、「牝馬から蜂は生まれっこない」という民衆に伝わる諺の生みの親でもあった。

ヨシフ・Ｖ・スターリンはアルフォンス・カウダースの放屁についてこう言った。「中央委員会の会議の途中でこんなことが多々あった。同志カウダースが、まあその、屁をひるようなことがあると、少し間を空けて、同志全員がなすすべもなく泣きだすんだ。私自身もふくめてだ」

アルフォンス・カウダースは、マルセイユ出身の十二歳の娼婦ローラを殺害するのに使われたリボルバーを所有していた。

イヴォ・アンドリッチはアルフォンス・カウダースについて話していて、こう言った。「内臓はごっそり、秘密の手術で除去されていた。残ったのは皮膚でできた鞘ばかりで、その中で彼は猥褻文学の文献目録をぬくぬくと夢みていたんだ」

アルフォンス・カウダースは一九四一年四月五日から四月六日にかけての夜を、アヴァラ山の斜面ですごした――ベオグラードが炎につつまれるのを待ちながら。

アルフォンス・カウダースは飼い犬のレックスをガスで殺したが、それはレックスが就寝中に彼を虐殺しようとしたからで、それはカウダースがネズミ捕りの罠を住まいのあちこちに仕掛けたせいであり、なぜそんなことをしたのかと言えば新しい、おろしたての制服に小便を垂れたレックスに復讐するためだった。

アルフォンス・カウダースはあるとき、絵画に手を染めもした。残されている唯一の絵は、キャンバスに描いた油絵で、『入墨の階級的起源』と題され、ヘルシンキの国立美術館に所蔵されている。

アルフォンス・カウダースはヨシップ・B・チトーにこう言った。「数日前だったか、数年前だったかどうでもいいけど、七部屋ある自宅の一室の窓の下で、十何メートルかそこらの木が育っているのに気がついたんだ。木の成長に気がつく人間はそんなにいない。そして気がつく人間は、たいてい木こりだ」

ガヴリロ・プリンツィプはアルフォンス・カウダースの放屁についてこう言った。「こんな音なんだ。ひゅひゅひゅひゅひゅひゅーんっんっんっんっひっく」

アルフォンス・カウダースは法的に認めた二人の息子と法的に認めた二人の娘がいた。残りは非嫡出子だった。息子のひとりはリトアニアのマドナで戦争犯罪者として射殺された。もうひとりはオーストラリア代表クリケット・チームの主力メンバーだった。娘のひとりはヤルタ会談の通訳を務めた。もうひとりはアマゾンの熱帯雨林で、蜂に似た昆虫の新種を発見した。この種は最終的に「ヴィルゴ・カウダース」と名付けられた。

アルフォンス・カウダースはこう言った。「文学それ自体には人間的なものはなにもない。私の中にもない」

アルフォンス・カウダースが猥褻文学の文献目録を完成させることはついぞなかった。

註

J・B・チトーは、ユーゴスラヴィア共産党の指導者を三十五年にわたって務めた。私の子供時代は、チトーが積み重ねた正しき行いをめぐる物語ではちきれんばかりだった。常に変わらず私のお気に入りだったのは、チトーが十二歳の頃に、調理済みの豚の頭がまるまる一個、自宅の食糧庫に保管されているのを見つけた話だ。チトーはこの、クリスマスに備えて置いてあった豚を、兄弟姉妹には黙ってひとりでたいらげてしまった。一国の共産党の未来の指導者としては不吉な行動である。その後、数日間寝込み（脂肪の過剰摂取だ）、クリスマス・ディナーへの出席を禁じられるという追加の罰も受けた。のちに、チトーはクリスマスへの関心を失ったが、豚と頭への情熱を失うことはなかった。

ローザ・ルクセンブルクは、ドイツの共産主義者。第一次世界大戦後、カール・リープクネヒトとともにドイツで社会主義革命を企て、その夢とともに散った。ローザ・ルクセンブルクというのは、革命家にしてはひどくすてきな名前だった。

アレクサンダル一世は、ユーゴスラヴィア王国の王。一九三四年にマルセイユで暗殺された。手を下したのはマケドニアの民族主義者の男だが、クロアチアのファシストの手厚い支援を受けていた。この最初の「ユーゴスラヴィア」の、怪しげな宣伝機関は、王の最後の言葉が「私のユーゴスラヴィアをよろしく頼む」だったと触れまわった。しかし本当のところ、王は自分の血をひたすら飲み込んでいたという話の方がありそうだ。傍らではフランスの秘密警察の男が汗まみれになり、身を挺してアレクサンダルの身体だったものを、死体になりつつあるものを守っていた。私はいつも、「アレクサンダル」がマケドニア人に殺されたという事実は、茶番劇に絶妙の興趣を添えるものだと思ってきた。

リヒャルト・ゾルゲは、東京に住んでいたソ連のスパイ。表向きの顔はジャーナリストで、最終的にはドイツ大使館の情報官になった。彼はスターリンに、母なる国がヒトラーの攻撃を受けようとしていると伝えた。だがスターリンはヒトラーを信用し、その情報を無視した。私がゾルゲについて初めて読んだのは十歳の頃だったが、本を読み終える前に早々と、自分はスパイになるんだと決めた。十六歳の頃、私はゾルゲについての詩「世界で一番孤独な男」を書いた。一行目はこうだ――「東京は息をしているが、私はちがう」

ガヴリロ・プリンツィプは、オーストリアのフランツ・フェルディナント・ハプスブルク大公とその身重の妻ゾフィーを暗殺し、事実上第一次世界大戦を始動させたセルビア人の若者。当時彼は十八歳だった（と思う）。薄い上唇には生えてきたばかりの草むらがかかり、目元には暗いさざ波がたっている。彼は残りの人生を獄中で過ごしたが、人生自体が数年しかつづかなかった。薄暗い帝国監房の中、度重なる殴打に祝福されながら、結核で死んだのだ。サラエヴォのラテン橋のたもとの、ガヴリロ・プリンツィプがそこから胎児の脳に歴史的な弾丸を送りこんだ街角には、彼の足跡がコンクリートに刻みこまれて不滅になっていた（左足が西―東、右足が南東―北西）。私は小さかった頃、彼が大公の馬車を待っているところを想像した。生乾きのコンクリートに足首までつかりながら、歴史の行く末を変えようと待ちかまえていたのだ。十六歳の頃、私の足は彼の足の墓にぴったりだった。

『ソヴィエト連邦大百科事典』は、数えきれないほど異なる版が存在するばかりか、しばしばそれが不可解なことで知られる。歴史上の人物（たとえばスターリンの秘密警察の長たち）が、ある版では称賛され、ある版では抹消されている。産出される貴重な鉱物（年間採掘量が括弧内に記入されている）が、百科事典の血紅色の世界地図に詳細にリスト化されている国々があるかと思えば、別の版ではその国々が、アトランティスよろしく大洋に飲みこまれてしまい、地図世界の表層にその水泡すら届かないこともある。この偉大なる書物が教えてくれるのは、真に迫るフィクションとは、精密な細部によって成しとげられるということだ。

『**ユーゴスラヴィア大百科事典**』は対照的に、完全なかたちで出版されるなど夢のまた夢だった。相反する歴史があまたあるがゆえ、百科事典的ユーゴスラヴィアなるものは現実に存在しないのだ——歴史の皮肉か、ユーゴスラヴィアはもはや国とは言いがたいので、まったくどうでもいいことだが。

ニコライ・ブハーリンは、レーニンに「党の寵児」と称され、共産党政治局《ポリトビューロ》の一員であり、三〇年代におけるソ連の中心的イデオローグだった（偉大なるスターリン以外でということだが）。そのために米国、英国、フランス、ドイツからいっぺんにスパイの咎を負わされることになった。ブハーリンが死刑になったとき、誰も驚かなかったが、みなが恐怖した。これぞ、スターリンによる冷酷苛烈な大テロルのひとつのはじまりをしめす出来事だったからだ。死を待つ独房から、ブハーリンはスターリンに以下の文句からはじまる手紙を書き送った。「コーバ、なぜ私の死が必要だったのか？」この手紙を、スターリンはずっと自分の机の引き出しに入れておいたとされる。ブハーリンは尋問官にすすんで協力し、スターリンの圧制の殉教者として利用されるのを拒否した。もし彼がダンテ流の地獄にいるのなら、自分の豚的頭を地獄の食糧庫の壁に永遠に打ちつけていることだろう。

イヴォ・アンドリッチはボスニアの出で、ノーベル賞を授与された唯一のユーゴスラヴィアの作家。一九四一年、アンドリッチはベルリンのユーゴスラヴィア大使館に勤めていて、卑屈なユーゴスラヴィアの政治家たちがヒトラーと密会を重ねる手伝いをした。アンドリッチは紳士であり、人々が歴史に絡めとられていく様を小説に描いた。ノーベル賞の授賞式典では橋の重要性について説いた。若い頃には、フェルディナント大公の暗殺計画に関与していた。

一九四一年四月六日の明け方、ベオグラードはドイツ空軍《ルフトヴァッフェ》による容赦ない爆撃をうけた。これがドイツによるユーゴスラヴィア王国への侵攻のはじまりだった。侵攻はその後、十一日間なすすべもなくつづくことになる。

アヴァラはベオグラード近郊にそびえる胸のようなかたちをした山。無名セルビア戦士の墓《トゥーム》だか腫瘍《トゥーマー》だかが、第一次世界大戦後に建てられた。

ヤルタ会談は、チャーチルと、ローズベルトと、スターリンを引きあわせた。戦争の終わりはもう見えていて、どうもこの三人が勝者のようだった（「ドイツが少しほしいな」）。十三歳の頃、私はこの三巨頭がヤルタに会している写真を見た。三脚の籐椅子に腰かけている三人の後ろには人々が何名も立っていたが、彼らの名前も業績も何ら意義はない。自由世界の三巨頭は丸顔におぼろげな笑みに似たものを浮かべ、困難な善行をひとつ、やり終えたかのように見えた（「ドイツを少しもらうよ」）。十三歳の頃、私はその写真は昼食のあとすぐに撮られたものだと思っていた。なぜなら——私の父の主張では、「満腹でしあわせ」になるがゆえ、昼食のあとすぐが撮影に最適のタイミングなのだ。そのおぼろげな笑みの裏で、三人が歯の隙間から最後の一口を舌でほじり出そうとしているように私には思えた。ボルシチ、美味しいクリミア産ワイン、世界を統《す》べる計画をたたえた瞳で、三人は私を見つめている。あと少しするとチャーチルは眠りに落ちるだろう。そして私は老いていくだろう。意義もなくだが記憶だけは携えて。

さあ、この本を読み続けよう。

ゾルゲ諜報団

The Sorge spy ring

歴史

物事をあるがままに、あるいはあったままに、主だった事実とその状況を一貫した秩序のもとに物語って記したり述べたりすること。歴史はあつかう対象に応じて、自然史と行為史に分けられる。行為史とは、一連の記憶すべき出来事を結びつけて物語ること。

——『ブリタニカ大百科事典』初版（1769 − 1771）

本はえんじ色で、背には斜体の黒文字で「第二次大戦のスパイたち」と書かれていた。表紙には金の縁取りを施した黒文字が押印され（わずかにくぼんでいる）、『第二次世界大戦の名スパイたち』とあった。本は大きく、重かった。ひざにのせてみたものの、重みで脚が押し広げられ、本はひとりでに閉じて床に滑り落ちてしまう。そこで腹ばいになり、頬杖をついて読んでみたりもした。肘が痛くなってくると、開いた本の厚い方に頬をもたせ、もう片側を傾けるようにした——するとべたべたの湿気で自分の頬とスパイの顔がくっつくような気がして、第二次大戦の秘密が、すべてを吸収しようとする私の目からわずか数インチの距離にあるのだった。

本には白黒写真が多数掲載されていた。五人の男が一列に並び、ライフルを突きつけた兵士たちに囲まれ、男たちの両手は首筋に添えられている。目を凝らすと、彼らは白黒の蝶のように見える。「赤いオーケストラ《ローテ・カペッレ》[1]」の太ったメンバーは左右非対称の顔をしていて、鼻はわずかに左に寄り、かろうじて開いている右目は眠っているかのよう、口はやっとのことで閉じているといった塩梅で、薄い唇の奥には血の泉が湧いているように見えた。顔の様子からなぜか、両手に手錠がかけられていることがわかった（手首は腫れあがり、手錠の下には血の滲んだ、焼けるような跡が刻まれている）。モンゴメリー将軍の写真——両手を腰にあてて横向きに立ち、頁の左上隅を見つめ、頭にかぶった悠久不変のベレー帽は視線と平行だ。将軍のドッペルゲンガー（頭だけ）が妙に思わし気にこちらを見ている。自分はモンゴメリー将軍に絶対になれないことが痛いほどわかっているような視線だ。目隠しをされた白服の人々が、撃つ態勢に入った銃殺隊と笑顔の将校の前に一列に並ばされ、将校が掲げた右手は写

真の右上を指している。そして終わりの方に、ゾルゲがいた――「日本でのミッション開始時」[2]の彼

註

1　ドイツ軍ソ連侵攻の情報を最初に送ったのは、赤いオーケストラのネットワークだったようだ。モロトフ・リッベントロップ協定が有効だと信じられ、情報源が不明瞭だったことから、モスクワは事実上この情報を無視した。しかしゾルゲが東京から裏づけを送ると、スターリンその人にも情報は回された。しかしスターリンはこれを相手にせず、ヒトラーとモロトフ・リッベントロップ協定を信用することにした。ゾルゲが東京から送ったドイツの動向についての報告書は、「疑わしい、誤解を招く情報」という見出しのファイルに収められた。

2　ゾルゲはベルリンから横浜まで飛行機に乗ってきたが、これはユンカースによるドイツ＝日本便最初の商業飛行だった（途中、ニューヨークとバンクーバーに立ち寄る）。この歴史的試みの記録は、フランクフルトにあるドイツ航空博物館に保管されている１９９５便のフライトログをのぞけば何も残っていない。乗客名簿はないが、このフライトがほぼ満席だったことはほぼ間違いない。乗客は国際色豊かで、フライトは騒々しいものだったようだ（「大西洋上の風ときたらとにかくひどかった！」）。暖房設備に問題があったようで、乗客は奇跡的に取り戻した毛皮の帽子と革の手袋をつけてなお、凍えていたようだ。機内ではほかに誰も寝なかったようだ。食べ物は食用に適したものだったが、どういうわけか水はまったくなかったので、乗客はみなシャンパンを飲んだ（ユンカース提供）。飛行機は真夜中に、大西洋上のどこかで、もう少しで墜落しそうになった。最初は男たち、次は女たちが、機内じゅうに胃の内容物を吐きまくり、吐瀉物が床で凍ってしまった。ゾルゲはメアリー・キンジーなるアメリカの女性詩人とわずかのあいだ親交を結び、これをニューヨークのゴシップ記者は見逃さなかった。一九三三年九月九日の昼下がり、ゾルゲとその影のごとき同乗者たちは横浜空港に到着した――吐瀉物の匂いを漂わせ、シャンパンとロブスターはとっくに吐いてしまい、未

が、背にしたドア枠に収まった格好で、足を開いて立ち（左足は北西、右足は北東）、黒っぽいトレンチコートに身をつつんで、片手をポケットに突っこみ、もう片方の手は軽く握られ、財布かカメラケースかを持っている。そしてその頭――大きくて、いびつな、悪魔のような耳。口元は下唇の内側を噛んでいるみたいに固く閉じられている。鼻は底辺の広い三角形になっていて、頂点は深く刻まれた溝二本によって、口の両端の暗い点につながっている。光のない穴が一組穿たれ、その底に眼がある。髪は黒インクを塗ったヘルメットのようだ。

　この写真は、どう見てもリタッチされたものだ。ゾルゲの不安は、覆いをされた赤の他人の肉体を負わされたのだ。襟の縁がきれいに切りとられているのが見え、そこに、得体の知れぬ実験室でギロチンにかけられたゾルゲの頭が、頭なしのトレンチコートに据えつけられたのだ――おまけに、左側の首の肉は不可解なほど余分である[3]。でも、私はゾルゲがあのトレンチコートを着ているものだと信じていた。私はゾルゲが背後のドアの亡霊に入っていくところだと信じていた。私はその写真を総体として信じ、その見かけを信じ、本というものを信用していた。私は十歳だった。

　一九七五年の冬、私は自分の父[4]がスパイではないかという考えをいだくようになった。父はレニングラードのエネルギー研究所で学位取得を目指していて、よく留守にした。行先はレニングラードかモスクワ[5]かシベリアか、どこか遠方だった。一九七五年の

消化の食べかすが靴底で解けつつあった。ドイツの航空産業を誇りに思うものもいれば、生きていることに感謝するものもいた。

3 六〇年代初頭、脱スターリン化されたソ連ではゾルゲ賛美のキャンペーンがはられ、ゾルゲの写真や、ソ連の文書館に所蔵されていたそれまで未公開だった文書をふくむ書籍が多数刊行された。そのほとんどが架空の要素をくわえて脚色（潤色とまではいかなくても）をほどこしたものだった。同時に、モスクワのある通りと、タンカー一隻に、ゾルゲという名前がつけられた。一九六五年春、ソ連当局はゾルゲを顕彰して切手（四コペイカ）を発行した。この記念切手は真紅の背景に、ゾルゲの頭全体がソ連邦英雄記章の図版とともに描かれている。

4 父――ヴィルヘルム・リヒャルト・ゾルゲ。ドイツの技術者。がっしりした体格で、首筋に乳首のようないぼがあり、眉毛はもこもこしていた。アゼルバイジャンの油田で働いているときにゾルゲの母と熱烈な恋に落ちた。ゾルゲはバクーで孕まれ、生まれた。

5 ゾルゲは一九三五年にモスクワ（東京からニューヨーク経由――表向きはヴィースバーデンを訪問）を訪れているが、これが最後のモスクワ行きになった。ニューヨークで、メアリー・キンジーと再会したが、これが最後の邂逅になった。『無の歴史』と題された回想記で、キンジー氏はゾルゲをこう描写している。「一九三五年に会ったとき、彼は凶暴な男、火の点いたような酒飲みになっていた。ユンカースでのフライト中にかつて私が恋に落ちたロマンチックな理想主義者、コスモポリタンな作家の魅力は見る影もなかった。しかしそれでもまだ、並外れた美貌の持ち主だった。冷たい、青い目は、闇の輪に縁どられ、悪意を秘めた自嘲の力をいまだ保っていた。彼は言った。「私の人格は二人の男に引き裂かれてしまった――ひとりは自分を憎む男、もうひとりは私が憎む男だ」。その髪はまだはつらつとして黒かったが、頬骨と陰気な口元には疲れが滲んでいた」（一〇一頁）。

モスクワで、ゾルゲはエカチェリーナ・マクシモヴナを訪ねた。この女性はゾルゲと一九三三年に結婚したとされ、

大みそか、父は吹雪の中、モスクワの空港で動けなくなった。母[6]は窓からじっと、サラエヴォの街にパラシュート降下する雪片を眺めていた。私はといえば、なんとなく父を恋しがりつつ、わが家をパトロールしていた――霜おじいさん（社会主義ユーゴスラヴィアではサンタクロースは「霜おじいさん」になって、大みそかにやってきた）が到着した瞬間につかまえて、何の変哲もない万年筆一本と毛羽立ったセーター（両方とも事前に送ってあった）のかわりにスパイ道具をせびろうと待ち構えていたのだ。毒入り万年筆[7]、変装キット[8]（つけ髭と瞳の色を変えるコンタクトレンズ）、超小型カメラの入ったマッチ箱、青酸カリのアンプル。これが私の欲しいもののリストにあるものだった。パトロールして待つのに飽きると、私は母に、息子がスパイになったらどう思うか訊ねた。母はそんなに気にしないけど、父のことが心配なように、私のことも心配すると言い、もし私が身元を変えて母のことを忘れてしまうようなことがあれば寂しい、父よりはいい暮らしをしてほしいし、始終よそへ行かなくていいようになってほしいと言った。その夜、プラスチック製のツリーのかたわらで、霜おじいさんが来るのを見張りながら眠りについた私は、どこかよそにいる父親を思い描いた――黒いトレンチコートを着た父は、暗い廊下をこっそり歩き、ドアの前で立ちどまって、トンネルのような背後の廊下を見やり、手にしたなにかでドアを開けて、部屋に入る（私の夢みる視線は、映画のカメラのように壁を抜けて父を追う）。

闇の中で机の引き出しを探り当てると、窓際からはなしつつデスクランプを点け、一番上の引き出し

一九四三年にシベリアの女性強制収容所で死亡した。その喉は鋭利な氷の欠片で切り裂かれていた――労働班の嫉妬深いリーダーの手によるものだ。ゾルゲはベルジン将軍と会うのを楽しみにしていたが、すでにセミョーン・ペトローヴィチ・ウリツキー将軍に交代していた。ウリツキーは一九三七年十一月に逮捕され、日本のスパイとして銃殺された。

6　母――ニーナ・コベレワ。よくいるタイプのロシア美人（大きな目、骨ばったピンクの頬、丸みを帯びた鼻、小さな口に厚い唇、口元に生えた蜘蛛の巣のような産毛、絹のような長い髪などなど）。バクーでヴィルヘルムが下宿した家の家主の娘だった。ゾルゲは一八九五年十月四日、三十七時間もの労苦の末に生まれた。ここで自明のことを記しておこう。ドイツはゾルゲの父の国であり、ロシアは母の国だった。

7　全面的な供述書の執筆に同意したゾルゲは、ペリカン社の（黒と緑の）万年筆と、白紙のしっかりしたノートを要求した。吉河が自ら筆記用具を届けた。ゾルゲはたどたどしい日本語で礼を言うと、こう言った。「検事殿、この万年筆は毒入り万年筆ですぞ」吉河はこう返した。「スパイ殿、これは救いの万年筆ですぞ」そして二人とも笑った。

8　ゾルゲは自分では変装しなかったが、名前はしょっちゅう変えた。彼はマックス・クラウゼンに自分は女性の経験人数よりも変名のほうが多いと自慢した（「マックス、それってすごく多いってことだぜ！」）。彼はＩ・Ｋ・ゾルゲ、Ｒ・ゾンター（モスクワ、一九二四―一九二八）、ヨハン、セバスチャン（スウェーデン、一九二八）、クリストファー、クリスチャン（英国、一九二九）、ジョンソン、ジム、ガイモン、マーロウ（上海、一九三〇―一九三二）、リヒャルト・ゾルゲ（東京、一九三三―一九四四）としても通っていた。そしてほかにも多くの、知られていない、一時限りの名前を用いた。

の鍵を壊して、ポケットからマッチ箱を出し、引き出しからファイルを出して、マッチ箱で文書[9]（見出しはぼやけている）の写真を撮る（私はその音を再現しようと努めた――「スチャ、スチャ」）。だが待て、ドタドタという足音が聞こえるではないか。私は明かりを消す、足音はドアを開ける、懐中電灯が剣のように光って闇が切り裂かれる。彼（彼女？）に恐怖を嗅ぎつけられてしまうのではと私は恐れ、心臓は戦車のエンジンのように騒々しい音をたて、ドアは閉まり、何事も起きなかったが、ほっと一安心というわけにはいかない。私はカーテンの陰から出て写真の撮影をつづけるが、しばらくして女のすすり泣く声を耳にし、ふと見るとドアがもうひとつあり、私がそれを開けたとたん光の奔流がどっと流れこんできて、日本人の女性[10]が哀し気な笑みを浮かべてこう言う――「さあ、ベッドに寝なくちゃだめよ。服を脱いで」

9　ゾルゲの活動は、熱心な読者が期待するであろうほど手に汗握るようなものではなかった。マックス・クラウゼンは供述書で一九三三年から一九三九年を振り返り、こう述べている。「危険な六年間が平穏無事に過ぎていった」――日々の諜報活動を指してのことだ。ゾルゲの諜報活動は、雑多な、ときに表向きは陳腐な情報を丹念に収集することだった。反コミンテルン協定の交渉をめぐるゴシップ。内閣改造をめぐる噂。満州国における軍隊生活をめぐって、酔った兵士が語った与太話の概要。誰それの妻が別の誰それの夫と一緒にいた――将来の「リスト」に有意義な情報なのだ。宮城がはるばる運んできた、陸軍青年将校のあいだに渦巻く造反の空気。外国人記者たちの世間話。ドイツ大使の「ベルリンでは誰も彼も、今回のロシアの攻撃にカンカンになっている」という軽率な発言。しかし一九三六年、ゾルゲは駐在武官オット大佐（「正直で愛すべき、騙されやすい男。軍隊式に油を塗った髪で、第一次大戦の話をいつまでもしてくれる」）の私的顧問の地位を得ると、一九三九年には大使館情報官に就任した。この地位のおかげで、機密文書に――トップシークレットですら――アクセスできるようになった。たまにではあるが、文書を写真におさめもした（反コミンテルン協定の予定稿がそうだ）。たいていの場合こそこそする必要はなかった。欲しい文書はどれでも急造の仕事場（コーヒー・キッチンだった場所で、ヒトラーの総統就任記念日の祝賀会でふるまわれたビールの匂いがいまだに漂っていた）に持っていって、そこで好きに写真に撮ったり、メモをとりさえもしていたのだ。

『文学新聞《リチェラトゥールナヤ・ガゼータ》』一九六五年一月二〇日号に掲載された「決して十分知らなかった男」という記事で、ヴィクトル・ヴェヌイコフが以下のような的確な指摘をしている。「スパイとはなによりもまず政治的人間でなくてはならない。一見何の関わりもない出来事の束を、頭の中で把握し、分析し、結びつけることができなくてはならないのだ。歴史家としての懐の深さ、肌理細かな観察力、トルストイの精神と頭脳が必要だ。諜報活動は弛まぬ努力を求められる仕事であり、スパイはその過程で自己を形成する。ゾルゲは、ある種の西洋の作家が創作したような秘密諜報員とは似ても似つかない人物だった。彼は文書を盗むために門をこじ開けるようなことはしなかった。文書はその持ち主が見せてくれたのである。彼は潜入しなければならない場所に潜入するためにピストルを撃ったりしなかった。秘密を護る者たちがどうぞとドアを開けてくれたのである。彼は殺す必要などなかった。だが残忍なる機構によって殺害されたのである」

10

一九三五年十月、銀座の「ラインゴールド」で、ゾルゲは三宅花子に出会った。ゲイシャで、穏やかな社会主義的傾向があった（「左翼小説を読んでいましたけど、そんな女性ほかにもたくさんいましたわ」）。彼女はゾルゲの節操のない女性関係を気にしなかった（「有名な方が愛人を何人ももつのは当然のことに過ぎませんわ」）。ゾルゲの処刑後、花子サンは杓子定規な刑務所当局に粘り強く請願し、ゾルゲの遺体を引き取ることを許された。巣鴨刑務所の墓地の、名もない浮浪者が埋められる区画から、素気のない棺が掘り出された。腐敗がかなりすすんでおり、残されていた

ソ連旅行から私の父が持ち帰るソ連製のぱっとしないおもちゃは、どれも饐《す》えた、油っぽい匂いがした。灰色のおもちゃの自動車（ヴォルガ）は触るとべたべたして、（ごくたまに）走らせるとぞっとするほど甲高いヒューンという音をたてた。くすんだプラスチック製駅舎は、とっくの昔に私がうっちゃっていた列車用のものだった。オリーブグリーンの軍用銃は小さなプラスチックの（げろのようなオレンジ色の）弾を射出したが、すぐに禁止され、最終的に母に処分された。赤軍[11]の勝利についての本は掃いて捨てるほど量があった。ロシア語で書かれていたので読めなかったが、身を投げだしてドイツ軍の機関銃を無力化したり、胸に手榴弾をいくつも装着し怯えきっているドイツ兵たちがいる塹壕に飛びこんだりする英雄たちの写真は好きだった（素朴な農民の顔、従軍写真家のカメラが怖くて硬直している）。だが一九七五年のはじめ、空港で凍える夜を数日過ごしたのち、父が持ち帰ったものは言葉を超えていた——携帯用電信機だ。それは（当然ながら）灰色の箱に収められていて、同梱の薄い冊

のは大柄な骸骨だけだった。大ぶりな頭蓋骨（その額だった場所に彼女はキスをした）と骨格は外国人のそれであり、一部の骨にははっきりと傷跡が残っていた——ゾルゲがかつて負った戦傷の恒久的な痕跡だった。花子サンは金の詰め物（一九四六年に、花子サンはそれで指輪をこしらえた）を見て彼の歯を認識した（そして笑顔を思い浮かべた）。彼女は棺を東京のはずれにある閑静な多磨霊園に移した。「尾崎事件犠牲者救援会」はゾルゲの墓碑のために募金を集めた。そこには日本語で次のように刻まれている。「戦争に反対し世界平和の為に生命を捧げた勇士ここに眠る」（ともに刻まれている英語訳では「平和《ピース》」のつづりがpieceになっている）。一九六五年初夏、花子サンはソ連に招か

れる。黒海（「この海は私たちの海ほど黒くありませんね」——付き従う人々から愛想笑いが起きた）に面したヤルタの保養地で、花子サンは東京でのゾルゲの生活を描いた芝居「東京の情報官」を観た。彼女の役を演じたのはエカチェリーナ・マクシモヴナなる人物だった。

11

ゾルゲは赤軍参謀本部第四局で働いていた。このことはその諜報団の団員（クラウゼン、ヴーケリッチ、尾崎、宮城）の誰も知らなかった。みな「モスクワ中央当局」に言及するのみで、世界平和のために働けることを幸せに思っていた。ヤン・カルロヴィチ・ベルジン（本名ペーテリス・キュジス）は、すべてを見通す第四局長だった。ベルジンは貧しいラトヴィア人両親のあいだに、一八九〇年にオグレで生まれた。十九歳のとき、暗殺計画に関わったとしてロシア帝国の秘密警察に逮捕され（ボリショイ劇場で、秘密警察長官目がけて手榴弾を投げつける計画は失敗に終わった）、死刑を宣告されたが、若さを理由に減刑された。数年間を監獄で過ごしたが、一九一七年にはペトログラードのボリシェヴィキ党のメンバーとして再度浮上し、冬宮攻撃に加わった。一九一九年春、ソヴィエト・ラトヴィアの副内務人民委員だったベルジンは、白軍の攻勢によりラトヴィア人ライフル部隊を司令することになった。指揮官としての最初の行為は、前任者の司令官（名前は不詳）を自らルーガー銃で撃つことだった。この前任者を告発し、審理し、「革命意志の薄弱」の罪を宣告し、凍りついたライフル部隊の眼前で、左目をまっすぐ射抜いたのだ（不幸な前任者の脳が噴出し、茫然としていた政治将校がそれを浴びた——この将校はのちに自殺した）。この処刑の伝説は第四局長に就任する際にもベルジンについてまわり、実際に会う前日、ゾルゲの元にも届いていた。ベルジンとゾルゲはすぐに仲良くなった（ゾルゲ「私は彼の顔の血のように赤い傷と、明るいグレーの髪が好きだった」）。二人はお互いをあだ名で呼びあっていた。ベルジンがスターリク、ゾルゲがイーカ。一九三五年、ベルジンはドイツのスパイとして逮捕され、ピアノ線で絞殺された（相当に独創的な処刑法である）。ゾルゲはベルジンの政治的な死を知らずじまいだった。しかし一九三五年の最後のモスクワ訪問以降、ベルジンの名前を出すこともなかった。ゾルゲは赤軍のために働いていたとは決して認めなかった。他方、ゾルゲが逮捕されると、ソ連はゾルゲが当局の管轄外とされていたコミンテルンのために働いていたと主張した。

子では頭に巨大なヘッドセットをつけた白黒の少年がほほえんでいた（だがヘッドセットは入っていなかった）。父が箱を開けると、そこにはモールス電鍵が二つに、まばゆい銅線が一巻き入っていた。それから父が電鍵の片方をダイニングルームに、もう片方を寝室に置くと（ツー・ツツー・ツー）、モールス信号[12]に暗号化されたメッセージを電流（そう父は言った）が運んで寝室の床を伝わり、丸めた父の靴下の前を通り（家に帰ってくると父はまず靴下を脱ぐのだった）、母（バスルームに行ってまた吐くところだ）の足元をすばやく這ってキッチンを通り、それからダイニングルームのカーペット（誰かが――十中八九私が――うっかり転んで、テーブルのガラスの天板に突っこんで「バラバラに切り裂かれないように」という配慮）の下にもぐって、びっくり仰天している私の前に置かれた電鍵に達したのだ（ツー・ツツー・ツー）。私はメッセージを解読できないので、返事もできなかった。そのせいでモールス信号を学びたいという気持ちが俄然わきおこってきた。父はモールス信号をよく知っていた（このことは私の疑いに油をそそいだ）。そこで私を訓練することにした。父はディナーテーブルでトントンとメッセージを叩き（母はマッシュポテトにクレーターを掘りつつ目を丸くしていた）、私は解読しようとして噛むことも呑むことも忘れ、マッシュポテトは口の中で液体に成り果てた。私がバスルームで本に夢中にな

12　ゾルゲ（とそのスパイ仲間たち）の活動についてのレポートは暗号化され定期的に――ただし時間は前もっての取り決めに従ってその都度変えて――送られた。マックス・クラウゼンが電信技手だった（そして彼は電信技手だけを務めた）。ゾルゲはクラウゼンの無知蒙昧ぶりと（「ほとんど称賛に値する」）意志の欠如を信頼していた。無

線は、ヴーケリッチの自宅がある文化アパートメントの一室から送信された――このアパートはお茶の水（意味は「立派な茶の水《オナラブル・ティー・ウォーター》」）という、悪臭ぷんぷんたる堀の向こう側にあった。あるいは赤坂にあるクラウゼンのアパート（この窓は、四季を通じて干してあるベッドシーツや下着のカーテンで覆われていた）から送られることもあったが、東京でも有数の富裕な地域たる麻布にあったゾルゲの自宅（永坂町三〇番地）から送られることは滅多になかった。メッセージの暗号化に使われた本は、『シェイクスピア全集』のある版（おそらく、一九二〇年代後半に刊行されたケンブリッジ版のうちの一冊）だった。マックス・クラウゼン「私たちは本（それをあの本と呼んでいました）にある戯曲の番号、幕の番号、場の番号を送信しました。それをもとに暗号をスクランブル化していたのです。私はシェイクスピアを読んだことは一度もありませんでしたし、ひどく退屈だと思っていたのですが、ゾルゲはどの劇からも長ったらしい一節をいくつも引用することができました。一度、どの戯曲からだったか忘れたのですが、「神のスパイ」という文句がある一節を使ったことがあるのを覚えています。ゾルゲはその節全体を暗唱し（同じ節に蝶も出てきたのも思い出しました）、それからこう言いました。「俺たちは神のスパイだ――神はいないのだがな」――みんなひどく愉快がって大笑いしました」

（クラウゼンが言及しているこの一節は『リア王一代記』から引いたもので、次のような内容である。

「……そんな風にわしらは暮らし、
祈り、歌い、昔話をし、金ぴかの蝶を
笑い、惨めなならずものどもが
宮廷の報せを話すのを聞き、やつらとともにおしゃべりするのだ――
だれが負け、だれが勝ち、だれが盛りで、だれが落ち目なのかを
そして神のスパイでもあるかのように
よろずの謎を引き受けよう」）

っていると、父はドアを「早くしろ」と叩いたりもした。私は上達し、簡単なメッセージをいくつか父に送りさえしたが（「犬がほしい」）、父の教えようという根気が続いたのは一、二週間だけのことで、やがて忙しくなり、やがてまたソ連に行ってしまった。私はしばらくのあいだモールス信号の練習をつづけたが、無にむかってメッセージを送るのは退屈なのでやめてしまった。スパイなりきりゲームで遊んだことも何度かある。両親の寝室に忍びこみ（母は無害にも『サウンド・オブ・ミュージック』を観ていた）、父の机の鍵がかかっていない一番上の引き出しの中にあるもの（ほとんどが請求書）をマッチ箱（本物のマッチ箱だ）で写真に撮り、それからなにも知らずにまどろんでいる母の背後を通って寝室から抜けだし、ガラスの天板のテーブルの下にある秘密基地にもぐりこむと、メッセージをたどたどしく暗号化して寝室に送り返すのだ——それがなにがしかの意味を伝えると念じつつ、銅線の向こう端にだれかいると想像しながら。このゲームは私が暗闇で見る（つまり、はっきり見る）練習をしている最中に（この技術はスパイなら必須だと、私は信じていたし、名スパイならなおのことだと思った）、ガラスの天板を粉々に割ってしまい、あやうく自分の首をはねそうになったところでおしまいになった。母に電信線を断ち切られてしまったので、テレパシーでメッセージを送るしかなくなった（短期間試みたものの、部分的にしかうまくいかなかった）。四月にソ連から帰った父がお土産でくれたのは、あまりに軽い、無惨にも歪んだ豚皮のサッカーボールだった。

母がかわいい妹ハンナ（一九七五年七月四日—一九八五年一月三一日）を産むため入院したとき、父はまた留守だった。今回はアゼルバイジャン・ソヴィエト共和国のバクーだった（八月になって、父はブリキ製の油井掘削リグと小さなパイプが詰まった箱を一箱持ってきてくれた——つなげられさえすればパイプラインになるはずだったものだ）。私は何度もかなり長い期間家にひとりで残され、同志チトーそのひとの監視を常に受けていた。そう信じていたのは、ブランコ・ヴーケリッチに、チトーの名前をみだりに口にすべきではないと言われたからだ。なぜなら同志チトーは、ベオグラードの官邸に備えつけたテレビモニターで、ユーゴスラヴィア全住民個々の生活をいつでも好きに見ることができるというのだ。[13]「〔それ〕でだ」ブランコ・ヴーケリッチは言った。「チトーの名にかけて誓ってから約束を反故に

13　日本での任務開始にあたって、ベルジンはゾルゲにこう言った。「唯一信用し、あてにすべきものは、至るところに監視の目があるということだ。目はどこにでもあるし、どこにもないんだ」ゾルゲは監視されていることを十分以上に意識していた。ユンカースの機内ですら、体にまとわりつくような視線を感じていた（もっともこれは、メアリー・キンジーの視線だったかもしれない）。日本に着いてから、ゾルゲに監視の目を意識させたのは次のようなことである。

（イ）『時事新報』の記者有富光門《ありとみみつかど》に監視されていた。この人物は、バーやレストランにいるとどういうわけかかならずゾルゲを見つけ出しては「この暴政がいつまでもつづくと思われますか？」といった見え透いた質問をしてくるのだった（ゾルゲ「暴政ってなんのことかね？」）。

（ロ）出入りの女中や洗濯屋が警察にしょっちゅう尋問・拷問された。

（ハ）寝た女（名前は不詳）から夜中にポケットを探られたが、なにもなかった。

（ニ）バーやレストラン、帝国ホテルでさえ、私服の特高警察に常時監視されていた（ゾルゲに集中しているせいで、注

したり、チトーの名前を出して罵ったりすれば、チトーにはこちらが見える。そしてもしチトーにこちらが見えるのなら、チトーは死んで僕たち全員を罰するかもしれない」以降、少なくとも私は同志チトー（そしてほかの誰かの）の死を招いたりせぬよう、罵りの言葉を言わないようにすごく気をつけるようになった。しかし、ずっと監視されていることがわかるとどこかほっとしさえもした。というのも、ひとりきりでいるときに、もし誰か（警察だか悪魔そのものだかが）が私をさらいにきたとしても、それも見られているので、卑怯な悪漢の手から解放されるのはまちがいないわけだ。これはまたトイレのあとで手を洗わなければならないし、鼻をほじっても鼻くそを椅子の裏に貼りつけられないし、豚みたいなげっぷもできないということも意味した。私はチトーの住居に映像を送信している家のカメラの位置をつきとめようとした。母と父の留守中、家中の花瓶をのぞいてみた。壁に貼ってあった写真の裏を見てみようとして、ハネムーン中の両親がウィーンで撮ったのを一枚破ってしまった（そのせいで病院から戻ってきた母に、容赦なく叩かれた）。ランプと電気のスイッチも調べてみた。あらゆる場所を見てみたが、唯一考えられた場所はテレビ（フトゥラ社製）だった。これはまったく理に適った場所だった。なぜならテレビの位置からは、ほとんど家の隅々まで見ることができたからだ。実際、母と父の寝室をのぞいたアパートのすべてが視界におさまるのだ。ひとりになりたくなると、私は両親の寝室に行ってベッドに横たわり、二人の不在の肉体のかすかな残滓を嗅ぎながら、向かいの壁に貼られた二人の結婚式の写真（笑っている二人のうしろで、円形のランプが月の役割を果たしている）を眺めたが、チトーのカメラがその幸せの背後にあるのではないかという疑念は晴れなかった。

いまは亡き妹が生まれる段になっても、私はまだ父がスパイであるという考えにとり憑かれていたが、たしかな証拠はなにも見つけられなかった。私の疑念はふくれあがっていた。正体不明の人物とロシア語で長時間、電話協議をしていたではないか。モスクワ、ウラジオストク、[14]ストックホルム、ニューヨークから手紙（カラフルな封筒を彩るにぎにぎしい切手）が届くではないか。ニュースを観ている最中に、人畜無害なアナウンサーより自分の方がよく知っているぞとでも言いたげな謎めいた微笑を浮かべているではないか。政治家について「長くはないな」とか「こいつは終わったよ」みたいなコメントをするではないか。寝室に閉じこもって何をしているのか誰にも絶対に見せないではないか。チトーがキューバに行ったとき（チトーとカストロが抱き合う姿、入れ歯のはまった二人の笑顔をテレビ

意散漫な群衆から見るからに浮いていた）。

（ホ）留守中に家を捜索され、スーツケースの中身を調べられた。

（ヘ）とりわけ、彼が身につけた、誰かの視線が常にうなじに、いぼのように据えられているという感覚。

ゾルゲ「見張られているとわかると、役柄をこしらえて演じるようになるんだ——寝ている時でさえも、夢の中でさえも。人生の大半で、私はリヒャルト・ゾルゲを演じていた。私は別のどこかの、別の誰かだった。常に監視の目が光っていると、すべてのものが違って見えるようになる。別の誰かの目から見るようになるんだ。万事がよりはっきりと存在するようになり、よりリアルになる。何物もひとりきりで見ないからだ」

14
ゾルゲのグループは主にウラジオストク（コードネーム「ヴィッテンベルク」）と、まれにモスクワ（コードネーム「ミュンヘン」）と無線で連絡をとりあっていた。

は映していた――チトーは白い、ごてごてしい陸軍元帥の軍服姿、カストロはオリーブグレイの曹長服に不滅のもじゃもじゃ顎鬚)、私は監視がやむか、もしやまなくてもチトー自身ほど熱心にはこちらを気にかけない下級官吏の誰かが監視するのだろうと思った。そこで私は父の引き出し、クローゼット、スーツ、スーツケースの調査を敢行することに決めた――どれもおあつらえむきにチトーの部下の目の届かない寝室にあった。私はすでにスイッチを切ってあるテレビのコンセントも抜き、分厚い(トルクメニスタン製の)毛布をかけさえした。私は結婚式の写真をそっと取り外し、窓のブラインドを降ろした。まず(二個の)スーツケースを調べ、(二枚の)ホテルのパンフレットを見つけた。モスクワのリュクス[15]とウィーンのホリデイ・インのもので、フロントデスクと、わびしい部屋、プールの写真が載っていた。リュクス・ホテルのパンフレットはにっこり微笑むロシア美人(絹のような光沢の三つ編み、バラ色の頬、大きな瞳などなど)が表紙だった。ホリデイ・インのパンフレットには広々としたホールの写真が載っており、きらきら光るクリスタルの涙をこぼす巨大なランタンが写真のてっぺんから吊されていた。スーツケースの中のポケットを探ると、名刺(さまざまな言語、いろんなアルファベット)が見つかった。紙ナプキンに記された意味不明なメモ書きや、使用済みの汽車の切符が見つか

15 一九二四年、著名な学者チチコフが置いていった、モスクワ・マルクス＝エンゲルス研究所からの招待状に釣られて、ゾルゲはドイツを永遠に後にすると、モスクワに向かった。数週間あちこちのアパート(ゴキブリだけはドイツと変わらなかったが)で過ごしたのち、ゾルゲは最終的にリュクス・ホテルの一〇一号室に落ち着いた。リュクスはコミンテルンの

ために働く外国人の同志が一手に集められている場所だった。実際、ゾルゲが靴下を脱ぎ、巨大なグラスでウォッカを喉に流しこみ、二個のスーツケース（一個は本で一杯だった――『資本論』、『ファウストゥス博士』、『七人のかわいい女の子』などなど）の荷ほどきをした翌日、同志ピアトニツキー、クーシネン、クロプシュトックの訪問を受けた。この三人のコミンテルンの活動家は、互いに傍を離れないことで悪名高かった（「「三人の王」と呼ばれていたんだが、クロプシュトックが三〇年代後半に姿を消したと思う」）。三人は夜通しゾルゲと話をして友人になり、彼をコミンテルン諜報局に苦もなく引き入れた。

ピアトニツキー「コミンテルンは党ではなく、各国の共産党から成る世界的な組織です。国際共産主義のため、全世界を唯一の共産主義社会に組み入れるために骨を折っているのです」

クーシネン「つまり、生産手段の私有化、階級的搾取および抑圧、人種的圧制を排して、単一の基本計画にしたがって諸国家を団結させようとしています」

クロプシュトック「形式上も理論上もコミンテルンは、国際共産主義が発展するうえで、この段階の目的を達成せんと努力する各セクションの活動を統括する頭脳なのです」

三人「ようこそ！」

三〇年代、リュクス・ホテルは事実上の仮収容所になった。外国人同志は外国のスパイになりがちだったからだ。ホテルの居住者の革命活動は、ＮＫＶＤの足音がドアの前で停まるのを延々待つせいで麻痺状態だった。夜中に車が騒々しくホテルの前で止まるようなことがあれば、一名ないし二名の自殺者が出るという帰結になった。清掃員を自分の部屋に入れる居住者は誰もいなかった――しばらくすると、清掃はまったくおこなわれなくなった。結果、はなから手のつけられなかったゴキブリが指数関数的に増加した。一九四一年になると三〇年代からの住人は、いまや巨大化した無数のゴキブリと、発狂して死にかけているユーゴスラヴィア人同志一名だけになっていた。後者が残されたのは、官僚制の不注意によって見落とされたからでしかなかった。

った。ライター（小型カメラか？　ちがう！）とソ連製の煙草一箱（スプートニク――箱には上昇する宇宙船――のけばけばしい絵が印刷されている）が見つかった。謎めいたゴム製の物体（二年ばかりしてコンドームだったと知ることになる）が見つかった。

さて、ここで読者にカメラの役を担ってもらい、対物レンズを私にむけ、肩越しにのぞきこむように私の目線を追ってほしい。私がこれからあらわにする物体にカメラの焦点を合わせてほしい。発見のスリルを迫真のディテールで描きだしてほしい。これを記録してほしい。照明スイッチ、オン。スタート。

左のクローゼット。まず下着。きちんと積み上げられたアンダーシャツのピラミッドの下を見ないといけない。何もない。パンティーの下。写真が何枚も載った本。『体位《フィグラエ・ウェネリス》――愛のマニュアル』[16]。男と女が組になって、裸で、アクロバティックな体勢をいろいろ試みている――お股がもじゃも

じゃだ。まあいい。タオル。何もなし。ベッドカバー。母の名前が記された布張りのノートには錠がついていて、鍵は見当たらない。くそっ。何事もなかったかのように戻しておこう。さあ、引き出しだ。紙や書類は、別々の（不可解な）山に仕分けられている。一山目。家の間取り図[17]にくわえて図表

16　第一次大戦の大量殺戮を引きおこした政治意志を論じた『新帝国主義論』（一九二七）と偉大なドイツの革命家の生涯と理論を論じた『資本蓄積論とローザ・ルクセンブルク』（一九二二）以外で、ゾルゲのもっとも重要な著作は『マルクス主義と愛』（一九二二）である。これは、人間関係を無慈悲な搾取の文脈において考究した書だ。その序文で、ゾルゲはこう書いている――「階級社会で愛は不可能なのだ。すべての人間関係は財産・搾取・イデオロギー的従属の関係だからだ。愛とは、男が男であり、女が女であるような無階級社会においてのみ達成されうる概念である。階級闘争の決定的な激化が資本主義の残虐を暴き革命へと導くように、純粋なる性的関係の激化は個々の人間関係の非人間性を暴くであろう。結果として生じる非人間性が物象化された真空は、もっぱら革命的行動を求めるであろう。要するに、愛は目下我々に必要なものではない。目下必要なものはセックスだ！」研究者は、『マルクス主義と愛』は学術研究の成果と言うよりも、キール大学での師クルト・ゲルラッハの妻、クリスティアーネへの満たされない欲望の所産だと説く。しかし、『マルクス主義と愛』（および一九二三年の「アナルセックスと革命」のような論文）がヴィルヘルム・ライヒに影響を及ぼしたことを示そうとしたものもいた。ゾルゲ自身は自分の初期の理論的著作にさほど自負心を抱いていたわけではなかった。「こうした難解な理論的問題を扱った私の議論は煩雑かつ未熟だったと強く思っており、ナチスが最後の一冊まで焼き尽くしてくれたことを望んでいます」

17　当時、ゾルゲが日本で住んでいた家は文化住宅と呼ばれるもので、同時代のヨーロッパやアメリカの基準からするとかなり手狭だった。一九三九年にゾルゲを訪ねたアルフォンス・カウダースは「狭い庭に建てられた二階建ての犬小屋と

がいくつかあり、最終頁の下には数字が示され、一七八二に下線が二度引かれている。二山目。卒業証書と履歴書。めくってみると、「……エネルギー伝達の効率的な方法の開発に取り組み……国際ネットワークに特に関心をもって……敬具」三山目。ファイルが四つある。ひとつ目のファイル。領収書。二つ目のファイル。支払い済み請求書。三つ目のファイル。卒業証書。「サラエヴォ大学を卒業し、エンジニアおよびエネルギー伝達管理者の資格を取得したことをここに証明する」四つ目のファイル。結婚式の写真。ウェディングリースを握りしめている母。母の左肘のうえあたりに触れている父——母を写真の外に押し出そうとしているかのようだ。母があごをあげてほほえんでいる。頼みこむ仕草で、両手を広げかけた父。写真中央にいる母と父——写真の両端から男女が、左右対称の笑みを浮かべて入ってくる。カメラに背をむけた女性とハグしている父（ズーム）。父の額にきらめいている汗。同じ女性とハグしている母（ズーム）。涙が鼻孔にまで達している。どの写真も背景に球形のランプが見える。まばゆい、偽の、動かない月。カット。

真ん中のクローゼット。スタート。まず、スーツが掛かった上の棚。スライドが入った箱がいくつか——ほとんどがソ連で、のこりがアドリア海岸で撮ったものだ。いくつか見てみよう。割れた「鐘の皇帝《ツァーリ・コロコル》」の脇に、豆粒のような父。レ

ーニン廟の前で衛兵二人に挟まれて立つ父。カメラにむかって笑みを送る父――背後の二人の衛兵は瓜二つで、左足を永遠に上げたまま、巧みに表情を消した顔で、細身のライフルの銃口を写真左右の上端にむけている。水着姿の母と父、ベビー服の私が前で、おじいちゃん[18]とおばあちゃん（黒いスカ

---

18 さして変わらぬ」と記している。ゾルゲが書斎として使っていた二階部屋の散らかりぶりはひどく、本、地図、雑誌、書類が一見無秩序に置かれていたせいで、友人たちをおもしろがらせ（カウダース「こりゃ、事物の世界のヴェルダン決戦だ！」）、女中を愕然とさせた（「ドイツの豚！」）。カウダースの回想によれば、本の多くは経済についてのもの（特にゲイシャの賃金体系）で、アメリカの映画雑誌（ガイモンから入手）や「きわめて興味深いアジア製ポルノ」もあった。日本の浮世絵が一、二枚に、ブロンズと陶磁器の高価なものが数点あった。薄い壁には日本の小川の堤の写真数枚や、グレタ・ガルボの写真も一枚あった。部屋には蓄音機や、ペットのフクロウ（餌はつかまえてきたネズミやゴキブリ）の籠もあった。ゾルゲは日本の習慣を重んじて、玄関で靴を脱ぎ、階段や狭い廊下ではビロードのスリッパをはいていた。就寝も日本式で、畳のうえに蒲団を敷き、円筒型の固い枕を用いた。カウダースはゾルゲの浴室についての記述で、常軌を逸して潔癖症のゾルゲが「明日などないかのように毎日からだをごしごしとこすり、それから膝を立て、火傷しそうなほど熱い湯を張った木製の浴槽に体をすべりこませた」と回想している。

ゾルゲの祖父アドルフ・ゾルゲは、マルクス存命中に第一インターナショナルの書記を務めた。アドルフおじいちゃんはゾルゲの子供時代のあいだずっと、マルクスの話をしてくれた。毎年七月になるとマルクスがシェイクスピア（英語で）やギリシャ悲劇（ギリシャ語で）を読んでいたこと。マルクスとエンゲルスがテニスをして（いつもマルクスが負けた）、その様子を第一インターナショナルの幹部たちが頭を「時計の振り子みたいに左―右、左―右」と振りながら見ていたこと。アドルフおじいちゃんがマルクスの家に寄って、偽の会議に連れだし、マルクスと（最近解雇された）女中との

ーフをつけ、ボタン留めの黒いワンピースを着ている）が後ろ——足元は小石だらけのビーチで、タオルが三枚、玄関マットみたいに敷かれている。これは何だ。父のカメラ（ライカ）と望遠レンズをおさめた円筒形のプラスチックの箱。バリウムの瓶[19]（「子供の手の届かないところに置いてください」）。白紙の山。封筒の入った箱。住所録。Ａ：アリルーエフ、アレクサンダル。パリ、ヴィクトワール通り一〇一番。Ｂ：ブルガーコフ、セルゲイ。アンドレイ坂四五番、キーウ。Ｖ：ヴラジーミロヴィチ、ヴラジーミル、ジュネーヴ私書箱六一六五。スプートニク（小さくなっていく惑星をあとにしている）の絵がついたグラスは、ペンや削っていない未使用の鉛筆でいっぱいだ。黒と緑のペリカンの万年筆。ホテルのパンフレットが一山。パリのリュクサンブール・ホテル。レンジ台でほほ笑むシェフの手のフライパンでは、判別不能の染みが見たところジュージューと撥ねている。トリポリのトリポリ・ホテル。みじめ

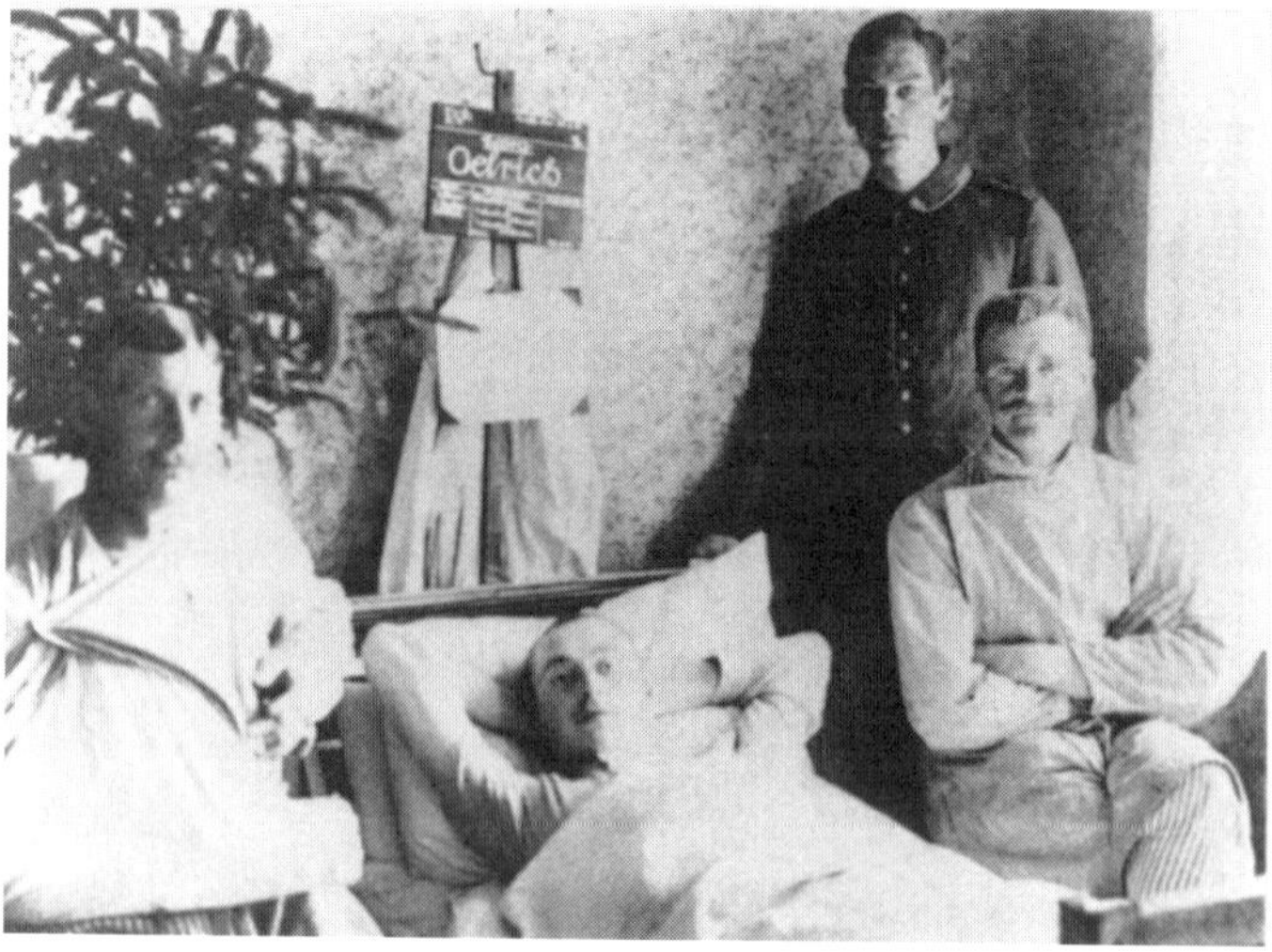

ったらしいテーブルの周囲に鬱々としたソファーが召しだされたホールは、あたかもあまねく生命が撮影のフラッシュで死に絶えたかのようにがらんとしている。英語とセルビア・クロアチア語が対になって書かれたポケットサイズのノート（ズーム）。birth—rodjenje。blind— slijep。work—rad。arrest—hapsiti。son—sin。mother—majka。money—novac。death—smrt。右のクローゼット。父のスーツを調べてみよう。青いスーツ。何もなし。青いスーツ二着目。何もなし。黒いスーツ。外ポケットには何もなし。内ポケットには体温計。グレーのスーツ。党員証[20]のカード。鍵。「S」という字の下に市

密会を隠蔽してやったこと。マルクスが歯医者を病的に恐れたせいで、エンゲルスかおじいちゃんがついていって、不滅のあごひげが鮮血で染まるあいだ手を握ってやらなくてはならなかったこと。それが世界を——「それまでは哲学者がただ解釈を試みるだけだったこの世界を」——永遠に変えてしまうと知りつつ『共産党宣言』の原稿をうやうやしく手に取ったときのこと。

19 上海滞在時、ゾルゲは悪名高いアヘン窟に入り浸っていた。一九三二年、上海事変のさなか、龔力《ゴン・リー》なる人物のアヘン酒場で、ゾルゲは人格が物理的に分離するような感覚を覚えたという。ゾルゲは肉体から歩み出ると、それをアヘンの陶酔に溺れるがままにし、自らは塹壕へのドイツ的ノスタルジーをかかえたまま守備隊のなかを歩きまわった——日本軍の銃弾をものともせずに、服も武器もろくにない中国人たちに手榴弾を配りつつ、「遍在するスナイパーの目、至高なる名手の超精密射撃」の幻覚を感じていた。

20 ゾルゲは一九三四年十月にナチス党東京支部に入会を許可された。無礼講の飲み比べの前口上で、オット大佐は次のように述べた。「愛すべき同胞のドイツ人、リヒャルト・ゾルゲ博士のエネルギーによって、われらの大義はいや増しに

内局番の電話番号（ズーム）が書いてある紙切れ一枚。マッチ一箱（アエロフロート）。プラスチック製のスプーン。赤白青三色のビー玉一個。白いスーツ。外ポケットには何もなし。内ポケットにも何もなし。ただしこの小さなポケットは別だ。薬瓶に似た、ちっちゃなプラスチック製の筒に、グレーの蓋がついている。蓋を押し開けると、フィルムが中に入っているので（もっと光をお願いします）、伸ばしてみる。何かの紙を写したもの（ネガ）が、一枚また一枚、全部で三十四枚、最後の二枚は川にかかったダムの写真のようで、人影が小さく写っている（くそっ、ズームだ）――だめだ、見えない。紙にはなんとあるのだろう？　どうも、書類らしく（見出しはぼやけている）、ロシア語で書かれているみたいだ。そのカメラ止めて、部屋から出ていってくれないか。ひとりにしてほしいんだ。自分の父親がスパイだという証拠をつかんでしまったんだから。[21]

　べとべとしたおもちゃ（私に）や酢漬けの魚の大缶（母に）のほかに、父はソ連から土産話を持ちかえってきた。ヴォルガ川を川下りし、キャビンやら工場の煙突やら巨大なレーニン像（片足を一歩前に踏み出し、未来を指さしている）やらから成る町をつぎつぎと通りすぎていったこと。エニセイ川にかかった世界最大のダムのこと――ダム下で川が沸きたつ様子は「紅海が割れるのを見」ているかのようだったこと。純血種の馬を、まるで馬から生えてきたかのように乗りこなすトルクメニスタンの人々。何千マイルも広がるタイガのこと――先史時代の動物が棲息し、迷子になろうものなら絶対に見つけてもらえない場所。あまりに寒いので始終動いていないと血の流れが止まってしまう場所。ウォッカがあまりに安いせいで、だれも水を飲もうとしない場所。ヴェヌィコフ教授が登場する話が多かった——あたかもそれが洗礼名であるかのように、父はいつもその人物をヴェヌィコフ教授と呼ん

強まるばかりと言わなくてはなりません。われらが総統《フューラー》の不滅の名言をいま一度使う上で、これ以上の機会はないでしょう。『我々には農民や労働者の頭脳明晰な息子たちが何十万人といる。我々は彼らに教育を受けさせるだろうし、すでにそうしている。そしていつの日か彼らが、国家や社会における指導的地位を占めるよう願うものである——異民族の構成員ではなく、教育を受けた我々のほかの諸層と手を携えて。我々は自民族を指導的地位に就かせんがため、この社会に浸透し、己のためにその地位を掌握する術を知る異民族を断乎阻止し、排除するものである』リヒャルト・ゾルゲ博士の血はドイツ民族の血の純潔をいや増しに高めると深く信じるところであります。ようこそ、リヒャルト、ようこそ！」

21

特高警察の鑑札係は、役人らしい徹底ぶりで、逮捕時にゾルゲの家で押収した物品の目録を作成している。これら味も素っ気もない、実際に諜報活動を行うための用具は、いちはやく動かしがたい物証となって、これを骨格としてゾルゲ告発のための証拠群が肉付けされていった。中には三台のカメラがふくまれていた。うち一台は複写用カメラとその付属品。写真レンズ三枚（ひとつは望遠レンズ）。現像器具。書類を撮影したフィルムが二つ（警察調書からは書類の内容は不明）。一七八二ドルが入った黒い革の財布。諜報員との接触の詳細およびメモを不明の言語で記したノート十六冊。ゾルゲのナチス党員証（一九五一年までの党費を支払い済み）と日本の党員名簿。『シェイクスピア全集』が二巻（どの版だったのかの記載はなし）。英語による報告書と図表が七枚。そして最後にかつ致命的に、これも英語で書かれたタイプ打ちの原稿が二枚、十月十五日付けで「ヴィッテンベルク」に送るべくまとめられた最終の任務報告書があった。

でいて、ヴェヌィコフの物語とは平穏の物語だった。常に温かいサモワールの傍らで、手ごろな値段のキャビアと酢漬けのカワカマスの肝臓とともに供される長い会話のこと。ロシアの子供たちが凍ったネヴァ川の上でホッケーで遊ぶ中、ネフスキー通りを散歩したこと。ヴェヌィコフが子供時代を回想したこと——キーウ近郊の桜の園や、ドニエプル川での水泳——そして十九歳のころ、先の戦争[22]でパルチザンとして戦ったこと。美人の妻がいて、娘二人は難解な数学の問題を解くか、ピアノとチェロのデュエットをしていること。公衆サウナで行われていたチェス[23]。父が言うにはヴェヌィコフの家こそソ連での自分の家なのだった。

一九七六年の夏、サラエヴォ・マイクロネット研究所からのにせの招待状（父がコネをつかって手配したもの）を受けて、ヴェヌィコフ教授はわが家を訪れた。ブダペストからサラエヴォまで十六時間ぶっつづけで車を走らせて（気付けのため、たまにウォッカをひと口だけやりながら）、朝五時に到着した。ベルを鳴らすのを避けて、そこにいるのかいないのかといった塩梅で用心深くドアをノックした。父と母はおそるおそるベッドを出て（母はハンナを抱きかかえていた）、各々見ていた夢から歩みだせないまま心細気な視線を交わしていた。父はのぞき穴から見て（「ヴェヌィコフ教授だ！」）ドアを開け相手を中に引っぱりこむと、ドアを閉める前に外の廊下をうかがった。しばらくのあいだ、二人は感嘆の言葉を交わしていた（父「ヴェヌィコフ教授！」ヴェヌィコフ「おお《アイ》、ピョートルや《モイ・ピョートル》！　ピョートルや《モイ・ピョートル》！」）。それから父は母と私を指したが、その仕草はあたかも私たちがドアの陰に隠れていて、そのドアを両手で開けるかのようだった（「すごいぞ《マラヂェッツ》、ピョートル！　すごいぞ《マラヂェッツ》！」）。ヴェヌィコフは洋ナシ型の体をしていて、その上に禿げ頭が載っていた（額にはミニチュアの取っ手のようないぼがあった）。眼は疲れていて、ターコイズブルーの虹彩にむかって赤い亀裂が何条も走っている。汗や玉ねぎ、ウォッカの

22 ゾルゲ「一九一四年夏、休暇でスウェーデンを訪れた。そして乗船可能な最後の船でドイツに帰ってきた。オーストリア皇太子（フェルディナント大公）がサラエヴォで暗殺され、第一次世界大戦が勃発したのだ。直ちに志願し、学校に届け出もせず、最終卒業試験も受けずに軍隊に入った」この期間は「学び舎から屠畜舎へ」と言ってもいいかもしれない。ゾルゲは東部戦線（ガリツィア）に送られた。彼はハンブルクから来た老石工と親しくなった。真の左翼だったが、男の頭はゾルゲのまさに目の前で木端微塵に砕かれ、その頭蓋骨の破片がゾルゲの顔を傷つけた（傷跡が終生残った）。一九一五年七月、ゾルゲは右足に榴散弾を受け負傷する。一九一六年、背中から当たった弾丸のせいで腸が飛び出てしまった。ゾルゲは野戦病院に移送されたが、意識はあり、自分の両手のなかではらわたが脈打っているのを驚きつつも他人事のように眺めていた。憔悴しきった外科医たちは、まず生き残れないと断言したが、何とか縫い合わせて、ベッドを与えてくれた。隣のベッドに寝ているユダヤ人の少年が、ベッド枠に自分の頭蓋骨をぶつけて割る傍らで、ゾルゲはゾルゲで痛みにのたうちまわっていた。一九一七年初頭、奇跡的に恢復したゾルゲはガリツィアの前線に送り返され、敵のスナイパーの殲滅を専門に受けもつ師団で、屈指の狙撃手になった。

23 ゾルゲは熱心なチェス・プレイヤーだった。指した相手に、クルト・ゲルラッハ（ゾルゲ二五勝―ゲルラッハ五〇勝）、ピアトニツキー、クーシネン、クロプシュトック（ゾルゲ一二勝―ピアトニツキー、クーシネン、クロプシュトック一二勝）、ベルジン（ゾルゲ一三一勝―ベルジン一二七勝）、クラウゼン（ゾルゲ一勝―クラウゼン〇勝）、尾崎（ゾルゲ五〇勝―尾崎四九勝）、花子（ゾルゲ二二勝―花子〇勝）、オット（ゾルゲ四五勝―オット一二勝）がいた。そして毎日、自分を相手に指していた。

匂いのとばりの奥から、自分のおもちゃの油臭さがなお嗅ぎとれた。

ヴェヌィコフは風呂に入って髭を剃ったが、シャツは同じシャツのままだった（茎に葉もついた梨柄のワイシャツ）。みなで朝食をとった――ヴェヌィコフはバナナを一山平らげ（ヴェヌィコフ以外バナナに触ってはいけないと、母は由々しき目つきで告げた）、ゆで卵とソーセージには目もくれなかった。「レニングラードではバナナになかなかお目にかかれないんだ」父がバナナをむいているヴェヌィコフの発言を訳した。朝食のあと、ヴェヌィコフは（二個の）スーツケースのうち一個を開け、丸々太った一群のマトリョーシカを一体一体引っぱりだした（マトリョーシカならもう何十個と奥の棚にしまいこんであった）。それから『文学新聞《リチェラトゥールナヤ・ガゼッタ》』でくるんだボトル（ストリチナヤ）を一本出して、父の手にわたした。父がボトルを剝いているあいだ、ヴェヌィコフはどれもどことなく似

通ったマトリョーシカを解体していったが、人形のむきはばらばらで、目が見えない人のようだった。

「ほら！《ヌー》」一番大きなマトリョーシカの頭に触ると、ヴェヌィコフは言った。「ほら！《ヌー》」

その夜はみなで『ブリガドーン』をテレビで観た（ヴェヌィコフは「馬鹿ものども！《ドゥラキー》」と呟いた）。父の抗議にもかかわらず、ヴェヌィコフは自分の車へ寝に行った――車は巨大なゴキブリに似たヴォルガで、私たちのアパートの前に駐めてあった。

「なんでここで寝ないの？」と私は尋ねた。

「あのひとは外国では居心地が悪いんだ」父は言った。「自分が別人のように扱われるのが嫌なんだよ」

私はその前から、父親がスパイだとほぼ確信していた。そしてその事実とどうにか折り合いをつけていた。父の顔によぎる影を、私はまだとらえることができた――自分がこれまでやってきた、誰にも知られてはならないことの影だ。父はいまだにロシア語で電話をかけていたし、例のフィルムは依然増殖していた。ヴェヌィコフから封筒を一枚受けとると、父は机の下の引き出しにしまって鍵をかけた。二人が寝室の陰で、あるいは母と私の鼻先を歩きながら交わす会話はロシア語で、会話のようには聞こえなかった――むしろ報告か打ち合わせのようだった。しかしヴェヌィコフがバナナを剥いたり（視線は剥いた皮といっしょに下がっていく）、バクラヴァをむさぼったり、『サウンド・オブ・ミュージック』を観ながらジュリー・アンドルーズといっしょにハミングしたり、リズムに合わせて片手をひらひらさせたりしているのを見てしまうと、私には彼がスパイだとはどうしても思えなかった。

ヴェヌィコフはお人好しのカバーか、まぬけな運び屋[24]のどちらかだと私は考えた。

ヴェヌィコフとの数週間は何事もなく過ぎていった。彼は父とチェスを指した（母「勝敗は？」父「一三一対一二七だ」）。サラエヴォ周辺の山を訪ねてまわった。密輸業者からイタリア製の安いジーンズを娘用に買った（密輸業者が自分の仲間に「このブレジネフのためにサイズ三十を取ってくれ！」と言った）。映画[25]に行った（『007は二度死ぬ』『ロシアより愛をこめて』『トゥルー・ストーリーズVI』）。閉めたドアのむこうで父と話す声が聞こえた。寝る前にはみなでヴォルガを見守り、深紅のパジャマを着たヴェヌィコフの肉体がチラチラ浮かぶのを眺めていた。第三週の終わりぐらいになって、映画（『アラビアンナイト』）、ディナー（ボスニア料理）、実に味わい深いトルコ・コーヒーをたっぷり飲んだ一日の終わりに、ヴェヌィコフは私の部屋で寝ることに同意した。両親にはさまれて寝ていると（妹はベビーベッドの中だ）、ヴェヌィ

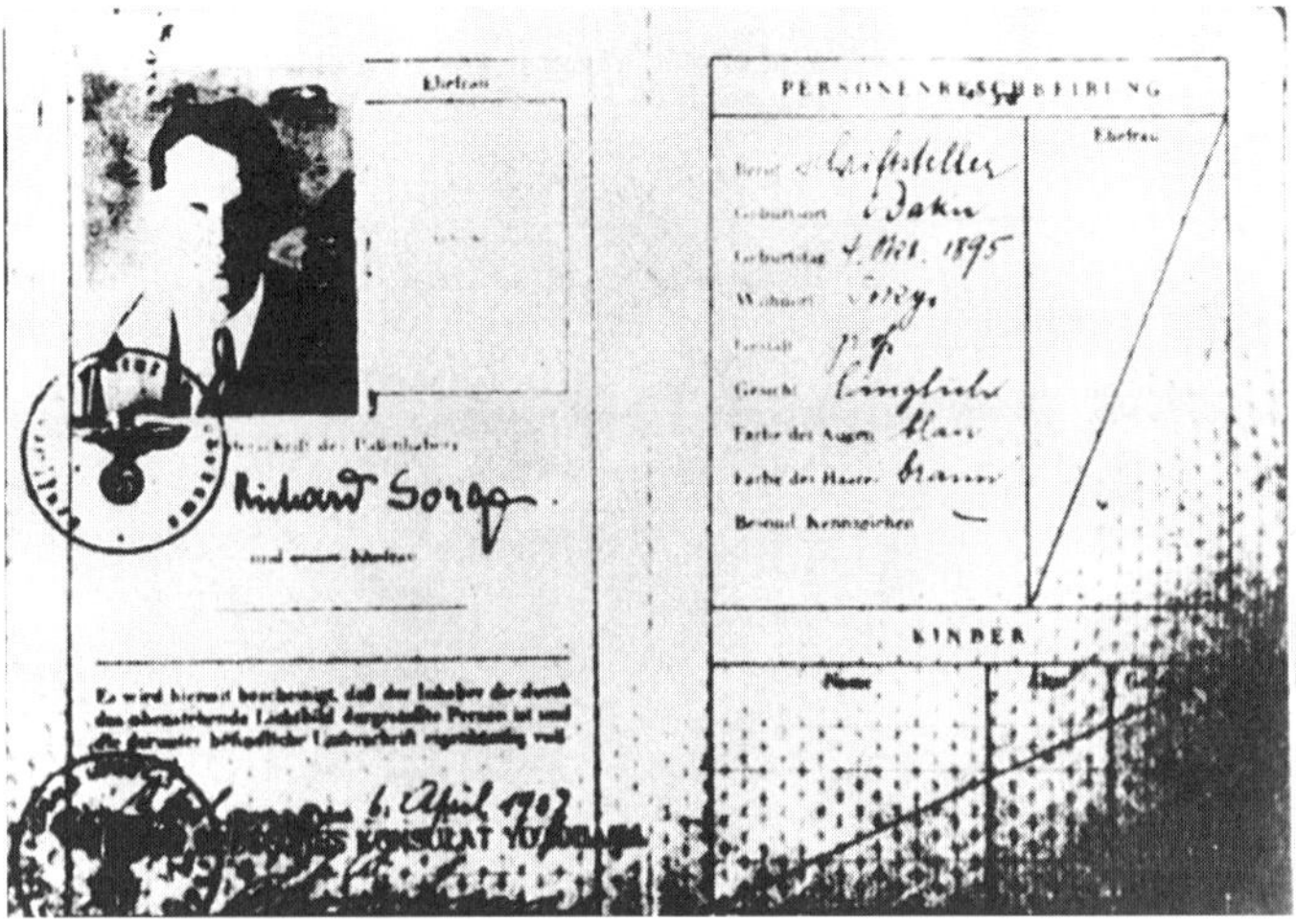

コフのグーグーといういびきが、時折、唇をペチャクチャやる音で途切れつつこちらまで聞こえてきた。母「ずっといるわけじゃないわよね？」父「帰らなくちゃならん。奥さんと子供があっちにいるんだから」私「なんでみんなでこっちに来ないの？」父「とにかく来れないんだよ」

翌日、ヴェヌィコフはこちらが誰も起き出さないうちに荷物をまとめ（妹は情け容赦なく泣きわめい

24　ゾルゲ「スパイには合法的かつそれらしいカバーが不可欠だ。私は報道記者をしていて、外国特派員は種々の情報を得る上でおあつらえむきなのはわかったが、警察にぴったりマークされてしまう。諜報員にとっての最善手は、大学教授や作家、学者のような知識人に扮することだと思う。概して、知識階層は平均ないしそれ以下の知能の人間で構成されており、そのカバーに扮した諜報員は警察に露見する可能性がかなり減る。その上、学者的な広い人脈（それを情報源としても発信源としても使用する）がある知識人となれば、本人はまったく自覚していない情報を持っている人々に接触し、一見滑稽な質問をして相手から信頼を得ることができる。私からすれば知識人は世界のペットだ。歴史の裏庭で穴を掘っているんだ。知識人は疑いの目を招かずに動けるんだ」

25　フランクフルト警察の一九二七年付けのファイルには、一九二六年一月二四日にリヒャルト・ゾルゲ博士なる人物がアメリカに発ち、しばらくカリフォルニアに滞在してハリウッドの映画スタジオで働いていたという、曖昧で未確認の報告書がある。しかしゾルゲによれば、アメリカを訪れたのは唯一、日本に向かう途中で寄っただけだという。ドイツ外務省公文書館の研究員アレクサンダル・ヘモン氏は、警察によって一九二五年と二六年にフランクフルトにいるとされたリヒャルト・ゾルゲ博士は「謎めいた任務を帯びて東京で活動したソ連のスパイではなく、我々の知らない別の誰か」だった可能性があると主張している。

た——たぶん警報を発していたのだろう）、私たちと一緒にさっさと朝食を済ませると、私の額にキスをし、妹と人差し指で握手し、母と父とハグし（父の背中を大げさに叩いていた）、ゴキブリ車のエンジンをかけると、レニングラードへの帰途についた。「うちに着いたそうだよ」二日後、つかのま電話でやりとりしたあとで父が宣言した。私の部屋にヴェヌィコフが残していったものと言えば、買ったばかりのアフターシェーブローション（ピトラロン）の香りと、ベッドの下で丸まった茶色の靴下片方だった。

　一九七七年十月、父は逮捕された。[26] 真夜中にキーッという音をたてて停まる車もなければ、革のコートを着て大理石のような顔をした男たちもいなければ、脅えきってがたがた震えのぞき穴から外を見ることすらできずにいる隣人もいなければ、ドアを破ったりということも（ドアを拳でガンガン叩くことすら）なかった。たんに父は電話で呼び出されただけだった。電話を切ると、父は母に言った。「何かの交通違反で呼び出された。誤解にちがいない。すぐ帰るよ」父はテニスシューズ（プーマ）を素足にひっかけて出ていった。父は帰ってこなかった——眠れぬその夜も、その次の日も。母は半狂乱になって執拗に電話をかけつづけたが、誰も母と話したがらず話はどれも一、二分と持たなかった。募る恐怖を、母はなんとか抑えつけようとしていたが（声を殺してすすり泣いていた）、ハンナはいつもぐずっていた（離乳食を食べるのを拒んだ）。父がスパイだという私がずっと抱いていた考えは、殺風景な少年時代に彩りを添えるすべに過ぎなかったのだが、父の逮捕でにわかに現実味を帯びてきた。父のスパイ行為を察知できたのだと思うと誇らしく背筋がぞくぞくしたが、同時に自分の乏しい理解力を超えた何かに家族が直面しているとわかってきて怖くなった。四肢は重たく、大きくなって、自分で自分の動作を制御できなくなった。私はベッドの下やクローゼットの中に隠れてしまいたいという衝動を始終感じていたが、できたのはせいぜい（わああ泣くハンナを両手に抱えた）母がメトロノームのように前後に揺れているのを見守ることぐらいだった。

26

一九四一年十月七日の夜、南満州鉄道東京支社ビル内のレストラン「アジア」で、ゾルゲは尾崎と定例の会合をお膳立てしていた。ゾルゲは約束を守ったが相手はあらわれず、仕方なく酒を浴びるように飲み、隣席の（「メアリー・キンジー似の」）女性にどこか上の空といった風情でちょっかいを出し、エスカルゴをがっついていた。二日後に宮城がゾルゲ宅を訪ねることになっていたが、顔を出さなかった。十月十日金曜日、クラウゼンとヴーケリッチが前もっての取り決めにしたがってゾルゲ宅を訪問したが、落ち着かない空気は募る一方だった。ヴーケリッチは尾崎の勤務先に電話をかけたがつながらなかった。クラウゼン「重苦しい空気だった。ゾルゲが厳粛な調子で――まるでわれらの命運に封印を施すかのように――こう言った。『ジョーもオットーも姿を見せない。逮捕されたにちがいない』」

ヴーケリッチとクラウゼンはゾルゲの家を出てそれぞれの命運へと迷いこんでいった（ヴーケリッチ――監獄内の病院でチフスのため病死。クラウゼン――空襲のさなか、米軍の焼夷弾によって獄中で焼死）。そのあとでゾルゲは休むどころか、いつにもまして優しく滑らかな花子と一心不乱に交わった。深夜二時、私服の刑事（名前は不詳）が、事情を知らない眠たげな警官二名を連れてゾルゲ宅のドアを礼儀正しくノックした。返事がないと（ゾルゲと花子はふたたび絶頂に達しようとしていた）こう叫んだ。「先頃の交通事故の件でお目にかかりにあがりました」ゾルゲは戸口にパジャマとスリッパ姿であらわれた。それ以上のやりとりもなく、逮捕が非合法だと（隣人を起こさないよう小声で）文句を言っているうちに、人目を惹かない黒の警察車両に押しこまれてしまった。

父が消えてから四日後に、スロボダンが訪ねてきた。しつこくベルが鳴らされるので、母はのぞき穴のむこうと私とをかわるがわる見ながら、ドアを開けるべきか思案していた。「私は味方です」そうスロボダンは言いきった。母はドアを開けたが、チェーンはつけたままだった。「奥さん」男は言って、財布の内側を見せた。「捜査官[27]のスロボダンです」「国家保安委員会」母が口ごもった。「ヒステリー女みたいな真似はしなくていい」男は言った。「助けに来たんだ」母はチェーンを外して男を中に入れた。男は靴も脱がずにまっすぐダイニングルームに行き、座りこむと眼鏡の分厚いレンズと広いおでこをハンカチで拭いた。そのあいだ、母と私は呆然と見ていた。

「奥さん、こちらでは何もかもわかっていることを知ってほしいのです。[28]見ていたし、聞いていたし、知っているのです」男は言った。「そしてこちらがあなたになんら悪感情を抱いていないこともわかってほしいのです。あなたは夫の活動についてまったく知らなかったと思っています。知っていたら、教えてくれたでしょう。そうですね？　言いたいことがあればどうぞ？　いや、あなたのすてきなお口がペチャクチャしたがっているように思えたもんですから。奥さん、お子さんたちかわいいですね。あなたの子ですか？　冗談です——あなたにそっくりですね。お嬢さんの名前は？　間違いない、美人になりますよ。言いたいことがあればいつでもどうぞ。奥さん、私のこ

27 ゾルゲの取り調べを直接担当した検事は、東京地方裁判所検事局思想検事の吉河光貞だった。吉河はマルクス主義をはじめ、当時の政治経済思想に造詣が深かった。東京帝国大学在学時には自身マルクス主義者だったという噂もあった。大学卒業後すぐ、ゲイシャの賃金体系についての包括的な論文をものしていた。二人は互いに尊敬しあう間柄だったように見える。吉河「人生を通じても、彼ほどの人物に出会ったことはない」判決後の最後の面会で、ゾルゲは吉河に花子サンによくしてやってくれと頼んだ。「彼女はいずれ大学教授と結婚して退屈で幸せな人生を送るんだ。彼女には何もしないでくれ」

28 ゾルゲのもたらした情報の一部は、一見些細なものでも、第四局を通じてＧＰＵに送られた。ＧＰＵはそれを用いて、のちにＫＧＢの第一総局の第六課になるものの基礎を築いた。――悪名高い「リスト」である。リストとは、ソ連の諜報活動に（ごくわずかでも）いつか役立ちそうな人物を網羅し、その経歴や個人情報を集めた膨大な資料を指す。リストのファイルにふくまれていたのは次のような情報である。性的嗜好（窃視やエージェントによる誘惑を通して入手）。食事の習慣（レストランの請求書など）。睡眠の習慣（真夜中の電話、監視など）、スポーツ・チームの所属、読書の傾向（定期購読している雑誌、図書館の貸し出し履歴など）。そしてしばしば、一見無関係な逸話が記録されていたが、これはどういう人物を利用しようとしているのか、調査する側が判断する役に立った。情報は脅迫の材料になっただけでなく、誰かをスカウトする際に効果的なアプローチを探ったり、人心を攪乱する情報を流すために使われた。冷戦期の亡命者はリストについて無数のエピソードを持ちだした。そしてほとんど例外なく、「我々は何でも知っている！」が公式スローガンだったと主張した。コンピュータ以前の時代では、ナチスのゲシュタポのみがほぼ同種の組織を抱えていたが、詳細さと網羅性の点でリストに及ぶべくもなかった。米国政府の情報機関（ＣＩＡ、ＦＢＩあるいはその双方）がリストと同様の原則にもとづきコンピュータのデータベースを構築していると六〇年代以降主張されてきたが、確認はされていない。

とをそんな風にとらないでください。私は善人です。この国が好きですし、ここには何かが、世界中探したってどこにもない何かがあると思っているんです。そしてそう思っている人はたくさんいます。この国を――我々の父祖が血を流して守ったこの国を――汚《けが》されたくないのです。ここは私たちの国ですし、守っていきたいのです。それが気に食わない人は、アメリカ[29]なりどこへなり好きな場所にさっさと出ていけばいいんです。同意してくれますか？　同じ風に考えていると言ってくれますか？」

　母は言った。「同志スロボダン、今すぐ出ていってください！」

「よろこんでそうさせてもらいますが、その前にちょっとした用をいくつか済ませたいな。ご主人のよい写真が一枚要るのです。新聞用に。だめ？　では勝手に物色させてもらいましょうか。何かくすねるなんて気をこっちが起こさないよう、見ていてもいいですよ」

　母は何度もむかつくと、ハンナをベビーベッドに置き、トイレにかけこんだ。母が吐いている音が聞こえたが、咳をしているかのようだった。

「女ってのは、いつも吐いてるな。女には近づかんことだ。坊や、これはおじさんからのアドバイスだ。さあ、お父さんについて聞かせておくれ。パパが好きかい？　そうだろうな。おじさんは子供のころ、大事なものを隠しておく場所が決まっていてね――ビー玉とか、人には見せられない写真とか物とかね。きみにもそんな場所があるかい？　お父さんにもそんな場所があったんじゃないかな？見せてくれないかな？」

　母が戻ってきた。

「奥さん、息子さんに将来何になりたいのか聞いていたところです。きみ、何になりたいんだい？」

「ジャーナリスト」私は言った。

「賢い、とっても賢いね。きみはきっと出世するぞ。奥さん、ご主人が私物をしまっておく場所を見せてもらえたら、言葉では言い尽くせないほど感謝するんですが。だめ？　じゃあ、差し支えなければ自分で見てみましょう」

男は立ち上がると、ダイニングルームを歩きまわり、棚から数冊本を出すと、関心なさそうにぱらぱらとめくってから元に戻した。こちらをむいて微笑むと「ちょっと失礼」と言って寝室に滑りこんだ。

寝室からこちらまで音が聞こえてきた。スーツケースをドシンと落とす音、ギーッと引き出しを引く音、鍵のかかった引き出しをこじ開けるパチッという音、手あたり次第物を床に投げ捨てているド

29
マッカーサーの情報参謀をつとめたチャールズ・A・ウィロビー少将（在職期間一九四一―一九五一）は、空襲で大々的に破壊された東京に残存するゾルゲ関連ファイルをすべて没収し、ゾルゲ事件の調査をおこなった。本調査はアメリカ合衆国本国で共産主義者ネットワークの解明に大いに役立てられた。著書『上海諜議――ゾルゲ諜報団』（一九五二）で、ウィロビーはいみじくも次のように指摘している。「リヒャルト・ゾルゲ博士とその仲間の仕事は歴史に属するが、その仕事の方法は今日および未来に対する明瞭な警告となるべきである。それは情報将校のみならず、善良なる市民一人一人に関わることである。その意味合いを考えると恐ろしくなってくる。誰が信頼がおけるのかわからなくなり、一見人畜無害な友人が突如敵だと判明するのではないかと疑いだしてしまうのだ」

サドサという音。母は私の手を握っていた。母の手は汗ばみ、弱々しかった。ポケットに何か突っこみながら、スロボダンはスーツケースを持って部屋から出てきた。手から小さな箱（蜂が花にとまる絵が描いてある）を出して、こう言った。「コンドームだよ、坊や。きみの父さんがこれを着けていたら、きみは何年も前に下水管につまって腐っていたはずだ」母は男の手から箱をむしり取ると、「出ていけ！」と言った。

「もし話したいと思ったら、遠慮なく電話してくれ。うちのボスはいつも、愛にも政治的限界があると言っている。[30]電話してくれ」男は玄関わきの壁に電話番号を書き——71-782——ドアを開け、出ていった。母がドアを閉める前に、男はよく響く廊下で大声をあげた。「今度会おうよ、もうあなたもひとりなんだから」

母は嫌々寝室のドアを開けた。開けはなたれたスーツケース。スーツの山（ハンガーのフックは、白鳥がお辞儀した頭のような形をしている）。スプートニクのコップは砕けてペンと鉛筆がその周りに散乱し、死体のようだ。ベッドの上には左右対称の足の形のへこみがありその周りのベッドカバーにはさざ波がたっていた。

一か月ほどして、ハンナと私は母につきそわれて刑務所にいる父親を訪ねた。面会室はさびれたホテルのホールのようなところで、染みや傷のあるソファーと肘掛椅子がいくつかの群れに分けられていた。父が青白い制服を着た看守[31]（帽子のふちが眉毛にかかっている）につきそわれて入ってきた。母はたちまちわっと泣きだして父と抱き合った。父はハンナ（「パ《タ》パ《タ》！　パ《タ》パ《タ》！」）と私のあいだに腰を下ろし、私たちの体に腕を回してきた（細い、血が滲んだ袖口バンド）。左の犬歯の先端が欠け、左耳の下の顎の付け根あたりに大きなあざがあり、耳の影のようだった。

「何も悪いことはしていない」父は言った。

「無駄口をたたくな！」看守が吠えた。

「拷問[32]されたの？」母が訊ねた。

---

30 一九四一年八月、花子サンは特高警察の本部に呼び出され、中村という男にゾルゲと別れるよう迫られた（「あの人たちは忠誠の何たるかを知らない！　家庭の価値を知らない！」）。いかにもゾルゲ的な、辛辣な対応として、花子さんは中村を食事に招いた。この招待は気まずく無視された。

31 巣鴨刑務所で、やや意外なことに、ゾルゲは看守長の大橋となかよくなった。ゾルゲが供述書を書いてしまうと、大橋は毎日、その日の分のお茶に加え、新聞を差し入れるようになった。ゾルゲの独房でいっしょにお茶を飲むこともあった（ゾルゲ「死刑になったら大橋さん、あなたに取り憑きますよ」）。一九四四年十月、死刑執行の日取りが決まると、大橋は果物と酒を持ちこんで、「お別れ会」をゾルゲのために開いた。大橋はゾルゲに形見の品をねだった——できればゾルゲの黒いイタリア製の靴（底は革、紐は絹製）を、と。ゾルゲが刑場に引かれていったあとの独房には、磨き上げられた靴が一足残されていた（つま先を壁にむけてあった）。中には絹製の靴下と大橋へのメモが入っていた。「波乱万丈の私の生涯の中で、最も困難な時にあなたから受けた御恩は決して忘れません」

32 吉河のところにまわされる前、ゾルゲは下っ端の検察官によるお決まりの尋問を受けた。主として型どおりの拷問が行われ、何時間も正座を強いられたまま、三人の検察官に繰り返し殴打され、膝を踏みつけられ、頭や腕を柔道

「平手打ちを一、二発」

「無駄口をたたくな！」

「学校はどうだ？」父に訊かれた。

「ちゃんとやってるよ」

「歴史のテストはクラス[33]で一番だったのよ」と母が言った。

「よしよし」父は言った。「よしよし」

「あなたに何を求めてるの？」母は訊ねた。

「尋問されている。供述書に署名させたいんだ[34]」

「いつまでもべらべら無駄口をたたくな！　忠告はこれが最後だぞ」

父は簡易裁判（非公開）で三年の重労働の刑を宣告され、一九七八年一月七日にゼニツァ刑務所に移送された。テレビでは、法廷で手錠をされた父（と四人の身元不明の男）の姿が映し出され、「外国のプロパガンダの流布」、「眠ることを知らない内なる敵」、「チトーとそのヴィジョン」、「われらの父祖が血を流して得たものを守る」といったナレーションがかぶせられていた。

「この光景はすでに見たことがあるものです」そう、ナレーションは語っていた。「そして今後も見ることになるでしょう。インテリが正体を偽って、不満の種を致死性の病原菌のようにばら撒いているのです。ですが、彼らにはこう言ってやらねばなりません。われらの進歩の清流に手を出すな。さもなくばカタツムリのように叩き潰してやる[35]！」

技で締めあげられた。髪を焼かれたり、痛覚が発達した箇所（乳首、睾丸、肛門）を針で刺されることもあった。時おり、ゾルゲは目を閉じて途方もない痛みをやり過ごそうともした。時おりトランス状態に逃避できても、背後から耳の後ろやうなじを拳骨で殴打されてまた現実に引き戻され、あまりの痛さに抑えようもなく嘔吐した。当然ながら、ゾルゲは拷問に屈せず供述書には署名しなかった。

33　高校生のころ、ゾルゲの一番の親友はフランツという名のユダヤ人の少年で、二人の共通の関心はドイツ史――特にバルバロッサとビスマルク――だった。バルバロッサの遠征についての本（飾り布を垂らした、がっしりした馬に乗った鎧姿のドイツ騎士の絵がたくさん載っている）の向こうから、フランツが身を乗り出しイーカにキスしたことで、友情はぷつりと途切れてしまった。

34　ゾルゲが落ちたのは、巣鴨の仏式の教誨室でクラウゼン、ヴーケリッチ、尾崎、宮城が署名した供述書を見せられたあとのことだった。吉河はこう迫った。「きみの人間としての責務とはなんだね？　生命と家族を危険に晒してきみとともに、きみの大義のために働いた友人たちは自白し、それによって自分の罪が幾分なりとも――どんなにわずかでも――減刑されることを望んでいるかもしれない。きみは彼らを見捨てるのか？　彼らを裏切るのか？　きみは、わが身が一番かわいい典型的な西洋人として記憶される気か？　わたしがきみの立場なら、自白するね」ゾルゲはこう言った。「検事殿、私の負けです。おめでとうと言わせてください」そうしてペン（黒と緑のペリカン）と紙（罫線なしの、堅い表紙がついたノート）を所望した。ゾルゲは約五万語におよぶ自伝的な告白を執筆した。その冒頭は次のような言葉だった。「人生で初めて、本当のことを言いたい。一九二八年以来、私は共産主義者だった」

35　ドイツでも、日本でも、ソヴィエトでも、ゾルゲの裁判と処刑について一般に知らされることはなかった。実際、いずれの政府からも公式の発表はなかった。例外は在東京ドイツ大使（昇進したばかりだったオット元大佐）の短い電報で、ベルリンが関与する限りにおいて本件にピリオドを打つ内容だった。「かねてからの報告の通り、ソ連のための諜報行為によって死

父が収監されていた年月は大した出来事もなく過ぎていった。妹は大きくなり、言葉を覚え、悲しむことを覚えた。母は無口になった。私はと言えば、思春期についてまわるものはひととおり経験した。声変わり、反抗期、読書（『異邦人』『審判』『変身』）、恋（ニーナという女の子――むこうの父親に会うのを禁じられるまで）。だが、なにごとに対しても入れ込むというわけではなかった。まるで、すべては他人事で、それをさしたる関心も燃やさずに眺めているかのようだった。誰も訪ねてこなかったし、どこへも出かけなかった。スロボダンだけがたまに訪ねてきた（「坊や、きみのお父さんはどうしょうもない男たちと一緒に塀のむこう側に閉じこめられていて、きみのお母さんはできるかぎりの手助けを必要としているんだよ」）。月に一度、私たちは父に会いに行った。冬でも刑務所の庭のベンチに座って、はなれて立っている看守と、監視塔にいる狙撃兵の視線を嫌というほど感じながら、塀の外の生活について他愛もない情報をやりとりした。一九七九年の春、母と父がほとんど無言のまま、二時間ベンチに座っているあいだ、私はハンナにふらふら飛んでいる蝶を捕まえてやり、陰気な囚人たちは互いのうなじを見つめながら、「左、右！　左、右！」と唱える看守のまわりをぐるぐる回っていた。帰宅してから（酔っぱらって嘔吐している兵士で一杯のバスに揺られること二時間）、母は（黒い）ブラウスのボタンを外している最中に嗚咽すると、椅子に座って何時間も泣いていた。私が何度質問しても答えてくれず、押しのけられた。

一九七九年九月、私ははじめて詩[36]を書いた。書いているあいだは幻覚を見ているかのようで、一時間もかからなかった。詩の題名は「世界で一番孤独な男」だったが、要するに彼の人生を借りた自己憐憫でしかなかった。この詩を記憶から写しとってみる（実はこれは書き出しにすぎず、退屈なスタンザがあとに続く）。十代後半の自己嫌悪と破壊[37]（これには自分の体毛を一本残らず剃り落とす行為もふくまれた）活動のピークにその（ほかの、あまり記憶に残らない詩も書かれていた）ノートを処分してしまったからだ。

刑を宣告されていたドイツ人ジャーナリストのリヒャルト・ゾルゲは、外務省筋によれば十一月七日に絞首刑に処された」（言わずもがなの事実を記しておくと、一九四四年十一月七日は十月革命二十七周年記念日だった）。

36　一九一九年、ゾルゲは次の行から始まる詩を書いた――「自分から逃げつづける、永遠のよそもの」そしてその詩をゲルラッハのサロンで、左翼の大学教授たちやクリスティアーネ、そしてクルト本人がいる前で朗読した。クルト・ゲルラッハはゾルゲの詩的感性を容赦なく嘲った。「へっ、『自分から逃げつづける』だって！　どこに行くつもりかね？　そんなのブルジョワの戯言だよ、イーカ。人間は社会的関係の産物なんだ――そしてそれは歴史の中で、歴史によって形成されるんだ――自分なんてものはないし、形而上学的な無駄話の奥に本質が隠されているわけでもない。へっ、『永遠のよそもの』だって！」ゾルゲは詩を書いた紙を燃やすと、残りの人生で文学に手を出すことはなかった（供述書を書きはしたが）。

37　クリスティアーネへの息詰まる欲望に駆られて試みた求愛が惨憺たる結果に終わり（「親愛なるイーカ！　私はあなたのことが――あなたの自虐的で辛辣なユーモアでさえも――好きだったわ。でも昨晩あなたがしたことは、まっとうな女性が我慢できるようなものではなかった……」）、ゾルゲは自殺を試みた。しらふのまま人生に片をつける勇気がなかったので、目の前のテーブルに不穏にも剃刀を置き、安物の梨の火酒《シュナップス》で死の願望を燃え立たせようとした。

東京は息をしているが、私はちがう——
雨のカーテンが顔に貼りついてしまった。
私が生きているのは人生ではなく、策謀だ——
ひとつところに二人の自分がいる……

次に父を訪ねたとき、私はこの詩を見せたかったが、父は病気で、知りたがったのはアフガニスタンでの出来事[38]だけだった（服役中の政治犯はニュースが見られないのだ）。今回の面会場所は瘴気が漂う部屋で、女子刑務所をのぞむ小さな窓があった。付き添いの看守に父は「バラバ」［イエスの代わりに放免された盗賊の名］というあだ名をつけ、立ち上がったり、歩いたりするのを手伝ってもらっていた（「バラバ、私を十字架に戻してくれないか」）。囚人服がいまや骨と皮ばかりになった肩からずり落ちていた。「体が縮んでしまったよ」と、父は言った。

一九八〇年一月、父は釈放された。脳腫瘍と診断され、体が丸まって老人になり果て、ほとんどの歯を失っていた。父は私の服が着られた。結婚指輪は指から滑り落ち、父は指輪を外した。私たちは家を模様替えし、テレビを寝室に入れた。父は残りの人生をリモコンを手にして過ごすことになった。一日中テレビ（主にニュース）を観ながら、バナナをしゃぶり、時おり気を失っては、しばらくすると物憂げな夢から歩み出てくるのだった。調子のいい日には香りの強いお茶[39]を飲みながら、ソ連旅行の話をしてくれるのだった。明日などないかのようにみながコロミイカを踊るウクライナの結婚式のこと。何日も潜っていられる原子力潜水艦のこと（乗組員は目が見えなくなっていく）。カザフスタンでラクダに乗ったこと。見渡すかぎり一面の、そしてその先もまだ広がっていく小麦畑のこと。日々、父は小さくなっていった。肉が歯磨きペーストのように絞りだされていくみたいだった。

しかしその勇気は二杯目で頂点に達した後は急速にしぼんでしまい、結局酔いつぶれてしまった。十六時間後（ゲロの臭いをぷんぷんさせ、酒はもう全部体外に出ていた）目覚めると、自分がどこにいて、なぜその場所にいるのかもわからなかった。この不幸な事件以降、ゾルゲはクリスティアーネを遠くから見つめるだけになり、かつての欲望の残り火は酒乱騒動の灰の下でかき消えてしまったのである。

38

ゾルゲの予審の最中、スターリングラードは包囲されていた。ゾルゲはスターリングラードで戦争の趨勢が決すると見抜き、戦況に多大な関心をよせていた。法廷で判事が書記と話しているあいだ、ゾルゲは吉河にスターリングラードについて小声で訊ねたりした。吉河は声を潜めて、大まかな状況を伝えてやっていた（「陣地を維持している」とか「よさそうだ」とか）。予審判事は何が行われているか気づいていたが、止めようとはしなかった。スターリングラードが防衛されたあとで、大橋がのぞき穴から見てみると、ゾルゲは独房の中で踊り、手を打ち鳴らし、歓喜のあまり壁にキスをしていた。

39

処刑の直前、巣鴨刑務所の主任教誨師（吉河と大橋に付き添われていた）が、ゾルゲに茶と菓子を出して、こう言った。「生と死は、一個人として至福に達した人間にとってはひとつの、同じことなのです。すべてを仏陀の慈悲に委ねることで、個人を超えた幸福が得られます」ゾルゲは言った。「どうもありがとう。でもお断りだ！」

五月四日、同志チトーが死んだ。かねてから体調不良であり、片足を切断せざるをえなかった。何日間にもわたってくりかえし見せられた場面といえば、笑みを浮かべた（一本足の）同志チトーが喜色満面の（チトー存命で誰よりもよろこんでいる）医師たちに囲まれ、残ったほうの足をしわひとつないシーツが覆っている映像だった。十五時四分にサイレンがむせび泣きはじめた。窓の外を見ると、すべてが静止していた。人々は路上で立ったまま動かず、車は麻痺していた。誰かが映写機のフィルムを止めてしまったかのようだった。テレビの黒い画面に白い文字が映し出された。「同志チトーが逝去しました」――ナレーションも、画像もなかった。サイレンがむせび泣きをやめた。外を見ると誰も、なにもなくなっていた。まるで地面が口を開け、すべてを飲みこんでしまったかのようだった。[40]「審判の日だな」父はそう言って、テレビを消した。「これがすべての終わりなんだろうな」

40　ゾルゲは殺風景な、窓のない、がらんとした部屋に連れていかれた。その中央に絞首台が置かれていた。部屋に通されて絞首台の下に立たされ、首に縄がかけられた。登る階段も、立つ足場もなかった。落とし戸は床に、まさに足元にあった。

アコーディオン

The accordion

1

馬たちは無表情に速足で走り、馬車は規則正しく縦揺れしながら進んでいく。フランツ・フェルディナント大公の瞼は角膜を力なく滑り落ちていく。重たい瞼がいまにも底にたどり着こうとするが、そのとき左側の馬が尻尾を上げ――尻尾は大公のきらびやかな軍帽に付けた房飾りに気まずく似ている――馬の肛門がカメラの開口部のようにゆっくり開くのを大公は見る。

うわべは歓喜していると見える群衆が二本の触手のように伸びたあいだを、馬車は通っていく。人々は小旗を振り、何か猿の言語で喝采を送っている（「ボスニア語と言うのだろうか？」と大公は自問する）。汚らしい顔の、悪臭を放つ欠けた歯をした子供たちが、大人たちの脚のあいだを駆け回っている。大公は秘密警察の姿を認める。完璧に整えた口ひげ、厳めしい黒の帽子。血のように紅いトルコ帽――ひっくり返した植木鉢に短い房を垂らしたみたいだ――や、顔の前に小さなカーテンを掛けた女たちの群れに混じると、警察官たちの帽子はいかにもグロテスクに見える。彼らはしゃちほこばって立ち、巧みに横をチラチラと見やって、己の油断なさを見せびらかす機会を窺っている。左側の馬は空気の抜けた黒っぽいテニスボールみたいな糞を落としている。大公にとっては異国の民たる、狡猾な臣民たちの背後をひっそり流れる浅い川は、腐ったザワークラウトの臭いを放っている。前を走る馬車で見えるのはポチョレック将軍の儀礼用軍帽のてっぺんのみ。凝った房飾りが鬱陶しくはためいている。王座についたらまずポチョレックを追い払おう、と大公は決める。

　大公は妃に目をやり、その顔が嫌悪に吐き気を催しているのを見てとる。「これだけ大勢の前でまた吐いたらさぞ見苦しかろうなあ」と大公は思う。彼は妃の（冷たい）手に触れ、男らしい気遣いを念入りに伝えようとするが、妃が依然具合の悪そうな顔で彼の方に向き直ると、たちまちひるんで身を引いてしまう。

　薄笑いを浮かべて珍妙な小旗を振っている民と、大理石のような生気のない顔をした秘密警察官たちが作る二筋の行列のあいだを馬車は過ぎていく。と、胸にアコーディオンを広げている男の姿を大公は目にとめる。男は微笑んでいて、どうやらそれは誠実な笑みのようだ。ひょっとして喜んでさえいるのかもしれない。アコーディオンを弾いている様子はなく、ただ抱えているだけである。大公の視線は群衆をつき抜け、いまや大公は男のたくましい両腕と、そのたくましい前腕の部分を締めつけているアコーディオンのベルトを見ることができる。ベージュと黒の鍵盤が見えるし、鍵盤がひとつなくなっているのも見える。なくなった鍵の代わりに、黒っぽい長方形が見える。馬車は男の前を通過し、大公は男の視線が自分の背中に注がれるのが感じられる気がする。ふり向いてみたい誘惑に駆られるが、それはどう考えても見苦しかろう。この奇妙な人々について、そしてとりわけ、自分と帝国に対して何ら（少なくともまだ）憎悪を抱いていないらしいこの男について、大公は考えてしまう。

そして、あの鍵盤はどうしたんだろう、と大公は考えはじめる。あの鍵盤なしでも曲は演奏できるのだろうか？　ひとつの音がすっかり抜けてしまうと『愛の死』はどんなふうに聞こえるだろう？　ことによると男はあの鍵盤を一度も鳴らしたことがないのかもしれない。男は一生、あの音を鳴らすことはないのかもしれない。「妙な人民だなあ」と大公は考える。アコーディオンの男のことを妃に話してやろう、と大公は決める。聞いたら妃も元気が出るかもしれない。

「アコーディオンを持った男がいるよ」と大公は妃の耳に告げる。まるで大公がうわごとでも言ったかのように、妃は縮み上がる。

「何？　何の話？」

　大公は妃の方に身を乗り出す。「アコーディオンをね……」

　だがそこで、大公はピストルと、その向こうの、まっすぐぴんと伸びた腕を目にする。腕の端には、痩せこけた、細い口ひげを生やし目をぎらぎら光らせた若者がいる。ピストルがヒクッとむかつき、口から光を噴き出すのを大公は見る。何かが自分を座席の方に押すのが感じられ、次の瞬間、それが彼の腹を殴りつけ、すべての音はもう消えている。

　またたくまに膨らんでいく、訳のわからない恐怖——それについて自分ではどうしようもなく、彼は何とかそれを無視しようと努める——を除けば、大公が思い浮かべられるのはマイヤーリンクでのある晩のことだけだ。大公妃がピアノで『愛の死』を、まるっきり遅すぎるテンポで弾くなか、大公は炉端の肱掛け椅子に、背中の左側に熱を感じながら座っていた。妃の演奏を聴きもせず、居眠りせぬよう何とか眠気をこらえていたが、やがてにわかにひとつの思いが湧いてきた（それをすぐさま抑えつけはしたが）――何とまあ妃の美しさは田舎臭く無粋であることか、『愛の死』なんて実は何と耐えがたく退屈で間の抜けた曲であることか。

胸が痛むほど済まなく思っていることを、大公はいま妃に伝えたい。だが大公妃は、嫌悪に顔を凍りつかせたまま、もうすでに息絶えている。

2

この物語の大半は、無責任な想像と恥知らずな憶測の産物である（例　大公は実際には自動車に乗っていて死んだ。車は間違った方向に曲がってしまい、暗殺者のほぼ真正面に停車するような格好になった。暗殺者のズボンは小便でびしょ濡れだった）。しかし、いくつかの部分は、あちこちに白黒写真の島が浮かぶさまざまな歴史書の海に揺られて私の岸辺まで流れてきたものである。ひとつのかなり大きな部分は、一族の記憶と言い伝えが作り上げるトンネルと迷路を経由して私の許に届いた。というのも、アコーディオンを持った男はほかならぬ私の曾祖父だったのである。当時曾祖父は、ウクライナからボスニアにやって来たばかりであった。サラエヴォを訪れたのはあとにも先にも生涯この一度だけで、約束された土地の権利書を――そもそもその土地に釣られてボスニアに来たのである――オーストリア＝ハンガリー帝国から受けとりにきたのだった。百姓だった曾祖父は、大都会に来たのもこれが初めてだった。皇太子の訪問によって祝福された（そしてやがてその死によって呪われることになる）都市で出会ったあまりの喧噪と目まぐるしさにすっかり圧倒されるあまり、曾祖父は貯えのほぼ五分の一を使って、市場でジプシーからアコーディオンを買った。ヴチャクと呼ばれる丘に建つ、新しい家に曾祖父が帰り着いたころには、第一次世界大戦はもう本格的に始まっていた。何週間も経たないうちに曾祖父は徴兵され、帝国のために戦おうとガリツィアへ赴き、赤痢で死んだ。アコーディオンは曾祖父亡きあとも騒乱の五十年を生き、その間さらにいくつか鍵盤を失った。やがて、不協和なるアコーディオン的ため息とともに、それはついに息絶えた。盲目の（六歳のとき手のなかで手榴弾が爆発したのだ）わが叔父テオドルがベッドに身を投げ出したところ、そこにアコーディオンが無防備に横たわっていたのである。テオドル叔父は現在、ボスニアのセルビア人地域から抜け出せずにいる。私の一族の大半はカナダ一帯に散らばっている。この物語はシカゴ（現在私が住んでいる街）の地下鉄で、西暦一九九六年、駐車場係員として長い一日をみっちり働いたあとに書かれた。

心地よい言葉のやりとり

Exchange of pleasant words

1

何年のことだったのだろう？　一八一一年だったと、私たちは思うことにした。そういうわけで、一八一一年の秋、アレクサンドル・エモン（Hemon）はブルターニュのカンペールで惰眠の床から出て、やもめの母には内緒で、うちに一頭しかいない馬——一年中いつも疲れ切っていた駄馬——を銀貨三十枚で売り払った。そして波乱に満ちた放浪を経て、さらなる輝かしい勝利を目指さんとロシアに進撃するナポレオン軍に加わった。彼は当時二十一歳だった、と私たちは思う。私たちは思い描く、世界の大きさにいまだ打たれつつプロイセンを行軍する彼の姿を。一八一二年六月にネマン川を渡り、川は体に付いた土埃の薄きコートを洗い流し、マメだらけで痛む足を冷やしてくれる。それから私たちは、彼がスモレンスクで獰猛なロシア軍に攻撃をしかける様子を目に浮かべる。ボロジノではサーベルを構え、歩兵隊を指揮して突撃させる。彼は慈悲を乞うロシアの歩兵中隊を独力で丸ごと捕虜にする（「いや、レフ［レフ・トルストイ『戦争と平和』への言及］よ、あれは勝利ではなかったぞ！」——父は家族史のこの場面を話して聞かせつつ、そう声をあげるかもしれない）。モスクワの大火が空の腹を焦がすさまを私たちは彼とともに見る。しかし、火の消えた彼の心にもう喜びはない。勝利はもはや健全なものとは思えず、痛む足の容体も変わってしまい、いまやかちかちに凍りついてしまっている。それから屈辱的で、殺人的な退却がはじまる。将校の姿はどこにも見えず、隣に立っていた兵士が音もなく、氷柱《つらら》のように雪の中にぽとんと崩れ落ちて二度と立ち上がらない。そしてロシア軍は大軍のばらばらになった手足を嬲《なぶ》りつづける。アレクサンドルは雪の積もった大草原《ステップ》をよろめきながら進んでは転んでをくりかえし、頭をあげるとそこは鬱蒼とした森のただ中である。

ナポレオン軍の退却路が現在のベラルーシを通過したというのは私たちがよく知るところであり、アレクサンドルが西部ウクライナ、リヴィウ近郊の地に辿り着いたことへの合理的な説明はない。家族の中には、アレクサンドルのこの奇跡的な（誤った）配置には高次の力が働いたと考える一派もいた。自分を家族史における第一人者であり、主だった語り部の一人だと考えている私の父は、ふんと眉をひそめてそのありえなさをあっさり退け、一九三二年のウクライナの地図を証拠として持ち出す。その地図上では、（たとえば）スモレンスクはリヴィウとわずか数インチしか離れていないのだ。

いずれにしても、まっすぐな敗北の道筋を外れたアレクサンドルは意識を失って真っ暗な森の真ん中にいた。彼は永遠なる忘却の淵まで漂っていったが、誰かがその麻痺した足をつかんで引っぱりあげたのだ。その人物が曾々祖母マリヤだったのはほとんど疑いの余地がない。アレクサンドルが目を開くと、十七歳の少女が天使のような笑顔を浮かべて、ぼろぼろの、だがなお貴重だったブーツを脱がそうとしているところだった。ここで、冒瀆的な考えが浮かんだことを告白しておきたい。この天使のような笑顔は、当時はよくあった冬の壊血病のせいで、かなりの本数の歯を欠いていたかもしれない。当然ながら、彼女はアレクサンドルを家に連れ帰ることにして、くたびれた駄馬（どういうわけか、当時はくたびれた駄馬の時代だった）の背から薪を下ろしてかわりにアレクサンドルを乗せた。両親は驚き怖れたが、娘の決意は固かった。マリヤは暖炉のそばに寝床をつくってやり、氷のように無感覚な手足を癒すべく根気強くさすって血が通うようにした（テオドルおじさんはここで、若干の壊疽をつけ加えるのを好んだりもした）。蜂蜜とラードをあたえ、甘美な言葉で語りかけた。そう、彼女は彼の心に火を甦らせ、二人は結婚したのだ。そう、二人こそがヘモン宇宙のアダムとイヴと目されているのだ。

　ボスニアのたくましい農民の出であることを誇りに思っている母からすれば、一切は典型的な「ヘモン・プロパガンダ」だった。残念ながら、その通りかもしれない。なぜなら、アレクサンドル・エモンが疑問の余地なく存在したという揺るぎない証拠は何もないのだ。しかし、状況証拠ならいくつかあげられる。

（イ）サラエヴォで冬季五輪が開催された際に、私の妹はルシアン・エモン名義のクレジットカードを手にすることになった。ルシアンはフランスのバイアスロン・チームでライフル射撃の監督をしていた。この人物は妹になれなれしく接しつつ、エモンというのはブルターニュ地方にはよくある姓なんだと告げた。妹が家族史のハイライトを伝えると、ナポレオン軍の兵士がそれをウクライナに持ちこんだというのはありうる話だねと答えた。これこそアレクサンドルが生まれ出た胚芽であり、「ヘモン」は「悪魔《ディーモン》」のウクライナ的変型だという従来有力だった説は無期限に停止されることになった。

（ロ）一九九〇年、ワクワク胸を弾ませたウクライナ系ボスニア人バス一台分がウクライナにむかった。圧政に虐げられたかつての故郷では長いあいだ忘れられていた古い歌や踊りを披露するためだ。リヴィウの水が出ないホテルに滞在中、ヘモン家は曾祖父がボスニアに出立した際に立ち去ったオスタロヴェシチ村に足をのばしてみることにした。ここで言っておかねばならないのは、「ウクライナに親類はいない」というのが家族のあいだの共通認識だったことだ。退屈のあまり老いぼれた連中が主たる住人であるさびれた村をこそこそ歩き回っていると、またぞろＫＧＢに目をつけられたと早合点した村人たちはさぞ疑念を募らせたにちがいない。杖やら柵やらに寄りかかっている歯抜けの男たちに、骨董物のウクライナ語で村にヘモン姓の人間はいないか面白半分に聞いてまわると、ついにひとりがしぶしぶといった感じで舗装されていない道路の向こうの家を指さした。その家の男は、確かに自分はヘモンだが、ボスニアに親類がいるなんて聞いたことがないと言った。そして自分は馬鹿じゃないんだ、あんたらが警察の手先なことはわかっている、とはっきり告げた。ヘモン一族は男に追い出される事態を何とか避けようと、警察の手先やスパイはこんな大人数で一団となって動きまわったりはしないと主張した。彼らは十四人いて、みな互いにどことなく似ており、この哀れな遠い親類を心底気味悪がらせていた。翌日、その男（名前は、驚くにはあたらないが、イヴァンだった）は、ヘモン一族の宿泊先の陰気なホテルに、思慮深い手土産として水のボトルをひとつ持って訪ねてきた。彼らは男に、ボスニアへの大脱出のこと、家業の養蜂のこと、伝説のアレクサンドル・エモンのことを、互いに争って声を張りあげ話して聞かせた。そうとも、あんたもきっと、ずっと昔にフランス人の男がひとり、親戚にいたと聞いたことがあるんじゃないかね？

　こうしてわれらが家系は栄光のブルターニュに根ざしており、ウクライナ系ボスニア人は言わずもがな、ほかのウクライナ人（司祭と農民の民）ともはっきりとちがうことが、一族の手によって確立されたのである。アレクサンドル・エモンが公式に一族として認められるや、フランス的な事物への関心が沸騰した（そして、ブルターニュ人とフランス人の細かいちがいなど誰も気に留めなかった）。父はフランス映画を丸々一本、決然と、まんじりともせずに見通した（かつてはフランス映画を見ると退屈で気も狂わんばかりになってしまうのが常だった）。そしてたとえば『勝手にしやがれ』の登場人物同士の込み入った関係に、ある種の遺伝的観点からの解釈を打ち出した。私のいとこのヴラドはジャン＝ポール・ベルモンドと生き写しだとまで主張した。結果、金髪のハンサムな若者ヴラドは、自分のことを「ベルモンド」と呼びだしたほどだ。皮革工場での仕事から帰ってくると、母親に「ベルモンドは腹が減った」とのたまうようになったのだ。

　ヘモン姓の歴史は、自慢ではないが、私の文学的発見によってさらなる飛躍を遂げることになった。サラエヴォ大学の授業で、わが無用なる比較文学の学位取得のために『イリアス』を読んでいたところ、「勇将ハイモン」〔松平千秋訳〕という言及が雷光のように目に飛び込んできたのだ。それから『アンティゴネ』を読んでいると、アンティゴネの自殺する許婚の名前がハイモンHemonだと発見したのだ。クレオンとの確執において、ハイモンは最初、おべっか使いのように映る。

お父さん、私はあなたの息子です。あなたは有益な意見で、
私の規範となって下さいますし、私もそれに従うつもりです。
あなたが立派に導いて下さるのなら、私には
どんな結婚も、それ以上のものではありません。

しかしその後、二人は激しい言い争いをはじめ、ハイモンはクレオンを罵倒する。「ただ一人のものであるようなのは、国ではありませんもの」「あなたは人の住まぬ土地なら、一人でさぞ立派に治められましょう」「もし父親でなかったら、あなたこそ分別なしだと言うところだ」。［ソポクレース『アンティゴネー』中務哲郎訳］

下の方に「勇将ハイモン」が出てくる『イリアス』の一ページと、不運なハイモンが傲慢なクレオンと確執する『アンティゴネ』の数ページを父はうやうやしくコピーした。ハイモンの名前が目撃された箇所にはどれも、まばゆいばかりの黄色のマーカーを引いた。父はことあるごとにその写しを同僚に見せた。この哀れな連中ときたらごくありふれたスラヴ的な姓しかもたず、せいぜい社会主義リアリズムの小説に登場する端役の名前でしかない。怖いもの知らずの主役に命を救われるか、あるいは単に無意味な死を迎えるかだ。父はわざわざ『アンティゴネ』を読みはしなかったし、『イリアス』の数万行なんて言わずもがなだった。そして私も父に、「勇将ハイモン」は偉大な叙事詩の中でまったく浮いていること、アンティゴネの輝かしい許婚はあまり輝かしくない首つり自殺を遂げることを告げたりしなかった。

次の学期、私は『アエネイス』に、蛮族の長として一瞬だけ登場するハイモンを見つけた。案の定、父は即座に、マーカーでハイライトしたコピーをヘモン・アーカイヴに加えた。締めくくりに、『ガルガンチュワとパンタグリュエル』で、「エモンの四人息子」［第一之書 第二七章］がすさまじいラブレー的乱痴気騒ぎに加わっているのに私は出くわした。このラブレーの言及が、家族史のフランス部門のミッシングリンクとなり、紀元前二千年にいたるまでの道程を速やかにさかのぼることが可能になったのだ。

不幸にして、この立派な家族史にはひとつの影が差している。その澱んだ、聖書的な過去の痕跡をこれまで誰も辿ろうとはしていないが、一族の歴史家を任じられたのならたとえ力不足であろうとも触れずばなるまい。いとこのアレクサンドラは、教会で司祭が私たちの名前を、はっきりと大声で口にしたときに受けた恐れおののきをいまだに覚えている。彼女いわく、その司祭は、われらが救世主が想像を絶する痛みのなか息を引きとろうとしている十字架の下に集った残忍な群衆のただ中に立つ男をこう描写した——眼（もちろん、その男のほうだ）は邪悪に膨れあがり、血に飢えた唾液が人間離れした顎をつたい、われらが救世主の受難を鼻で笑っている。「この男は一体なんなのだ？」司祭は怒鳴った。「神の子羊の殺害を笑うとは何者なのだ？　ヘモンがその名だ。われわれは知っている、その種はよりわけられ、この呪われた大地にまき散らされると、永遠に不幸で、孤独で、神の愛もなく生きることになったのだ」いとこ（九歳だった）は恐怖に襲われ、吐き気をもよおしてその場から逃げ出した。一方で彼女の父親や私のおじロマンはろくに聞いていなかったので「アーメン！」と言いつづけていた。

のちの調査では聖書にヘモンは見つからなかったが、調査を受けもったのが誰で、調査がどれほど厳密におこなわれたのかはいっさい闇の中だ。家族全体に受け入れられた公式の説明では、その司祭は悪意から仕返しをしていたのだということになった。その理由は、おばのアマリヤが彼を「法衣を着たブタ」と呼んだのをまずい人間に聞かれて告げ口されたか、あるいは私の父が共産主義者と結婚したせいというものだった。

とにかく、われわれ一族は屈辱的にも古の罪を背負っているとか、地獄で一家再会となりそうだとか考える者は稀だった。「われわれは常に正直で、働き者でした」カナダに移住してしまった憎き前任者に代わって就任した司祭に父はそう宣言し、天井を指さした。察するにその上の高みに、至高なる裁きと復讐を為す方がおられるのだろう。司祭はにこやかにうなずき、自家製のスリヴォヴィッツ［プラムの蒸留酒］の瓶と一級品の蜂蜜の入った壺を受けとり、それをもってヘモン家と神のあいだの永遠に続く可能性を秘めた（その御子をめぐる）論争は落着し、どちらの陣営にも満足のいく手打ちになったと思われた。

しかし私は疑念を抱いてきた。年下のいとこたち数名やごく近しい親戚一名もそうだった。私が抱く疑念と恐怖とは、自分たちは実は他人の受難を嘲るという恐ろしい罪を犯したのかもしれないというものだ。だからこそ私たちは、一九九〇年代にボスニアからアメリカに（またしても）移住してしまったのかもしれない。これこそが罰なのかもしれない。私たちは、かつて自分だったものを忘れられず、外国語で話しかけられるのではないかと脅える、真に意味のあることをもう何も言えない人間として半生を生きなくてはならないのだ。イリノイ州シャンバーグのエレベーターの中で私は、両親が無言で、外国製の靴に押しこまれた自分の窮屈なつま先をじっと見つめているのを目撃した。気さくな英語話者の隣人がエレベーターに乗りこんできて、中西部のままならない天気について会話を切り出そうとするなか、父は１１と１８（そこが口数の多いアメリカ人の行先だった）のボタンを押しつづけていた——あたかも、それがこのクソみたいな多言語世界を終焉させ、バベルの塔なんてものが愚かにも建てられたせいで歴史が間違った非人間的な方向へとほどけだす以前に私たちみんなを連れ戻してくれるボタンであるかのように。母はといえば、エレベーターがこのねっとりした沈黙を抜けてえっちらおっちら十一階に上昇していくあいだ、忌々しい隣人に時折痛々しい笑みをむけていた。

2

サラエヴォ・オリンピアードの成功と、新たに打ち建てられた家族史に触発されて、父が公正に率いる家族評議会は、叙事詩的会合の開催を決定した。ただ一度の開催になったこの集まりこそ、ヘモニアードとして記録されることになった。私が書記を務めた議事録では、この家族評議会の集まりが帯びた熱と、この出来事が将来持つ意義を感じての高揚感はほとんど伝えられない。ここで履き古した歴史家の靴を脱ぎ捨て、束の間目撃者になることをお許し願いたい。一切を包み込むような沈黙が一瞬訪れたと、私は誓って言える。ハエがブンブンしつこく窓ガラスにぶつかっているのが聞こえた。ストーブでは炎がパチパチと音をたてていた。だれかの腸が無作法にもグーと鳴った――まさに、ホメロスに登場するわれらが同類ですらうらやむイベント、ヘモニアード。それが彩る未来をみなが見すえた瞬間だった。祖父にさえ頭の冴えた貴重な瞬間が訪れ、みなが誰だか認識したようで、いつものように「ここはどこだね？」と訊ねることもなかった。ミルクポットが吹きこぼれ、損害を修復するためにおばたちが群れをなしてストーブに飛んでいくと魔法は解けてしまった。

ヘモニアードは一九九一年六月に祖父母の地所で開催されることになった。この地所は祖父が耄碌したせいで崩壊の一途をたどっていたが、それでも「死の如き虫と戦いながら、われらの根《ルーツ》が土地をいまだにひとつにまとめている場所」だった。そしてヘモン家が、ヘムン（Hemun）家に連絡することも決定された。この家系は祖父の弟であるイリコおじさんを木の幹として枝分かれした家系だった。

あちらにはあちらの歴史がある。イリコおじさんは一九一七年にボスニアからウクライナに渡り、ウクライナ独立のために戦った。一敗地に塗《まみ》れたあと、一九二一年にルーマニアとユーゴスラヴィアのあいだに新たに引かれた国境線まで歩いてむかい、そこで逮捕されてキーウに戻る列車に乗せられた。おじはブコヴィナのどこかで列車から飛び降り、不吉にも大量に降ったその年の初雪に覆われ息もできずにいる大地を放浪していた。もう少しで凍死してしまうところだったが、若い戦争未亡人に救われた。冬じゅうつづく凍てつく闇から癒してくれた見返りに彼女がおじに求めたものといえば、冷たい足を温めてくれること、孤独を薄めてくれること、それだけだった。春になるとおじはぐらつくベッドから起きあがり、未亡人の震える手から、手編みの靴下と、チーズのかたまり、彼女のダゲレオタイプの入った包みを受けとった。おじは未亡人の涙に濡れた頬に、毛のたっぷり生えたいぼも含めて口づけし、夜のあいだだけ歩いてルーマニア・ユーゴスラヴィア国境に戻った。一九二二年春のどこかで、ドナウ川を泳いで渡り、濁った冷たい水がダゲレオタイプを溶かしてしまった。

　さて、こちらではおじという人間が好きではなかった。すぐ頭に血がのぼる、喧嘩っ早い人だった。この地に戻ってきたその日に――家ではみな、おじはとっくに死んだものと思っていた――イリコは祖父と喧嘩した。祖父がイリコの好きだった女の子と結婚していたせいだった。激怒したおじはセルビアのインジャに行き、現地の女性と結婚して、酔っぱらった役所の記録係に頼んで姓をヘムンに変えてもらった。これが、枝わかれしたヘムン分家の原罪となった。実際、ヘムン家は祖父母の子孫との接触を避け、ウクライナ語もろくに話さず、ウクライナの唄も歌わず、ウクライナの踊りも踊らず、自分たちのことをセルビア人だと考えた。そのヘムン家が「他者性の雑草」の手から逃れ、古のヘモン根《ルーツ》から生え出た血と骨の森へ帰ってくる。ヘムン家が歴史ある故郷に帰ってくると告げられると、祖父――天国の祖父に神のご加護がありますように――はこう訊ねた。「それってだれだ?」

　家族評議会の会合が済んでから数週間のうちに、テオドルおじさんと私の父はオリンピック的精神の下で招待状の文面をこしらえた。テオドルおじさんは提案し、父はそれをタイプしながら却下した。たとえばこんな感じだ。テオドルおじさんはいろんな言い方を父に提案する。「……不当にも切断された枝……幹から落ち、樹の心をいたく傷つけた枝……根から離れ、萎びた枝……」父の両手の人差し指は、神々に踊りを奉納する処女が如く、タイプライターのキーボードの上を跳びはねた。時折父は処女を鼻ほじりにもつかった――こんな風に言いながら。「だめ……だめ……だめ……だめ……」偉大な歴史的文書がおしなべてそうであるように、ヘモニアードの招待状も幾度の推敲を経て最終的に比類なき優美さと力強さに達した。目的が明確に述べられ（「……そのもっとも扱いづらい枝を正当な場所につけ直す……」）、場所（「……蜂や小鳥や鶏たちが何千年にもおよぶ歴史を語るヘモン家の地所……」）、物資戦略（「……子豚の串焼きやミックスサラダに舌鼓を打つでしょう。ケーキやお菓子を望む人は、ご自分でおつくり願います……」）そして環境（「……空き時間は家、中庭、裏庭、野原、果樹園、養蜂所、菜園、牛小屋、小川、森で会話し心地よい言葉をやりとりして過ごします……」）が述べられていた。この招待状は多数からよろこびとともにむかえられ、方々から一族の返事が次々と舞いこんだ。ヘムン一族からの数多い参加は、最年長ヘムンのアンドリヤから電話があり、高揚感が家族中に伝わっていった。ああ、準備に費やしたあの日々よ！　電話口で交わした子豚の屠畜計画は、神話的広がりを有していた。昔話が記憶の地下室から掘り起こされ、磨きぬかれ、飾り立てられた。宿泊場所の調達に眠れぬ夜が費やされ、やがてテオドルおじさんが、牛小屋の下の干し草でも「若者」なら寝れるだろうと提案した。母は同族の人間がこれほど大勢一堂に会すること自体に疑念を抱き、何度も目を丸くしていた。バラブシュカ［ウクライナの小さな丸パン］ばかり過剰に並ぶことがないよう、おばたちは独自に会合を開きケーキとお菓子づくりを計画した。

恐れていたことだが、このセンテンスからは逃れられない——ヘモニアード当日がやってきた。長テーブルの上に巨大な天幕が設置された。中庭の真ん中のクルミの木の下に、「オーケストラ」の舞台がしつらえられた。テオドルおじさんは（みなが言うには）明け方に起きて、ポーチに腰かけ、物語を最後にもう一度反芻していた。私は（ここからは個別の記憶になる）軒先に巣をつくった小鳥のちちちという途切れないさえずりで目を覚ました。階段を降りていくと、頭を落とされた鶏が二羽、ダンスを踊っているのに出くわした。何かから逃げようとして（でも無理だ——その何かとやらはそこらじゅうにいる）、羽をばたばた不規則にはためかせ、首からは血をほとばしらせていたが、その勢いも次第に衰えていった。フライパンには揚げた鶏の肝臓と心臓を、皿にはトマトの薄切りとピクルスを山盛りにして回しあいながら、みんなで大きなテーブルのまわりに座って朝食をとった。テオドルおじさんが言った。「今日こそわが人生最良の日だ」

ヘムン家はいちどきにやって来た。ピカピカの新車の一団に乗ったそのさまは、植民地に進駐する占領軍のようだった。彼らは一様に過体重、セルビア北部特有の間延びした喋り方で、裕福な生活を送っていることをうかがわせた。にもかかわらず、みな互いにハグしあい、ほほにキスをしあい、熱烈な握手を交わし、あざができそうなほど背中を叩きあった。テオドルおじさんは大声を出した。「ヘムンのみなさん、ようこそ！」それからヘムンからヘムンへと歩を進めては、手のないほうの片腕を差しだしてまわった。ひとりひとりに耳を傾けて、「どちら様ですかな？」と訊ね、その声を記憶した。

その日は全体的に陽気な雰囲気と心地よい会話のなかで過ぎていった。ビデオの映像が残されている――天幕の中に犇《ひし》めく人々は近づきあおうと終始右に左に動き、一個の分子となるよう強いられた原子同士のようで、やがてみな溶けあってひとつの巨大な肉体になり、その腋下は湿り気を帯び、声帯は不滅であった。いとこのイヴァンが率いるバンドは一日中（休み休み）演奏し、イヴァンはぜーぜーと喘ぐアコーディオンを弾きながら、四十歳以下で直接血のつながりのない女性には誰かれ構わずウィンクを送っていた。バンドがウクライナの古い歌を演奏すると、ヘムンたちはひと言もわからないので面食らって狼狽え、こわばった笑いを浮かべた。とはいえ、誰もが自分なりの踊り方で踊った。ぎこちなくワルツを舞い、両手をパートナーの上下する脇腹と汗ばんだ手のひらにずっとくっつけていた。あるいは有用な飲料注入の助けをえて引っ込み思案を一時的に治し（私が勇気を奮い立たせるために選んだのはビールだった）、コロミイカを思い思いの速度で（首が折れそうなほどのスピードから単に速足でせわしなく歩くのまで）回転しながら踊るのだった。

一時頃になって、太陽がクルミの木のてっぺんの真上に引っかかると、六人のおばたちがステージにのぼり、テオドルおじさんの紹介をうけた。おじさんはおばたちの愛称を一篇の詩のように唱えた。「ハリカ、マリカ、ナターリカ、マーレンカ、ユリカ、フィリカ」おばたちは若いウクライナ人兵士の歌を歌った。兵士はウクライナの自由のため、また新たな戦で死ぬべく駆り出され、ほとんどのウクライナの歌に登場するほとんどの兵士たちがいつもしてきたことをするのだった――すなわち、彼は打ちひしがれた母と、彼に操をたてる未来の花嫁に別れを告げる。おばたちは両手を腰にあてて、ゆっくり体を揺らしながら歌い、互いの肘がこすれあった。彼女たちはひとりの女性の、六つのヴァリエーションのように見えた。祖父が突然、歌に聞き覚えがあったのか、耳をそばだてたが、まどろみの悪魔に再びとらえられ、ぐうの音をあげて屈服した。しばらくすると（みなが予想した通り）兵士は死に、兵士に操をたてる未来の花嫁はウクライナ全体を奴隷化したのと同じ力で蹂躙されようとしていた。「この歌は」おばたちがお辞儀をし、赤面し、ステージからそそくさと降りてしまったあとで、テオドルおじさんが説明した。「自由と独立の価値を歌っているのです」

それから昼食が供され、みなが長テーブルを囲んで座った。祖父は上座で忘却のレーテ川に浮かんでいた。テーブルは山盛りになった豚や鶏の足の重みでギシギシ鳴っていた。テーブルには大きな取っ手つきのスープのボウルがいくつか置かれ、うやうやしく回された。盛んにほとばしる湯気は、うたた寝している火山から立ちのぼる煙を思わせた。皿にはネギが材木のように積み上げられ、スライスしたトマトが自らのよだれの中に沈んでいた。昼食が済むと誰も彼も眠気に誘われ、肉の山脈から午睡の低地へと降りていった。血が脳まで巡らなくなり、切れ切れの会話すら数秒のうちに途絶えてしまった。祖父はすぐさま眠りこむと、賢人風の杖にもたれていびきをたてはじめた。寝ながらげっぷをし、舌をもぞもぞと上唇の上、口ひげの下辺に這わせ、次に逆方向、下唇にそって這わせた。美味なる風味の残り香が緩慢な消化地獄を脱し、口蓋まで上がってきたからだ。とうとうすべてが睡魔に屈すると、昂《たかぶ》ったハエたちが長い旅路の果てに肉とサラダ溢れる大陸に降り立った。パン切れの上にどっかと腰を落ち着けると、眩い夏蠅のつやが出るまで体に油を塗りたくるのだった。まだ自分が飛べるのか確かめるかのように、不意に飛び立ったりもした。また降下してくると華やかな喜びのメッセージを互いにぶんぶん送りあうのだ。眺めていると、これはわれらがハエなのだ、ヘモンのハエなのだという気持ちが私の胸に沸き起こってきた。自己の歴史的役割も忘れているほかのハエとは訳が違うのだ。

　唯一合衆国まで届いた、栄えある祭典の記録であるヘモニアードのビデオテープには、この超常的な、死を思わせる休眠状態も三、四分の沈黙の中におさめられ、マイクロフォンが拾った風のうなりはさして目立たない。しかしこれはぜひ述べておかねばならないが、テープがＰＡＬ－ＳＥＣＡＭからＮＴＳＣに変換された際に、ハエたちは消えてしまった。

　それからテオドルおじさんがゼエゼエ息漏れする静寂から引っぱり出され、ステージに上げられて椅子に座らされた。テーブルの周りの意識レベルが一気に上昇した。テオドルおじさんは言った。「これから物語をお話ししようと思う。自分自身の歴史を知ることは大事だからだ。もう知っていたら、ただ座って静かに聞いてほしい。物語を知らない人もいるので」物語を知らないヘムンたちはそわそわ落ち着かず、互いにおどおど目くばせしあった。自分たちが裏切者の下劣な人間にされるのではないかと思ったのだ。だがテオドルおじさんには別の意図があった。彼は『イリアス』のハイモン家の話からはじめた。その武勲とトロイ炎上への貢献についてだ。それから古代世界でもっとも美しい女性アンティゴネともう少しで結婚するところだったハイモンの話をした。アエネイスの腰巾着として、ともにローマ帝国の礎を築いたハイモンについてはわずかに触れるにとどめた。野蛮なスラヴ人略奪者の襲撃からヨーロッパ文明を守ったエモンたちについておじさんは語った。それから数世紀をすっとばし、殺人的な退却、アレクサンドルを襲った苦難、ロシアの冬の恐ろしさを語って聞かせ、誰の目にも涙が浮かびそうになった。アレクサンドルが見た幻覚について語った――首無し兵士たちが輪になって行進し、アレクサンドルは首を刈ろうと迫る巨大な斧から逃れようとするが、ついに倒れてしまう。「首を斬り落とされる感触はなかったが、血が噴き出し、寒さがじわじわ手足を蝕んでいくのを感じた」それから原‐母たるマリヤに命を救われた。テオドルおじさんが愛の芽生えとアレクサンドルの回復を語っていると、突如昼の表層に浮上してきた祖父が、あたりを見回して心底仰天した顔をして、隣に座っていた私に訊ねた。

「この人たちはだれだ？」

私は言った。「おじいちゃん、あなたの一族ですよ」

「見たこともないぞ」

「おじいちゃん、ありますよ」

「で、あんたはだれだ？」

「あなたの孫ですよ」

「見たこともないぞ」

「いま見てるじゃないですか」

「ここはどこだ？」

「おうちですよ、おじいちゃん」

その答えに満足したのか、祖父はがくんと頭を胸元に落とすと、レーテ川を渡る舟に戻ってしまった。そうこうしているうちにテオドルおじさんの話はアレクサンドルとマリヤの子孫にさしかかった。十九世紀半ばのヘモン家は常に聡明で、才気に富み、働き者だった。とはいえポーランドとロシアの圧制に加え、結核および壊血病には苦しめられた。その上、女は流産しつづけ、男は木から落ちつづけ、言うことを聞かない牛に角で刺されつづけた。「それでも生き残った！」テオドルおじさんは叫んだ。おじさんはさらに私が一度も聞いたことがない物語を語った。アメリカに渡って金持ちになった祖先の話だった。男は金持ちになると故郷の村に戻ってきた。立派な家を建て、することと言えば土地の処女に言い寄るか、客を迎えて酒を飲むかだった。男は飲み友達のひとりの、おそらくは悪魔の化身に煽られて、ポグロムで殺された村のユダヤ人たちが出ると噂されていた土地の墓場で一夜を過ごすことになった。男は夜を過ごせる方に自分の地所を全部賭け、事実過ごしたのだが、指ばら色の曙［『オデュッセイア』に登場する有名な比喩表現］を迎えるころには髪は全部真っ白になり、両手は震えが止まらなくなっていた。

男は誰にも自分が耳にしたものも目にしたものも話さなかったが、翌日、わずかに残ったユダヤ人たちのラビがさまよえる魂のための家を建てることができるよう全財産を寄付した。裕福な一家の成員であることに慣れてしまった親戚から男は狂人あつかいされた。自分たちの大切な親類にユダヤの魔法がかけられたと彼らは主張した。男はある日姿をくらまし、二度と見た者はいなかった。テオドルおじさんの説では、男はアメリカに戻り、それで私たちにはおそらくアメリカ人の親類がいるのだという。半分狂った白髪の親類の乗った船が自由の女神にむかって進んでいくさまをみんなで思い浮かべていると、コーヒーが運ばれてきた。デミタスカップで強烈なタール状の液体をすする私たちは、テオドルおじさんが十九世紀後半を省いてしまい（おそらく、当時私たちの先祖にはポグロム熱に浮かされがちな人間も何人かいたせいだろう）、ボスニアへの大脱出《エクソダス》の物語をはじめたことにもまったく気づかなかった。

思い浮かべてみてほしい。壊滅的な貧困、一年中つづく旱魃と家畜の疫病、一九一四年冬の骨もひび割れる寒さ、食いつめて住処を失った元農民が野盗に身を落として跋扈する。私たちはみな聞きながら身悶えし、祖先とともに先の見えない未来に頭を悩ませた。やがて曾祖父母のテオドルとマリヤは全財産をまとめて旅立つ。つぎはぎだらけの衣服の包みが数個、旅のあいだ蜂が逃げぬよう封をした巣箱一箱、素焼きの鉢数個に炭火アイロン一個、貯めこんできた紙幣を丸めた束——これは旅のあいだ曾祖母の胸元で汗を吸い、シラミをもてなすことになる。いまは私の隣でうたた寝している祖父と、イリコは旅の間ずっと喧嘩しどおしだった。彼らに与えられたのはわずかな未耕作の土地、「まさにこの土地」だった。それが今では「ボスニア屈指の土地」（まあ実は、発育の悪いトウモロコシと萎びたリンゴしか生《な》らないのだが）。曾祖父が土地の書類をもらいにサラエヴォに行った当日、フランツ・フェルディナント大公が殺された。曾祖父はそこでアコーディオンを買った。「まさにこのアコーディオンだ」——これは事実ではない。本物はテオドルおじさん自身が数年前に壊してしまったのだ。ああ、日の出から日没まで苦闘し、労働する年月。それからイリコはボリシェヴィキと戦いに行った——

「それから何があったのかはみなさんご存じでしょう。そしていま、みんなでここにいるというわけです」

最初にしびれを切らしたのはヘムンの面々で、それがたちまち伝染していった。すっかり夢中になったテオドルおじさんはユリウスおじさんについて、その二十五年にわたるスターリンの強制収容所での暮らしを語りつづけたが、そのあいだヘムンたちもヘモンたちも始終立ち上がって、外便所に駆けこみ、スリヴォヴィッツを喉に流しこみ、おしゃべりをし、何も見ていない語り手の話に耳を傾ける以外のことならなんでもしはじめた。ユリウスおじさんがアルハンゲリスクの収容所に連れていかれて、死刑を宣告される頃には、私以外の誰も話を聞いていなかった。父は立ち上がってこう言った。

「テオドル、もういいよ。あとでつづきをやりな」だがもうつづきはなかった。バンドが演奏を再開し、みなが意気上がる飲料を摂取していたからだ。またしても肩がたたかれ、激しいハグと頬へのキスが惜しみなく交換され、スローモーションではあったにせよダンスはトランス状態に近づいているように思えた。その一部はビデオに撮ってあるが、見るのはいささか困難である。私も少し飲み過ぎてしまい、カメラを持つ手が震え、映像が上下左右に揺れているからだ（ちなみにこれは眩暈が遍在するさまを伝える上では適切である）。カメラを奪われるとともに頭脳の明晰さも奪われてしまい、万事がおぼろげに、ゆらゆらとしていった。脈絡を欠く記憶をいくつか列挙することをお許しいただきたい——意識が転覆し、完全なる忘却の砂底に沈むなか、無力なる意識の眼前に閃いた像と知覚の記憶たちだ。豚小屋から漂う鼻を突く厩肥《きゅうひ》の臭《にお》い。一頭だけ生き残った子豚の叫び声。ばたばた走り回る鶏が羽をばたつかせる音。消えかかった豚の丸焼きの火から漂う煙の刺激臭。無数の足がダンスする下で砂利が絶えずざりざりごろごろいう音。おばたちやおばみたいな女性たちが砂利を踏みしめコロミイカを踊る音。その足首は例外なく腫れていて、肌色のストッキングが静脈の浮き出たふくらはぎをずるずる滑り落ちていく。頬を寝かせて感じた松の板の香りとそのちくちくする粗い肌触り——そして洗濯機の中に入ったかのように何もかもが回転している。いとこのイヴァンのサンダル履きの左足が、丸々とした親指に率いられてステージをトントントンと叩いている。祖母が事切れたまさにそのベッドの上に配置されたケーキとお菓子の広大なフィールドは、チョコレートと非チョコレートに綿密に分けられ密集陣形《ファランクス》を形作っている。ネギと豚の強烈な旨味が口蓋を流れていったかと思えば、すかさず胃酸の奔流が押し寄せた。口周りがべとべと痒くなり、不快な吹き出物があちこちできるのではと予感させた。鎖に繋がれた犬がヒステリックに興奮して私目がけて飛びあがり、ほとんど窒息しそうになりながらこちらの手と顔を唾でコーティングする。犬のすぐそば、私が船酔い状態の意識をなんとか取り戻そうとした、コンクリートの階段の沸き立つようなぬくもり。針のようなわらの感触と頭上でぐるぐる回る牛小屋の屋根。ひん曲がった長い棒（ナポレオンの剣）をつかんでイラクサの群れ（ロシア兵）を打ち据えていると、前腕がひりひりと赤くなる。ヘルメットをかぶった兵士たちがトラック何台分も家の前を通りかかり、宙にむかって発砲したり、こちらに三指敬礼の合図をしたり、鶏に向かって叫んで、瓶を投げつけたりしている。宙に狙いを定めるキャノン砲を引いていくトラックに、あとから追いかけていく黒いジープ。齧り跡の残る骨と食い散らかした肉まみれのテーブルにこっそり飛び乗ったところを捕まった見覚えのない猫——こちらをじっと見つめるその瞳は、ネコ科特有の不信感むきだしで瞳孔が目の端いっぱいまで広がっている。その様子は、私などそこにいてはならない、吐き気をもよおさせる私の存在など神に許されていない（そして猫の方は間違いなく許されている）とでも言いたげだ。

それから私は草の上に座り、クルミの木に体を寄りかからせると、目を閉じて頭がこれ以上回転しないような位置を慎重に探した。両のこめかみに人差し指の先端をあてて頭を固定させ、身動きはおろか、瞬きすらしないようにした。がやがやぺちゃくちゃという喧騒、耳障りな喉音の昂り――みな、やがて引いていった。それから父の声が聞こえてきた（本当に聞いたのか定かではないのだが）――「ヘモン団の叙事詩的祭典を、この場のすばらしさにはとうてい匹敵しえない言葉で締めくくらせていただきたい」父はわれらが一族の古い起源と「数千年におよぶヘモン的勤勉」について話していた。それがあったからこそ、人類の記憶上最大規模の災難をいくつも生きのびることができたというのだ。「祖先のアレクサンドルが、ナポレオン軍の未曾有の敗北を生きのびた数少ない兵士のひとりだったのは偶然だろうか？　アレクサンドルが数多の心凍てつかせる吹雪をくぐりぬけ、ヘモン宇宙のイヴたる生涯の伴侶と出会ったのもただの幸運だろうか？」あえてこの質問に答えようとする者はおらず、父は話をどんどんつづけ、「オーストリア＝ハンガリー帝国の未開なる辺境」であったボスニアへの移住に要した勇気について語った。私が吐き気を首尾よくこらえているなか、父は「文化的な養蜂と鉄の鋤と木工技術」によって自分たちが「この地域にもたらした進歩」をしばし力説した。われわれは「無からわれらの帝国を」打ち建てたのであり、「祖父が暗殺される直前の大公に出会ったのも偶然ではな」く、「われらの血筋は高潔にして高貴」なのだ。信じられないなら西洋文明の創始者ギリシャ人の著作を読め、と父は私たちに（といっても私はほとんどそこにいなかった）言った――「われわれは文学史の至るところに登場しているのだ」かように父は家族史をめぐる想像を増殖させていったが、その口にのぼる名前に、もはや私は特定の顔を結びつけられず、みなひとつに溶けあって、目下延々と無から出たり入ったりしている祖父になった。われわれの偉大さがどこで終わったのか、私にはわからない。本当に終わったかどうかもわからない。私は酔いつぶれてしまったからだ。それから熱烈な拍手喝采が、手を打ち鳴らす音同士が唱和するのが聞こえた。そして、だれかが私の顔をぴしゃぴしゃ叩いていた。眼を開けると同時に何もかもがすうっと退いていき、母の顔だけが残った。母はこう言った。「歴史にあたったみたいね。吐きたいかい？」

　母はおぼつかない足取りの私の右肘の上をつかんで、騒々しい同族集団空間から連れ出した。母の腫れて節ばった関節が、私の筋肉を締めあげていた。「ヘモン家の悪いところはね」母は言った。「現実だと思い込んだものについて、いつも大騒ぎするところだよ」私はふらふらしながらも足の舳先を見つめ、酔っ払いに見えないよう、頭の中で思い浮かべた直線どおりに歩いていこうとした。しかしやがて単に目を閉じ、母に導かれるまま、椅子、鶏、バケツ、木の切り株、花壇等々を迂回していった。

「まったく馬鹿な真似をしてしまったよ」私は言った。

「あんたはもうほとんど男よ」母は言った。「馬鹿な真似をするのは男の特権ね」

母は私を萎びたリンゴの木の下に座らせた。小さな、しわしわの、そのときの私の脳に似ていなくもないリンゴが干からびて曲がった枝からイヤリングのようにぶら下がっていた。母は隣に座って、腕をまわしてくれた。頭を母のひざの上に載せようとすると、「ダメ、めまいがひどくなるだけ」と言われた。

ヘモン‐ヘムン家が音楽に負けじと声を張りあげるのが聞こえてきた。音楽は遠くからだと調子はずれに思えた。トラックの音はまだ聞こえていて、日がな一日通り過ぎているのだなとぼんやり思いあたった。「トラック、いなくなってくれないかなあ」私は言った。

「当分は無理そうね」母は言った。母の手はコーヒーとヴァニラシュガーの香りがした。母は、母の父親が家に一頭しかいない馬を手放したときの話をした。

「あれは四三年か四四年のことだった。若い男がトウモロコシ畑を駆け抜けて出てきたの。母と父は前から知っていたけど、ひょろっとした青い目の男で、近くの村に住むムスリム人だった。男の話ではチェトニクに家族を皆殺しにされて、窓から飛び出して逃げてきたけど、今度は自分が追われているそうだった。若者の頬には打ち傷があった。まるで誰かが厚ぼったい唇でキスしたみたいなね。若者は父に、逃げてパルチザンに入りたいから馬をくれと言った。父が母を見ると、母は何も言わなかった。でも父はわかって、馬をとりに行った。ずっと毒づきながらね。『世界もあの忌々しい太陽もこの国もくそくらえだ。みんな俺の馬を欲しがりやがって』若い男の名はザイムと言った。父の両頬にキスをして、忌まわしい事態が終わったら馬は返すと約束した。そして手を振りながら、馬に乗って行ってしまった。でもしばらくしてチェトニクの男たちが馬に乗って、カウボーイみたいにやって来た。『奴はどこだ？』男たちは怒鳴った。『割礼ずみの犬はどこにいる？』そこで父は言った。『君たち、なにかあったのかい？』チェトニクたちはみなあごひげを生やして、ライフルとナイフを持っていた。男たちは叫んだ。『トルコの私生児を見なかったか？』父は言った。『なんの話かわからんよ』『嘘をつけ！』彼らは怒鳴った。『お前は裏切り者だ！』それからチェトニクたちはライフルの台座で父を殴って、地面に転がすと、ブーツで蹴とばした。『この糞野郎、お前どうなってんだ。お前は俺たちの仲間じゃないか！　トルコ人はどこだ？　あいつはお前のなんなんだ？』こいつら私たちの喉をあっさり切り裂く、そう思った。兄がパルチザンに入っていたけど、スレムで働いているということにしていた」

「今までその話、一度もしてくれたことなかったね」私は言った。

　母は話をつづけた。「男たちに殴られつづけて、とうとう父は血を流して気を失ってしまった。母は泣いて、勘弁してくれとすがりついた。それから奴らのひとりの、ひげのない男が私に寄ってきて言った。『このセルビア人の女の子が、トルコ人がどこに行ったか話してくれるぞ』ああ、私は一言も口をきけなかった。母を見ると、眼は怯えていて、両手をぎゅっと握って力を振り絞ろうとしていた。誰も見なかったし、見たら話している、と私は男たちに言った。それで男たちは立ち去った。ひげのない男は、もし私たちが嘘をついていたとわかれば自分で裁きを下すと言った。あれはうちの一頭だけの馬だった。うちにはあれしかなかった」

私はなんとか眠るまいと目を開けていたが、やがて力尽きて、母の肩にもたれて寝てしまった。夢の中ですら吐いてしまうんじゃないかと気が気でなかった。眠っていたのは数時間だが、居心地の悪い夢の中でも自分が母に寄りかかっているものと思っていた。でも目覚めてみると、頬をもぐら塚に載せて、腐ったリンゴだらけの地面に大の字になっていた。庭に戻ると、あたかも夢だったかのようにヘムンは全員行ってしまったあとだった。そしてほかのみんなはめいめい片づけたり、食べ物をしまったり、天幕やステージを解体したりしていた。最後に何があったのかを知るのに、その場にいる必要はなかった。テープに記録されているし、イリノイ州シャンバーグの両親の家を訪ねていくと私たちはたまにそのテープを観る。巻き戻したり、早送りしたりして、一番大切にしたい瞬間にたどり着く。画面を停めて名前を思い出し、ギャップを埋める。デヴォンにあるパキスタン人の店で十ドルで変換してもらったときに勝手にカットや空白を入れられてしまったのだ。何度もくり返し、焦れたような点々がさざ波になって震える画面の底から立ちのぼってきては、画面中央まで達しようとする。最後の画像は、何かを言いかけている母の姿だ。おそらくは、「ヘモン・プロパガンダ」について何か不敬なことを言おうとしているのだろう。母の賢明そうな目元や、ニタッとかすかに笑いきらずに終わった笑みの痕跡からもそれは明らかだ。母は永遠に何かを言いそうなだけで、決して言わない。母は自分が何を言うつもりだったのか決して思い出せない。そして突然、画面が眩い青に転じ、私たちはテープを停めて、最初まで巻き戻す。

コイン
a coin

ズリンカに

　地点Ａと地点Ｂがあり、地点Ａから地点Ｂへ行くには腕利きの狙撃兵から丸見えの開かれた空間を通らねばならないとします。地点Ａから地点Ｂまでは走って行かねばならず、速く走れば走るほど地点Ｂに生きてたどり着く確率は高くなります。地点Ａから地点Ｂまでの空間には、疾走する市民たちが落としていった物が散らばっています。黒い革の財布、たぶん中は空。人の口みたいにぱっくり開いた小銭入れ。真ん中に銃弾の穴が空いた白いプラスチックの水入れ。雪片で飾られた緑・赤・茶の汚いショール。蟻がびっしり、ピラミッドでも建てようとしているみたいに這い回る濡れた一斤のパン。バラバラに壊れた、くねくねのたくる黒っぽいテープがまだあちこちくっついているビデオカセット。狙撃兵たちがとりわけ狂暴な日には人体も散乱しています。まだ生きている人体もあって、身を護れる遠い場所めざしてぴくぴく這っていき、カタツムリのように血の筋があとに残ります。そういう者たちを人々はめったに助けようとしません。誰もが知るとおりそれこそ狙撃兵の思うツボだからです。狙撃兵は時に慈悲深く、這っていく人間の息の根を止めてくれます。狙撃兵は時に人体で遊び、膝、足先、肱を撃ち飛ばします。その人間が出血多量で死ぬ前にどこまで行けるか、狙撃兵同士で賭けをしているようです。

　サラエヴォは猫のいない街です。人が餌をやれなかったから、または逃げるときに連れていけなかったから、あるいは飼い主が殺されたからです。そして、やはり餌をもらえなかったり連れていってもらえなかったりした犬が残った猫を狩って貪り食うことになります。しばしば街頭の瓦礫に交じって、焼けた自動車の下に、あるいは下水道の中に猫の死骸が見られます。歯を剝いて死んでいった猫の頭部。糸切り歯がミニチュアの短剣みたいに見えます。時には複数の犬が一匹の猫を取りあって争い、絶叫する毛皮と肉の塊を引き裂いているのが見えます。

アイダの手紙は稀に、包囲を逃れ、突然に届く。国連護送団、外国人記者、難民輸送船などのおかげで届く。それらの手紙が、国連のトラックの荷台に積まれた大きな袋に入っているさまを僕は想像する。トラックはパキスタン人かウクライナ人の兵士が運転していて、兵士の頭の中にあるのは、目の前のぬかるんだ道路と、道端に立つ、人差指をあからさまに引き金に近づけた髭の暴漢たちの目付きのみ。あるいは手紙は、刺青《いれずみ》を入れた肩に新聞記者がひょいと掛けた鞄の底に、ウォークマン、ノート、コンドーム、パンやマリワナのかけら、家族の写真が詰まった札入れなどと一緒に入っている。僕はそれらの手紙が、ザグレブ、スプリト、アムステルダム、ロンドンの郵便局にあるところを想像してみる。僕の知らない人々に宛てて、その人たちを大切に思う人々が書いて送った手紙の束にそれらは交じっている。彼女の手紙が僕の許に届くまで、時には何か月も、暗澹《あんたん》たる時間がかかる。郵便受けを開けて――それは長いトンネルであり、暗い四角形で行き止まる――アイダの手紙がそこにあると、僕は怖さのあまりぶるぶる震える。くたびれた封筒を破って開けるのが怖いのは、彼女が死んだかもしれないからだ。消えてしまったかも、幽霊に、無になったかもしれないからだ。いわば虚構の人物になったかもしれないのに、僕は彼女の手紙を、あたかも彼女が生きているかのように読む。

彼女の声が僕の脳内で響き、彼女の姿が僕の眼前に現われ、曲線を描く文字を彼女の手が形作っていく。自分の記憶の中の人物、死んだ人物と交信することを僕は恐れる。生がつねに死より遅いという事実が僕は怖い。弱い人間だというのに、意志に反して、そのずれを直視する役に僕は選ばれたのかもしれない。

九月にファティマ伯母さんが亡くなりました。長いこと喘息を患っていましたが、九月になってうちのアパートでただ単に窒息して死んだのです。何週間も砲撃されっ放しでしたし、砲撃が止んでいるときも仕事熱心な狙撃兵がいました。建物から出てさえいなかった隣人が狙撃されて殺されました。玄関のドアをそっと少し開けて外を見ただけなのに、額に弾が命中してその場にバッタリ倒れて死んだのです。で、ファティマ伯母さんは喘息の薬を切らしていましたが、外に出ることはできませんでした。窓はどれもずっと前に割れていて、伯母さんはいつも寒がって、宙に舞う埃や浮遊する瓦礫の塵で一杯の冷たい空気を吸っていました。伯母さんはただあっさり窒息したのです。ひくひくと吸おうとする音は立てても、何も吸えていませんでした。私たちは伯母さんを埋葬することもできず、外に出してあげることすらできませんでした。砲撃も狙撃も目いっぱい、明日という日がないみたいに続いていたからです。

ケヴィンはアメリカ人で、シカゴ出身です。カメラマンで、あちこち渡り歩いてきたと言っています。カメラを片手にアフガニスタンにもレバノンにもペルシャ湾にもアフリカにも行きました。背は高く、腕の筋肉はちょっとした小山です。目は乾いた芝生みたいに緑がかっています。二つ平行に並んだ銀のイヤリングを左耳に着けています。髪は短い。禿げかけていて、灰色がかった髪が半島みたいに額を這い下りています。体は細身です。よく見ると、鼻が顔と交わるところに血管が破裂した紫色の跡が見えます。コカインをやったせいです。レバノンでさんざんやったのです。安かったし、精神が参っていて、もう耐えられなかったのです。あるときケヴィンは、アラブ人の子供に玩具の銃と見えるもので撃たれました。太腿に畦《あぜ》みたいな溝が残っています。そのときはレバノンに来たばかりで、参っていて、コカインをやったのです。いまはもう大丈夫、と言っています。いろんな話をしてくれるので私はケヴィンが好きです。こういう新聞記者とかカメラマンとか、あちこち回ってきた人たちは、誰でも話はしてくれます。でもみんな決まり文句ばっかりで、海外特派員や従軍記者の映画の観すぎじゃないかと思えます。ケヴィンの話は違います。ほかの人たちが話すのはみな、ジャーナリスト仲間をめぐる話です。酒浸りのイギリス人、元ナチのドイツ人、女々しいフランス人、アメリカ人娼婦といったあたりが定番キャラクターです。現地の人たちをめぐる話をする人はいません。現地人はニュースの種であり、報道すべきものだからです。ケヴィンはアフガニスタンの話をしてくれました。あご髭を生やしたゲリラたちが待ち伏せしている高い山にじっと伏せていた話。怯えたロシア人たちの乗る輸送車が、見られていると知りつつ恐ろしい山道をのろのろ進んでいく話。生きたままバラバラに切り裂かれるロシア人の話――兵士はこの世のものと思えぬ叫び声を上げるが、やがて慈悲深いムスリム聖職者が頭を撃ち抜いてくれる。ケヴィンはそれを映像に撮りましたが、ビデオはどのみち没収されてしまうとわかっていました。たとえ没収されなくても、放送されるわけはありませんでした。

　彼女は一枚の白黒写真を送ってくれた。彼女自身が瓦礫の山の上、図書館の廃墟の只中に立っている。かつては窓だった穴や、焦げたマッチのような柱が見える。カメラは下から彼女を見ている。彼女は背が高く、背筋がのびていて、山の頂上にいるみたいに見える。防弾チョッキを着ている。平然と、水着でも着ているみたいに。

　外国のテレビ会社グループの連絡係の仕事をしています。その人たちが地獄でやりくりしていく――政府の役人にアプローチして買収し、しかるべきコネを確保する――手助けをするほかに、彼らのクルーがこの街の内外で撮った映像を編集する仕事もします。編集したら通信衛星を使ってロンドン、アムステルダム、ルクセンブルクなどへ送ります。毎日二、三時間分の映像を受け取ります。大半は流血、凝血、切断された手足です。これを私が十五分から二十分に縮めたものが、見えない人々に送信されて、彼らがそれを一、二分のニュース・ストーリーに――そこにストーリーがあるとして――まとめるのです。はじめは、一番インパクトのある映像を選ぶよう努め、血や腸《はらわた》、手足を失った胴や子供の死体などをなるべくたくさん盛り込みました。観る人の胸に同情、理解、苦痛等々を引き起こそうとしていたわけですが、自分で編集したはずの一、二分の完成映像を見てみると、そこそこにおぞましい場面しか出てこないのです。そこでやり方を変えました。死んだ女性が男四人に運ばれている映像を見たのを境に、恐ろしさを抽出しようとするのはやめました。女性は男たちの腕の上でうつぶせに横たわり、棺台に乗っているみたいに見えました。頭はうしろに折れ曲がり、だらんと垂れていました。頭蓋骨に榴散弾が命中してぱっくり割れていました。髪が付いたままの頭蓋のかけらが、肌に貼りついて垂れ下がっていました。男たちは彼女をトラックの後部、すでに積まれたほかの死体の山と一緒に乗せました。頭はまだ開いたままでした。脳味噌のなくなった血まみれの空洞が見えました。やがて男たちの一人が、さっきのかけらを、蓋をするみたいに元の場所に戻して空洞を閉じました。ある種、渋々といった感じの敬意とともに男はその行為を実行しました。裸体を覆うかのように、他人の頭の中を見るのは何か猥褻なことであるかのように。私はそのシーンを丸ごとカットして、別のテープに移しました。以来、同じくらい恐ろしい情景が出てくるたびに全部カットするようになりました。それをすべてひとつのテープに移して、服を丸めて作った枕の下に隠しました。かつて『シネマ・パラディーゾ』（映画天国）という馬鹿馬鹿しい映画があって、司祭がいろんな映画から検閲したキスシーンを映写技師が全部取っておく話でしたが、私は自分のテープを『シネマ・インフェルノ』（映画地獄）と名づけました。まだ自分でもその全体を通して観たことはありません。いずれは観るつもりです。カットの出来に注目し、死のアトラクションのモンタージュが上手くいっているか見てみるつもりです。

夢を見ました。ほのかに光るスクリーンに女性が一人でいて、その前に堀があって、堀の向こうには窓のない部屋があって、人がぎっしり中にいます。女性は私を演じています。とことん私を演じています。私は客席にいます。闇の縁、ちょうど私を演じる女性の視線が果てるあたりに座っています。女性の演技は上手くいっていません。私はこんなふうな気持ちじゃないし、私の痛みはこんなじゃない。私は立ち上がって大声でわめきたい。あなたは私にのめり込みすぎているとあの女性に言いたい。何しろ私の姿かたち、私の顔、私の声までそっくり真似ているのです。何とか手助けして彼女を私の外に出してやりたい。でも私には何もできません。彼女は明るい蜃気楼なのです。私は立ち上がれません。何が間違っているのか、自分でもよくわからないからです。そして私はひらめきます。言語だ。私は間違った言語の中に閉じ込められているのです。

純血種の犬たちが群れを成して走っているのが見えます。ごくたまに一匹だけで走っている犬もいます。ジャーマンシェパードが見え、アイリッシュセッターが見え、ベルジアンコリー、ボーダーコリー、ロットワイラー、プードル、チャウチャウ、ドーベルマン、コッカースパニエル、マラミュート、シベリアンハスキー、何もかもいます。何年も包囲が続いたので、当然ながら雑種も大勢います。いくつかの組合わせは、犬の専門家を驚かせる——あるいはぞっとさせる——でしょう。あらゆる生き物が飢えている冬のあいだ、犬たちはいつも以上に群れを作って動きがちで、狼と同じように、共通の戦略を組んで敵を襲います。時おり、いろんな犬種のありえない混合が子供や衰弱した高齢者を襲います。ジャーマンシェパードが喉に襲いかかり、プードルがふくらはぎから肉を引きちぎるのです。

ありきたりの回想を綴った手紙を彼女に書いたあと、僕は自分のことを何もかも彼女に伝えたいと思うようになる。空想の中で彼女と会話を交わし、実際にしかめ面を作ったり、本当に手を使ってジェスチャーをやったりする。彼女に話そうと思えば話せたこと、話すべきだったことを僕はあれこれ考える。英語を使うとすごくぶざまでぎこちない気がして、文法の海に沈んでしまい、口にするセンテンスが溺れかけた子供の両腕みたいにばたばたともがくこと。バッハの『マタイ受難曲』のこと。蜘蛛たちが僕の住まいにやって来るのを期待していること――彼らは情け知らずのゴキブリ殺しなのだ。女性との関係が、というか接触がないこと。友だちもいない移民生活のこと。サラエヴォが一瞬映るのを待って見つづける『ヘッドライン・ニューズ』のこと。僕の部屋の、白々しい日没と遠くのオヘア空港とが見える（夜の飛行機が疲れたホタルのように着陸する）西側の窓のこと。ふとよみがえった、僕の父が赤ん坊ネズミたちのいる巣をシャベルで叩き潰している記憶のこと。彼女に伝えたかったことのほとんどすべてが手紙に書かれていないということ。手紙をポストに入れたあと何時間も続く喪失感と、舌の上に残る舐めた糊の味のこと。かつては言葉によってすべてを伝えられるしすべてを包含できると信じていたけれど、もう信じない。もう信じない。

決して露骨に好意を示したりしないケヴィンのことが私はだんだん好きになりました。彼はただ私に物語を語るだけです。たとえ部屋にたくさん人がいるときでも、物語が私のために語られていることがわかりました。彼がひどく超然としているところが私は好きでした。本人は「カメラマン症候群」だと言っていました。いつも視線ひとつぶん世界から隔たっているのだと。私たちは恋をしているのではありません。恋なんか問題外です。神も見捨てたこの街では誰も恋なんかしません。私たちはただたがいのことを知りつづけるだけです。ただ物語を分かちあい、そうやって自分たちもひとつの物語になるのです。そしてその物語はいつパッタリ終わってしまってもおかしくありません。闇の中で——電気もないので——愛しあうとき、それはまるでたがいに戦っているみたいに苛酷で残忍です。二人とも、苛立った体から悦びを、愛の閃《ひらめ》きをもぎ取らねばならないからです。ケヴィンがいずれ去っていくということには二人ともいっさい触れません。アフガニスタンの山々を歩いて越えたせいで、ケヴィンの足には胼胝《たこ》が出来ています。

若干のグロテスクな儀式を行なったのち、私たちはファティマ伯母さんを私の部屋に入れます。じきにそこは伯母さんの部屋になります。誰一人そこに入ろうとしません。何か必要なものが——マフラー、毛布、写真——伯母さんの部屋にあると、誰かが「ファティマの部屋にあるよ」と言います。つまりそれは、もう取り戻しようがない、という意味です。伯母さんを埋葬できたら、と私たちはずっと望んでいましたが、一週間経っても伯母さんはまだそこにいました。悪臭ふんぷんたるわが伯母。

火曜日に、ゴキブリたちが両の脛をもぞもぞ上がってくる感覚（幻覚？）を覚えた。生活がひたすら孤独と無から成っているせいで僕は気が変になりかけているのかもしれない。その感覚はロックコンサートの番組を観ていて、少年少女が頭を赤ん坊のガラガラみたいに振っている最中に湧いてきた。ゴキブリは僕の祖国で育ったゴキブリたちで、僕が知らずに自分のアパートから連れてきたのだと思えた。次の日、管理人のアートに助けを求めると、ゴキブリ・モーテルをいくつかくれた。甘いシロップに誘われてゴキブリが中に入り、糊がくっついて出られなくなるのだ。こういうふうに言おう。アートは忌まわしい虫に空間を提供する。アートはゴキブリを抹殺する。

私はケヴィンが憎い。またもうひとつ虐殺の映像を彼は持ってきました。自分の血にまみれて這い回る人々、顔のない頭蓋骨、飛び散った手足等々。両腕を切断された女性がいました。ギザギザに切れた、血の噴き出す二つの切り株が見えました。かつて腕だったものの血だらけの塊二つを、女性はケヴィンのカメラの方に向けていました。ケヴィンは女性の顔をクロースアップで撮っていました。いまなおショックの只中にある、痛みも感じていない、いまだ腕を失っていない顔。クロースアップはたっぷり五分くらい続きました。まるっきりタルコフスキーです。なぜさっさとカメラを停めて女性を助けなかったのか、とケヴィンに訊いてみました。何もできることはなかった、と彼は言いました。俺はカメラマンなんだ、それが俺の仕事であって、俺はそうやって人を助けるんだ、と彼は言いました。あんなクロースアップを撮るなんてひどい、と私は言いました。すると彼は、俺がやったんじゃない、カメラがやったんだ、俺はカメラを持っていただけだ、と言いました。どのみち私はそのシーンもカットしました。それを『シネマ・インフェルノ』に加えました。私以外誰もその映像を見ませんでした。ケヴィンはどこまでも超然としていて、どこまでも護られています。

　編集室の隣の、かつてテレビスタジオだった部屋に私は寝泊まりしています。もちろん窓はなく、砲撃からも安全です。コンクリートを貫く砲弾を使われれば別ですが、なぜかそれはめったにやりません。たぶんそういう砲弾でも私たちはすぐには死なないと思います。もっと多くの砲弾を受け入れる穴が空くだけでしょう。私としてはすぐに死ぬ方が好ましいのですが。スタジオには小さなステージがあって、かつてはそこで頭カラッポのフォーク歌手たちが録音済みの恋の痛みに合わせて演技していました。ここで私たちは、筏の上にいるみたいに、嘘の涙と本物の汗とが染み込んだステージで寝泊まりします。スタジオにはカメラがまだ何台かあって、レンズは床を向き、あたかも恥じているみたいに、キャスターとキャスターのあいだを見ています。スタジオは巨大で、ひどく暗いです。一番効率のいい場所に立てた二本の蠟燭が私たちの照明です。まあ一応ガソリンで動く、ゴホゴホ咳き込む発電機があって、電気を建物内に流していますが、その電気は映像を作って放送するのに必要なのです。私たちはスタジオの中を盲人のように動き回ります。スタジオの記憶を、脳内に地図として保持しつつ。ぶつかって怪我するといけないのでカメラの位置は決して変えません。でもなぜか始終カメラに行く手を遮られます。まるで彼らがこっそり背後で幽霊みたいに動いていて、私たちの姿を録画しているかのように。

僕は赤十字のなかば秘密のルートを通して彼女に手紙を送っている。赤十字の護送隊がサラエヴォに着くまでに何か月もかかるし、手紙が彼女に届くにはもっとかかる。届いたころには手紙はもう古くなってしまっていて、僕ではない別人の、もっと正気な人間のこと、彼女のみならず僕自身も知らない人物のことを伝えている。そういう手紙を書いているとき、僕は自分の無力さを受け入れるしかない。誰か別の人間が僕の体を使って、僕のペリカン万年筆を、僕の右手のちまちました筆跡を使ってこれを書いている。そう認めざるをえない。何を書いても真実でないと思えてしまう。一日か二日経てば——下手をすると一瞬、二瞬のうちに——本当に真実でなくなるからだ。何を言っても僕は嘘をついている。あるいはいずれ嘘をつくことになる。便箋の上、インクの染みがついたその白さの上で、暗澹たる現在が荒涼たる過去に降りていく。それゆえ僕は、彼女がすでに知っていることを、いくつもの戦争を隔てた昔に語られた物語を書きがちになる。臆病な真似と言うほかないが、僕としてはとにかく、僕たち二人の生活が、たとえ遠く離れていても、いまだ同時に起きているような幻想を作りたいのだ。

私たちが何をやろうとしてもファティマ伯母さんの部屋から臭《にお》いが漂ってきました。ドアのすきまには襤褸《ぼろ》切れを詰めました。絨毯とドアには酢や、役に立たない香水（オブセッション、マジー・ノワール）を塗りたくりました。それでも悪臭は消えませんでした。甘ったるい、濃厚な、肉が腐敗する臭い。夜中にめずらしくつかのま砲撃が止んだ最中、私たちは伯母を窓から投げ出すことに決めました。決め手は母の見た夢でした。姉の眼窩《がんか》から蛆虫が出てくる夢を母は見て悲鳴を上げながら目を覚ましたのです。

ケヴィンが物語を語りながら、私たちは彼が例によってどこかから持ってくるバーボンで酔っ払います。そのうちにケヴィンは、彼にとってプライベートと思える事柄を話しはじめます。長年つき合っている、不動産の販売員をしていて、下院議員になるのが夢という恋人。ミシガン州の、カラマズーから南へ八十キロ行った街ホワイト・ピジョンに住んでいます。ケヴィンが湾岸地域にいる最中、滞在先の留守番電話に、あんたみたいな「自分勝手な夢想家の阿呆」とはもう別れる、というメッセージを吹き込んだそうです。俺はすべてのものをファインダーを通して見るんだよ、とケヴィンは言います。カメラがあると自然な気持ちになれるんだ、「カメラがあれば何ものも一人で見ることはないから」と。つねにもう一対の目があるから、と。

友人の女の子が、サラエヴォの破壊された建物を特定してほしいと言ってきた。僕に見覚えがあればと、写真を何枚か送ってきたのだが、あいにくひとつも特定できなかった。どの建物も同じに見えるのだ。みんな窓が割れていて、目をえぐり取られたみたいにぽっかり黒い穴が空いている。周りで瓦礫が輪になっていて、まだかろうじて建っている建物から廃墟を刻み出そうとしているみたいに見える。どの写真にも人は写っていない。写っているのは建物でもなく、ましてや僕が出入りしたかもしれない建物では全然ない。写っていたのは、そこに写っていないものだった。消失の過程の一番最後を、無そのものを、写真は記録していたのだ。

人々は地点Ａで列に並び、向こう側へ走って行く順番を待ちます。自分の番が来たら、待つことはできません。行くしかありません。待てば待つほど、狙撃兵の態勢が整うだけだからです。それに、待っている群れが感じている言いようもない恐怖を、共有したくなんかありません。私が初めて地点Ａから地点Ｂへ走っていったとき、恐怖は本当に言いようのないものでした。大きな鉄球に腸《はらわた》をグリグリ抉《えぐ》られているみたいに腹が痛むのです。首の血管で血がズキズキ疼きます。湿っぽい熱が目玉の内側に広がる。手足の感覚が麻痺して、走っていくにつれてもっと麻痺します。汗が頬をたらたらと、恐れのミニチュア雪崩《なだれ》となって流れ落ちます。目の前ではいかなる生活もくり広げられていません。目先の一、二メートルが見えるだけ、つまずいて転びかねない細かなものがあれこれ見えるだけです。あらゆる小さな音が聞こえます。自分の足が土や瓦礫を散らす音。遠くの爆発音。怯える人、怪我をした人の叫び声。銃弾が当たって跳ね返るヒューヒューいう音。自分の背後の人が死ぬ間際に喉がゴロゴロ鳴る音。

図書館の残骸にいるのが私です。この写真を十分拡大できれば、周りで細かい塵が浮揚しているのが見えるはずです。焼けた本の冷たい灰です。この写真は私が防弾チョッキを手に入れた日に撮りました。それは私の人生で――いまの人生で――最高に幸せな日でした。防弾チョッキは生き残る確率を飛躍的に高めてくれます。狙撃者が私を殺そうと思ったら頭を撃たないといけないのです。だから私は頭を小さくするために髪もすごく短く切りました。まるっきりジャンヌダルクだよって気になることもあります。まあ私には軍隊もいないし導いてくれる声も聞こえてこないけれど。

母と父が伯母をシーツでくるんで、さらにもう一枚、さらにもう一枚でくるみました。二人ともいまにも吐きそうに顔が歪んでいました。二人が実際に伯母を窓の外に押し出す瞬間を私は見ていられませんでしたが、ドサッという音は聞きました。映画の中の科白を思い出すみたいに「彼女の人生はドサッという音とともに終わった」と思いました。

四月以来アイダから一通も手紙が届いていない。最後の手紙以来、僕は自分で彼女の手紙を捏造せねばならなかった。彼女に代わって彼女の手紙を書き、彼女の姿を思い描く以外、包囲を破って彼女とのつながりを保つすべはなかったからだ。彼女はきっと生きている。きっとそのうち、彼女からの手紙が何通も束になって郵便箱に収まっているはずだ。きっといまこの瞬間も彼女は手紙を書いている。

　この戦争はね、男たちのやることです。先日こんな「ジョーク」を聞きました。「女とは何か？」――「プッシーの周りの物体！」。迷彩服を着た男たちはものすごく面白がって、ライフルの床尾《しょうび》で床を突きました。私がそこにいるのを踏まえたジョークのようでした。私たち女は何も言わずに足を広げ、もっと多くの兵士を産んで母らしい威厳とともに死んでいくことを期待されているのです。私が何より恐れているのはレイプだと思います。狙撃兵の弾が当たれば、体も自分も同時に死にます。もちろん即死すればということですが、たいていは即死します。みんな無茶苦茶腕がいいからです。でも自分の体が犯され、裂かれ、切り刻まれるのは嫌です。そんなことに立ち会いたくありません。死ぬときは体も一緒に持っていきたい。レイプキャンプの話は聞いてますか？

　この仕事に就いて、テレビ局の建物に移ると、家には時おり、両親が無事生きているか確かめに行くだけになりました。行くのはたいてい日曜の午後の、午前中に金曜の食べ残しの運搬も済んだあとでした。でもやがてそれもやめました。家の近所の狙撃兵が私を待ち構えていることに気づいたからです。私が走る前は何もかもが静かで、何人もが撃たれもせず駐車場を走り抜けていったのに、私が出ていったとたん、弾丸が周りで狂った蜂みたいにブンブン鳴りはじめるのです。明らかに私を狙っています。私が来るのを知っているのです。私を待っていて、私を弄《もてあそ》んでいるのです。いまはいつも違う時間に家に行き、ルートもいろいろ変え、姿も毎回変えて狙撃兵に私だと気づかれぬよう努めています。ひょっとしたらその狙撃兵は私の元カレの一人かもしれません。

まだ頭が枕から離れず、突然の目覚めに悪夢がまだ完全に消されぬうちに目を開けると、ゴキブリが一匹、レンジの下から出てきて灰色のキッチンの床のタイルをささっと越えてカーペットに乗り上げ、砂の上にいるみたいに少し速度を落とし、椅子の下を斜めに渡ってこっちに来て、僕のスリッパを迂回してマットレスの下の安全なスペースに達しようとした。僕が見守るなか、ゴキブリはすばやく走り、立ちどまることなく、まっすぐ迷わず進んでいく。こいつは何から逃げているのか？　何がその小さなエンジンを駆動させているのか？　生きたいという欲求か？　死を恐れる気持ちか？　至高の狙撃兵のまなざしを本能的に——ひょっとすると分子レベルで——感じとる力？　何て恐ろしい世界だろう、あらゆる生き物が恐怖とともに生き、死んでいくなんて。僕は左足のスリッパに手をのばしたが、ゴキブリはすでにマットレスの下にもぐり込んでいた。

狙撃兵はよく、面白半分に犬を殺します。あくまで標的にできる人間が街頭にいないときですが、時おり犬撃ち競争までやります。犬の頭に弾を命中させるのが一番ポイントが高いんだと思います。

潰れたトマトみたいに頭が砕けた犬の死体をよく見かけます。犬を撃つ狙撃兵に反撃することを反狙撃パトロール隊は避けがちです。狂犬病蔓延の恐れがつねにあるからです。下手くそな、新米の、あるいは不注意な狙撃兵が犬を負傷させるだけにとどまると、犬は弾丸みたいに狂おしく跳ね回り、血を流し、キャンキャン吠え、痛みと恐怖を和らげようと手当たり次第何にでも噛みつきます。反狙撃パトロール隊が犬を撃つことさえあります。彼らはつねに頭を狙います。

　このあいだケヴィンを連れて、私の好きなサラエヴォ名所のツアーをやりました。ケヴィンはカメラを持ってきました。ケヴィンで好きなのは、いちいち何もかも説明しなくていいことです。こっちが見てほしいと思うものを、ただ見てくれるのです。それに、わかるよ、などと言ったりはしません。でもわかってくれていることが私にも伝わってきます。たとえば、私たちは二人とも感じとっていました。ツアーで回ったいろんな場所が、記憶であることと、瓦礫の山と化すこととのはざまにあるということを。カメラは消滅の過程を記録していました。最近は休戦が実施されているようですが、私はどうしても怯えてしまいます。ひとつには静寂はしばしば、聞き慣れた容赦ない砲撃の騒音以上に恐ろしいからです。もうひとつには、ケヴィンが退屈して街から出ていってしまうのが怖いのです。たぶんそのせいでツアーにも連れていったのでしょう。ケヴィンはカメラを手に、影のように私について来ました。私はケヴィンを、私たちが通った学校に連れていきました。私たちが学んだ教室の、破壊された窓の前に私は立ち、レンズに向かって手を振る私をケヴィンが写真に撮りました。プリンツィプがあの歴史的な銃弾を放った場所に私は立ちました。例によって私の小さな足は、プリンツィプのコンクリートの足型にすっぽり収まりました。私たちがよく行った何軒かの酒場にもケヴィンを連れていきました。閉まっている店もあったし――オーナーが死んだのでしょうか――闇取引の連中や軍服の男たちが大勢いる店もありました。軍服の連中のライフルが目の前のカウンターにこれ見よがしに立てかけてありました。薪が深刻に不足しているせいでもう木もなくなった公園にもケヴィンを案内しました。かつて私はこの公園に男の子を連れていって胸を触らせ、男の子たちは怖気づいてそれ以上先へは行かなかったものです。そういったことをみな私はカメラに向かって語り、ケヴィンが私の周りを、祈るかのように膝を曲げながら回っていました。それから私は彼に、見えないあなたにいま伝えているように、自分が妊娠したことを伝えました。

そして私たちは、狙撃兵たちには見えない窓から、かつて私の伯母だった白い山を見守るようになりました。腐敗し分解した肉の塊を、あたかも通夜をしているかのように見守りましたが、ただしそれはファティマ伯母さん以外の何か、にもかかわらずこの上なく大切な何かのための通夜でした。交代で順番に私たちは見守りました。自分の番が回ってきた父は、万事上手くいっているか、と私に訊ねました。「いいえ、これからはもう何ひとつ上手くいきません」と私は答えました。こんなふうにあなたに、見かけだけかもしれないけれど穏やかに語ってしまえることに私は怯えます。いまにも爆発して狂気に陥ってしまうのでは、という気がするのです。

僕の部屋の四隅には凝った造りの蜘蛛の巣があるが、蜘蛛は一匹も見たことがない。蜘蛛の巣は純粋に象徴的な機能を果たしているように見える。それらがそこにあるのは、僕が囚われの身であること、いつ牙なり針なりが僕の体に毒を注入し僕の血を吸い取ってもおかしくないことを僕に忘れさせないためなのだ。僕が住んでいる空間が僕になる。部屋が僕について語る。あたかも壁が本のページであり僕は主人公、キャラクター、誰かであるかのように。

　こうして朝は私が見守る番でした。夜が明けてすぐ、犬の群れがこっちへやって来るのが見えました。ロットワイラー一匹、プードル一匹、雑種犬何匹か。犬たちはシーツをびりびり食いちぎり、私は顔をそむけましたがその場を去るわけにはいきませんでした。唯一考えたのを覚えているのは、スキーのことです。自分がすごいスピードで斜面を下っていく姿が目に浮かんだのです。空気が頬を打ち、スキーの音が波の高速録画みたいに雪を散らしていきます。外に目を戻しましたが、死体があった場所を見る気にはなれませんでした。妥協という感じでその場所の周辺を見ました。ロットワイラーが片手をくわえてとっとっと歩き去るのが見えました。あのときカメラを持っていたら、こうして覚えていなくてもよかったのにと思います。こんなことをあなたに話してしまってごめんなさい。

　私の髪はすっかり白くなりました。シカゴはどうですか？　手紙を書いてください。たとえそれが私に届かなくても。

稲妻のように見事なナイフさばきで、僕はゴキブリを真っ二つに斬る。前の半分が四、五センチそのまま走りつづけ、それから、頭を軸にしてぐるぐる狂おしく回り出す。後ろの半分が不意を討たれたかのようにそこに立ち尽くし、青白いねばねばが沁《し》み出ている。

私は血を流して目を覚まします。ベッドは血でぐっしょり濡れていて、ここはヒースロー空港のそばの味気ない高級ホテルで、私はここでもう一週間以上ケヴィンを待っています。私に電話もくれないケヴィン。彼を捕まえようと、アムステルダム、パリ、アトランタ、ニューヨーク、キプロス、さらにはヨハネスバーグにまで電話して、伝言と呪詛を託しました。でもそれから、さっさと血を拭いてサラエヴォに戻りました。血まみれのタオルやシーツの山と、何もなくなったミニバーと、バスルームの割れた鏡と、未払いの請求書（宛先はケヴィン、アドレスはキプロス）を後に残して。こうして私は、もはや妊娠していない身でここにいます。相変わらず血の気は多く、けれどもうそれほど悲しくはなく。

己の不在を探索すべく僕はポラロイドカメラを買った。僕の存在が影響を及ぼしていないときに物や空間がどう見えるのか探ってみようと思ったのだ。スナップショットを僕は撮る。光沢ある、静止した瞬間。縁が真ん中より暗くて、あたかも何もかもが消えていきつつあるかのようで。アパートを撮り、アパートの中の物を撮る。これは回っていないときの天井ファン。これは僕の座っていない椅子。これは僕のマットレスで、誰かがたったいま起きたみたいに見える。これは空っぽのバスルーム。これは干涸《ひから》びたゴキブリ。これは水が飲まれていないグラス。これは僕が履いていない靴。これは誰も観ていないテレビ。これは鏡に映ったフラッシュ。これは何もない。

地点Bに着くと、アドレナリンの分泌がとにかくすさまじいので、あまりにも生きている感じがします。何もかもがくっきり見えるのに、何ひとつ把握できません。五感がすっかり過負荷になって、何かを頭にとどめる間もなく何もかも忘れてしまうのです。私は地点Aから地点Bまで何百回と走りましたが、感じはいつも同じなのにいつも初めてに思えます。興奮がこうやって圧力となるせいで、誰もがすごい勢いで出血するのでしょう。ほっそりした体から血が洪水のようにあふれ出てくるのを私は見ました。必死にハンドバッグにしがみついている女性の体全体が断末魔の苦しみにぶるぶる震えていたり。びっくりした顔の子供たちから血流が迸《ほとばし》り出てくるのも見ました。何か悪いことでもしたような――高価な香水の瓶を割ってしまったとか――顔で子供たちはあなたを見ます。けれどひとたび地点Bに着けば、すべてはあっという間に、初めから何もなかったかのように消えてしまいます。あなたは起き上がって、包囲された生活に、生きていることを嬉しく思いながら戻っていきます。濡れた巻き毛をあなたは額から払いのけ、ふうっと深く息を吸って、片手をポケットにつっ込むと、そこには価値のないコインがあるかもしれないし、ないかもしれません。一枚のコインが。

ブラインド・ヨゼフ・プロネク＆死せる魂たち

Blind Jozef Pronek & Dead Souls

そしてようやく、たんすからクローゼットへひっそり移動し、必要なものも一つずつすべて見つかり、無言で彼に耐えた家具たちに囲まれつつ着替えも終えてやっと準備が整うと、彼は帽子を手に立ち、最後の瞬間に至ってもその敵意ある沈黙を追い散らす言葉を見出せぬことにいささか恥じ入る気持ちだったが、やがてドアに向かってゆっくり、諦めの気分とともに頭《こうべ》を垂れて歩いていき、と同時に誰かが、永久に背中を向けている誰かが同じ速さで反対方向へ、鏡の奥へ歩いていき、誰もいない、存在しない部屋の列を抜けていった。

——ブルーノ・シュルツ「カロル叔父さん」

セメズディン・メフメディノヴィチに

赤いマフラー

飛行機から外へ足を踏み出したとたん（くたびれ果てた、しわくちゃで白髪の男性添乗員がパッと笑顔になって「さよなら《アウフ・ヴィーダーゼーエン》」と言った）、赤いウールのマフラーを荷物棚に忘れてきたことにプロネクは気がついた。ウィーンの空港のカフェでマスタードのしみをつけたマフラー。取りに戻ろうかと思ったが、巡礼仲間たちの容赦ないピストンに押され、迷路の如きトンネルを進んでいくほかなく、やがてたがいに反響しあうブースが並ぶ場所に出た。ブースの中にそれぞれ陣取っている制服姿の役人が小さなパスポートを解読するなか、床に引かれた太い黄色い線のうしろで種々さまざまな乗客たちが大人しく待っている。プロネクの名を間違って綴った紙（余計なiが入ってProniek）を掲げている男が、両側から黒いリボンに挟まれたくねくね曲がる通路を歩む人波に目を光らせている。何だかその名を付与すべき人間を選ぼうとしているみたいだ。プロネクは男の前に出ていって「僕がその人物です」と言った。「あ、君か――アメリカへようこそ」と男は言った。

「ありがとう。ありがとうございます」

男はプロネクを導いて、パスポートを握りしめ膨らんだ鞄を足で押して進む大勢の人たちを追い抜いていった。「我々は待たなくていいんだ、君は私たちのお客さんだから」と男は秘密のメッセージでも伝えるみたいにプロネクの方を見て頷いた。

「ありがとう！」プロネクは言った。

男は彼を、巨体の男性がガラス板のへりまで空間を占有しているブースへ連れていった。誰かがいきなりブースのドアを開けたら、この肉体はドロドロのパン生地みたいにゆっくり滲《し》み出るんじゃないか。

「やあ、ワイアット！」プロネクのガイドが言った。

「やあ、ヴァージル！」パン生地男が言った。

「この人、俺たちのお客さん！」ヴァージルが言った。

「よぉ、元気かい？」パン生地男が言った。口ひげを生やしたその姿を見て、プロネクはふと、アメリカのテレビ番組に出てくる、ネクタイを緩めてシャツのボタンを外した太った警部に男が似ていることに思いあたった。

「はい、とても元気です。ありがとうございます」プロネクは言った。

「この国で何するんだい？」

「まだわかりません。旅行したいです。プログラムを作っていただいていると思います」

「きっとそうだよな」と相手は言って、プロネクの赤いユーゴスラヴィアのパスポートを、べたべたのエロ雑誌でも見るみたいにパラパラとめくった。と、スタンプをパッと摑み、あるページにバシン！と叩きつけ、「ま、楽しくやんなよ」と言った。

「そうします。ありがとうございます」

いま我々が目撃したのは、ヨゼフ・プロネクがアメリカ合衆国に入国した場面である。一九九二年一月二十六日のことであった。こちら側に移っても、べつだん何も変わった気はしなかった。が、もう黄色いマスタードのしみがついた赤いマフラーを取りに戻れないことはわかった。

ワシントンDCへ行く飛行機の乗り方をヴァージルが説明しはじめたが、プロネクはろくに聞いていなかった。というのもヴァージルの華々しい頭が突如目に入ったからである。左右から髪の房にはさまれた禿げの谷間が、せり上がってくる球体に怯えて遠ざかっていく。顔の肌には血管の込み入ったネットワークが、地図に記された河川網のように刻み込まれ、深紅のデルタ地帯が二つ、鼻孔の周りに広がっている。鼻から毛が覗いていて、ほんのわずか揺れ動き、両方の鼻孔にムカデが突っ込まれて小さな脚を空しくばたばたさせているみたいだ。ヴァージルが何を言っているのかプロネクにはわからなかったが、「わかります。わかります」と何度もくり返した。やがてヴァージルが鷹揚にプロネクと握手し、「君が来て我々は本当に喜んでいるよ」と言った。プロネクは何と言えばいいのか？

「ありがとう」と彼は言った。

厚いガラス板の向こうにいる、やる気のないニキビ面のティーンエイジャーを相手にプロネクは金を両替し、ギラギラ光って“Have a drink with us”（私たちと一杯やりなさい）と言っているネオンサインの誘いに従って酒場のカウンターに腰かけた。ドル札を読んでいると（“In God we trust”〔我々は神を信頼する〕）、ウェートレスが「ピカピカの緑ね！　何にする、ハニー？」と言った。

「ビール」とプロネクは言った。

「どのブランド？　ここはロシアじゃないのよハニー、ビールといってもいろいろあるのよ。うちで置いてるのはミケロブ、ミレー、ミレー・ライト、ミレー・ジェニュインドラフト、バド、バド・ライト、バド・アイス。どれでも選《よ》りどり見どりよ」

ウェートレスはバド（ライト）を持ってきて、「あんた、スーパーボウルどのチーム？」とプロネクに訊いた。

「わかりません」

「あたしはバッファローよ。ビルズがまた負けたら死んじゃうわよ」

「負けないといいですね」

「勝たなきゃダメよ。負けたらあたし本気で狂っちゃう」

酒場中のテレビが全部点いていたが、映像は歪んでいた。かつらをかぶった二人の男が喋っているのだが、二人の四角い頭が、煙みたいにくねくね上にのぼって行くと思ったらじきにまっすぐのびて、二本の美味しいキャンデーがマイクに向かってニタニタ笑っているみたいで、やがてまた折れ曲がる。プロネクはしばし、これは自分の目がこの国の映像の伝送モードに適応していないのだろうかと考えた。犬はすべてのものを人間とは違った見方で見るのであって、犬にとっては何もかもが薄暗く見えるということを彼は思い出した。コウモリに至っては何ひとつ見えはせず、頭の中にあるソナーのようなものを使って――つまり反響のみを理解して――電柱にぶつかったりしながら飛び回っている。

プロネクはこの手の無益な思考に浸る癖があった。

一台のテレビの下に年配のカップルが座っているのが見えた。男の方は両の目尻から皺が光線のように放射され、レッドスキンズの帽子をかぶっていた。女は髪がふっくら膨らんでいて、一ドル札のワシントンによく似ていた。二人の背後の看板には「喫煙席」と書いてある。二人は黙って座り、視線はたがいに対し垂直にのびていて、テーブル中央にあるブリキの灰皿の上で交差していた。ウェートレス（「あたし、グレース。どう、元気？」）がミラー・ライトを二本持ってきたが、二人とも手をつけなかった。代わりに男がくたびれたカンバス地の鞄から黒い本を取り出し、汗をかいている二本の壜のあいだに広げた。二人はその本を一緒に読みはじめた。頭がほとんど触れあい、男の左手が女の右手に、交尾している二匹の蛙みたいに重なっていた。二人はしくしく泣き出し、手をぎゅっと握りあって、女の指先が赤くなっていくのがプロネクにも見え、ピンクの爪が拡張していくように思えた。

　これがプロネクにとっての、いわゆるカルチャーショックの第一弾であった。

　空港じゅうをぶらぶらと、全体がジョン・ケネディの横たわった体の形をしているのだと想像しながら歩いて回った。両腕両脚がまっすぐのびていて、蛭《ヒル》みたいな飛行機が手足の指に吸いついている。ケネディの消化器官の中を自分が移動していくさまをプロネクは思い描いた。バクテリアみたいに、泡立つ胃酸の川を泳いでいき、ゴロゴロ鳴っている腎臓＝トイレに行きつく。ＪＦＫの鼻孔の一方から空港の外に歩み出ると、タクシーが薄い口ひげみたいに並んでいた。

　やっとのことで、ワシントンＤＣ行きの飛行機に通じるトンネルにゾロゾロ入っていく人々の列に加わった。「今日は元気かい？」と男の添乗員が答えを聞く気もなく訊いた。プロネクは窓側の席を与えられ、空気圧縮機に装着された風船みたいに見える男が隣に座った。男はあまりに太っているので二座席を占めていて、シートベルトも左の太腿の上に掛けるしかなかった。

「スーパーボウル見逃すなんてなあ」男はふうっと息を吐いた。「今年はレッドスキンズの試合全部行ったのに、よりによってこの一戦見れないなんて。今日が勝負なのに。あんた、レッドスキンズ・ファン？」

「あいにく試合のルールも知りません」

「あ、外国の人！」相手は勝ち誇ったように叫び、また息を吐いた。「アメリカ、どう思う？　世界一いい国だろ？」

「あいにくまだわかりません。来たばかりなので」

「いい国だよ。人もいいし。自由とかあって。世界一だよ」。男はいかにもわかっているふうに頭をピクッと動かして話を打ち切り、『精神の成長七法則』と題された本を開いた。プロネクは体をねじって厳めしいアルミニウムの翼に目をやり、頬が座席の材質に触れて、その摩擦で赤いマフラーを彼は思い出し、やがてうとうと寝入ったが、と、飛行機が離陸してはらわたが喉まで上がってきて目が覚めた。

ビー玉

プロネクは自分の首を憎んでいた。すぐ凝ってしまって、太い腱の束になってしまう。何度も押してみるのだが、ますます痛くなるばかりで、腱を指で突いても鋼のケーブルみたいに若干揺れるだけ。万一首斬りの刑に処されることになったら死刑執行人は危険にさらされる。きっと斧がはね返って、そいつの頭をスイカみたいに真っ二つに割ってしまうだろう。まずは首を一週間ばかり酸に漬けて、鋼のような腱を柔らかくしてから斬らないと。

プロネクをはじめ影に包まれた乗客を乗せた機はワシントンに向かって下降していき、プロネクが体全体を回すと、首都の弱々しい灯《あかり》がかろうじて窓の外に見えた。その灯は「曇った夜の灰の下でくすぶる燃えさしのよう」であった（これはその瞬間のプロネクの思いであり、中々気が利いていると言わねばならない）。客室乗務員がうしろからすっと現われてプロネクの肝を潰し、太った男の胸とその前の座席とのあいだの裂け目に顔を突っ込んで「ビールもう一杯お持ちしましょうか？」と訊いた。プロネクは指人形のように体全体を乗務員の方に回して——腱が抵抗して痛いったらない——相手がより効率よくサービスできるようにしてやった。乗務員は笑顔一回いくらで給料を支払われているらしかった。完璧に焼き上げた鶏肉の色に日焼けしている。

前述のときと同じく、同乗した巡礼たちのピストンによってプロネクは飛行場の建物に押し込まれた。

まず棒の先に付いた乳首の巨大な先端がピカピカ光りプープー音を立て、それから何も載っていない円形コンベヤーが回り出した。かさばる鞄や四角いスーツケースが黒いカーテンのうしろからドサドサ降ってきて、ウー！とスライドを滑り落ち、円形コンベヤーの否応なき回転の中に入っていく。顔のない同乗者たちがコンベヤーの周りに群がり、まるで彼らが胃の底にいるバクテリアであって、消化されるべき食物が口腔部から送り出されてくるかのようだ。プロネクの鞄は行方不明だった。何も乗っていないコンベヤーが無意味に回っているのを彼は呆然と見ていたが、やがてそれも止まり、ひどく際立つ静けさの中でピカピカ光っていた。プロネクが持っているのは手提げ鞄のみで、中に入っているのは本何冊かと、免税品カタログ、あとは三日前に旅行中の糧にと母が作ってくれたブレクひとかけらで、これは現在、あらゆる種類の好戦的なバルカンの微生物が生まれ出ている最中にちがいなかった。

華奢な、黒く長いリボンのうしろに、プロネク（Pronakと間違って綴られている）と書いたあとにクエスチョンマークを付けた札を持った男が立っていた。男はそれを骨盤のすぐ上あたりに掲げていて、底辺が両の手のひらに柔らかく食い込み、プロネクはなぜか、自分の名前が奪われてこの男に与えられたのだと思ってしまった。見るからに正直で働き者の、きちんとした人物と思える。プロネクのぼてっとした手を男はためらうように握り、まるで名前を書いた札を取り上げられてしまうのではと恐れているみたいだった。

男はプロネクに歓迎の辞を述べ、飛行機の旅はどうでしたか、と見せかけの——だが明らかに礼儀正しい——興味を示して訊ねた。「カーツに会いに行ったマーロウの旅みたいでした」とプロネクは言った「コンラッド『闇の奥』への言及」。「わぉ！」と男は言ったが明らかに何の話なのかわかっていなかった。まあ責めてはなるまい。髪は黒くて短く、乱雑に額から後退していて、耳のうしろに灰色の毛がしみのように集まっている。プロネクが荷物について問い合わせるのを男も手伝ってくれたが、成果はなかった。

外では雪が容赦なく、あたかも怒れる神が天で羽毛の枕をビリビリ破っているかのように降っていた。吹雪の舞う、目もくらむ白い迷路を車は走っていった。荒れ狂う雪の中からいろんな物がビックリ箱みたいに次々飛び出してきて、男は運転しながらそれらの物体や建物を指さした。巨大な爪楊枝が下から照らされていて、まるでひざまずいた信者たちが懐中電灯をその頂に向けているみたいに見える。ビルがいくつも連なっていて、もし今後誰かがアメリカの印象はと訊いてくれたら、これを「ネオナチ・新古典主義・ネオ綿毛《めんもう》様式」建築、と形容しようとプロネクは決める（これは全面的に正当とは言えないと私たちは考える）。

「で、ここがホワイトハウスですよ」男は意気揚々と言った。

「僕、いつもさまよったんです」とプロネクは間違って言う［wondered（迷ったんです）を誤って wandered と発音している］。「なぜあれがホワイトハウスって呼ばれているのか。白人じゃないとあそこに住めないってことですか？」

男はこれを面白がらず、ゆえに「いやいや、白い大理石で出来てるからだよ」と言った。

プロネクはいつにも増して首が凝っていて、いまや石化してしまったみたいだったので、そこで体全体を男の方に向け、左手を、もじゃもじゃの髪がいくつも房になって飛び出している男のうなじのうしろにあるヘッドレストに当てた。男はチラッと、プロネクのその手に首を絞められるんじゃないかと恐れているような目で見た。

「これを建てるのに奴隷を使ったんですか？」

「知らないけど、それはなかったんじゃないかな」

男は名をサイモンといった。

　黙って車を走らせるなか、嵐も収まっていった。ホテルに着いたころにはもう、雪片が蝶のように舞い、一日懸命に働いたあとに一息ついているという感じだった。サイモンがプロネクの英語を褒め、もうこの男とは絆を築いたという口調でレッドスキンズが勝ったよと告げた。「ほとんどルールも知らないんです」とプロネクは答えた。「すごく面白いスポーツだよ」とサイモンは言い、ヴァージニア州フォールズ・オーチャードにある自宅にプロネクを招き、女房のグレッチェンと娘四人にも会ってくれよと誘った。プロネクは迷わずその招待を受け入れたが、もう二度とサイモンに会わないだろうということはよくわかった。

　ホテルは〈クォリティ・イン〉だった。

　プロネクは今日に至るまで、異様な明晰さでそのクォリティ・インの部屋を記憶することになる。緑のケープに包まれた大きなダブルベッドがその枕の両目で天井をじっと見ている。暗いテレビが、ご馳走を待つ犬のように辛抱強くベッドと向きあっている。禁欲的な椅子が木の腕を広げ、当たり障りのない机を招いている。傘付きのランプが恥じらうように光を机の表面に注いでいる。重たい母親的な薄桃色のカーテンのうしろに大きな窓があって、果てしなく続く壁がたっぷり見渡せる。バスルームは清潔そのもので、何枚も積まれたタオルは雪の立方体に似ている。ピカピカのトイレの水をプロネクは何度も流し、底の水がズブズブ熱っぽく吸われるもののまた意気揚々上昇してきて元の水位に戻るのを（彼はトイレのボウルについて私たちとはまったく違う観念を抱いていた）驚愕の思いで眺めた。

バスタブの底には二つのゴムの足跡が貼られ、壁からハンドルが突き出ていた。そこでプロネクはそっと水を出し、ゴムの足跡の上に乗って（それは彼の足にぴったり合った）ハンドルを握ったが、何も起こらなかった。

何が起きると彼が思ったのかは不明である。

水色の下着と、いささか見苦しいフランネルのシャツのくたびれたカラーを洗い、椅子の上に広げた。自らもベッドの上に倒れ込み、型どおりに軋むそのベッドに裸で横たわって、ワシントンとサラエヴォの時差（六時間）を計算しようとしたが上手くいかず、やがて眠りに落ちた。

目が覚めるとここがどこか、自分が誰なのかもわからなかったが、見れば自分の下着が水色の翼を椅子の上に広げ、その瞬間に先立つ彼の存在の動かぬ証拠となっていた。起き上がり、窓をカーテンの抑圧から解放してみると、何やら混乱した光が外壁を這い降りていたのでもう夜は明けているとわかった。光は窓の外で、中に入れてもらってこそこそ暗い隅に行ける時が来るのを待っている。こうした朝の詩的な光景が嬉しかったが、やがて下着がまだ乾いていないことが判明した。

隠したリボルバーのようにホルスターに入っているヘアドライヤーを鏡のかたわらに見つけ、下着を乾かしていたため、メイドが来た音が聞こえなかった。メイドはずかずかと入ってきて、彼が左手で下着を摑み、ドライヤーの先端をその顔面に、あたかも拷問して白状を強いるかのごとく押しつけているのを目にした。彼が下半身裸で、毎朝の勃起状態を呈していたことも指摘しておくべきだろう。プロネクとメイド――紙の冠をかぶっているほっそりした若い女性である――は一瞬、どうしようもない気まずさの中に二人一緒に閉じ込められたが、じきにプロネクがゆっくりバスルームのドアを閉めた。そうしてトイレに座り、スーツケースがなくなったことを考えた。きっとどこか天空高くで凍りついているにちがいない。洞窟のごとき飛行機の下腹に、ほかの数多くの、見るからに外国風のスーツケースと一緒に積み上げられ、プロネクからますます離れていく。プロネクがようやくボロボロのパンツをはいて、メイドと向きあう度胸を奮い起こしたときには、相手はもういなくなっていた。ベッドはきちんと整えられ、枕の上には赤いハート型のキャンディが一個置いてある。メイドと熱烈な恋愛関係に陥ることをプロネクは想像してみた。本当はこの女性、ニューヨークの大富豪の娘なのだが、自律した尊厳ある生活を送ろう、画家として一本立ちしようと頑張っているのだ。自分が彼女と一緒にニューヨークに移り住む姿が思い浮かんだ。グレニッチ・ヴィレッジのみすぼらしい、しかしくつろげるアパートに住んで彼女を養い、サキソフォンのごときスローモーションで彼女を愛し、あざやかな色の絵の具がついた優美な手や華奢な頬にキスするのだった。

　フロントでサイモンが待っていたが、ただしサイモンではなくサイモンに似た別人で、違うのは分厚い眼鏡と、腰と尻にどっぷりついている贅肉だった。ぐっすりお休みになれましたか、あなたの荷物はフロリダ州ペンサコーラで見つかりました、と落ち着き払った口調でサイモン2はプロネクに告げた。車に乗って、昨日と同じ記念碑や建物を過ぎていき、それらの前には昆虫みたいな機械が出てきていて、雪の塊を押しやっていた。超特大の刑務所の鉄柵を思わせる、大理石のように白い柱が居並ぶ奥に建つ邸宅の前で二人（プロネクとサイモン2）の車は停まった。ホイップクリームのような雪に覆われた芝生の庭に、堂々たる翼を広げた鷲の看板が立っていて、しかめっ面の顔を家からそむけ、あたかも屋敷の住人が気に喰わないかの様子。二人が大きな玄関広間に入っていくと、居心地悪げな薄笑いを浮かべたジョージ・ブッシュのカラフルな写真の下に制服の警備員がいた。

「ハイ、ジョージ！」とプロネクの同伴者が言った。

「ハイ、ドク！」と、両脚を広げて立ち両手を厳めしく腋の下に押し込んでいる警備員は言った。ドクはジョージの背後に広がるオフィスの迷路の中に消えていった。プロネクは広間で待つようジョージに言われ、広間の壁には偉そうにふんぞりかえった男たちの肖像画が並び、男たちの頬はわずかに膨らんで、まるでその口腔内に煙が一杯入っていてそれを吐き出すまいとこらえているみたいだった。また同じ気に喰わなげな鷲が床にべったり広がっていることをプロネクは目にとめ、また天井はものすごく高くて、わが国のある偉大な作家の文章を引くなら「より奥の隅に届こうと目は空しくあがくのだった」［ポー「アッシャー家の崩壊」から］。みすぼらしい木のスタンドに立てかけた掲示には「武器隠し携帯禁止」とあった。ひどく寒いので、両手をポケットの奥深くに突っ込んで肱掛け椅子に座ったプロネクを、唇をすぼめ遠いカモメの形をした眉の男が凝視していた。プロネクはコートのポケットの底の、海を越えたすきまにいまだ横たわっているビー玉をもてあそび、それらをジャラジャラ鳴らしていた。それから——私たちを驚かせたことに——一人の男がジョージの背後から飛び出してきて、右手を前に突き出し、純粋に偽の笑みを浮かべていた。プロネクが手を引っぱり出そうとしていると相手は「ようこそ！」と言い、糸くずの鎖からようやく解き放たれたビー玉たちはポケットから飛び上がり、落下して跳ねてたがいから離れていき、突然の自由にくっくっと笑い声を上げていた。逃亡したビー玉の響きがあちこちの隅からいまだ聞こえているなか、男はプロネクに「で、わが国の首都をどう思うかね？」と訊いた。

「わかりません」プロネクはしおらしく言った。「着いたばかりですから」

「きっと気に入るよ！」男は叫んだ。「最高だよ」

地獄の黙示録

ニューオーリンズでプロネクは、本物のアメリカンドッグを買おうと行列に加わっていた。すぐ前の男は、巨大な黒いカウボーイハットをかぶり、ぴっちりしたジーンズをはいて、銀色のボルトがあばたのように並ぶ革ベルトを締めている。男は手の込んだホットドッグにかぶりつきながら去っていき、口の端からマスタードが噴き出ていた。興奮した様子の売り子が何度も男の方を見て、「わぉ、すげぇ！　あれ誰だかわかる？　誰だかわかるかい？　ガース・ブルックスだよ！」と言った。SAINTS（聖者たち）と書いた野球帽を売り子はかぶっていて、顔は熟《う》れたザクロのような細かな肌理《きめ》。「ガース・ブルックスって誰ですか?」とプロネクは無邪気に訊いた。「わぉ、すげぇ！　ガース・ブルックスって誰かって？　あんたガース・ブルックス知らないの？　わぉ！　もぉ最高なんだよ。知らないなんて冗談だろ！」と言った。それから男は列の次の人物の方に（控え目に言えば）顔を近付けた。相手は若い女で、白いカウボーイブーツに小さな白い鈴が付いていて、金髪はきっちりうしろに押し戻され、二時間ばかりヘルメットもかぶらずオートバイに乗っていたみたいに見えた。「あれガース・ブルックス？」と女は金切り声を上げてすぐうしろに並んだ人間の方を向き、そこから連鎖反応が生じて、高揚した叫び声の輪からプロネクは弾き出されてしまった。誰もが切なげにガース・ブルックスの方を見ていて、当人は黒いスエードのブーツからマスタードを拭き取ろうとするものの、かえってますます広げてしまっていた。

言うまでもなく、ガース・ブルックスは我が国屈指のカントリー・ミュージシャンである。

オハイオ州コロンバスで、プロネクは青い眼の詩人の家にディナーに招かれた。妻が誇らしげに言うには、かつて詩人はジョン・ウェズリー・グラップソン賞を受賞したという。詩人も妻も優に六十を超えてすこぶる健康であり、知的に卓越した大切な友人たちをプロネクのために招いてくれていた。蝶ネクタイをした歴史学の教授がいて、顔は賢者のごとき白い髭に覆われ、スエードの肱当てがついたツイードのジャケットを着ていた。アメリカ初期の歴史のエキスパートで、とりわけ建国の父たちが専門だと当人は言った。「建国の母たちはいるのですか？」とプロネクは奇を衒《てら》って訊いてみたが、誰もが一様に寛容な笑顔を返すばかりだった。弁護士が一人いて、以前に社会の不正をめぐる映画の脚本が売れたことがあって、結局映画化はされなかったが「スタンリー・クレイマーその人が監督しても不思議はなかった」と述べた。若い、鼠みたいな、目の垂れた女性がいて、辛い壮絶な離婚騒動から抜け出したばかりで、ふだんは画家でネイティブアメリカンの精神性に深い関心があるのだと述べた。そしてむろん、居心地悪き旅行者プロネクを忘れてはならない。

大豆ステーキの一片と、透明なアスパラガスの死骸二体を交互につつきながら時おりチリの赤ワインをガブ飲みしているプロネクに、人々は以下の質問をした。

ボスニアとユーゴスラヴィアはどう違うか？

ものすごく違う。

テレビはあるか？

ある。

そこにアスパラガスはあるか？

あるが、まともな頭の持ち主で食べる者はいない（右でガハハという高笑い、左でクックックッという小さな笑い）。

そこでは何語を話すのか？

複雑である。

危険な状況は爆発しそうか？

イエス。

君は合衆国に定住するつもりか？

たぶんしない。

スタンリー・クレイマーの名を聞いたことはあるか？

『招かれざる客』？

やがてプロネクは背の高いワイングラスを倒してしまい、赤い潮が西へと、辛い壮絶な離婚騒動から抜け出てきたばかりの女性に向かって広がっていくのを、パニックに襲われつつ、だが緊張病のようにまったく動けぬまま眺めていた。女性はキャッと叫び、「血だわ！　昨日の晩、血が目に浮かんだのよ！　ああ！」と言った。そして彼女はこめかみをぎゅっと押し、テーブルの真ん中に山と積まれたアスパラガスの死骸をじっと見た。まるで目玉を絞り出そうとするみたいに、何度もこめかみを押している。長い、黒い爪がうしろ向きに曲がるのを見て、折れてしまうのではとプロネクは心配した。女性はしくしく泣き出し、みな顔を見合わせたが、プロネクだけはごろんと倒れた自分のワイングラスを見ていた。当惑混じりの沈黙に彼らは浸り、女性は泣き、頭が震えるのに合わせてクリスタルのイヤリングがかたかた鳴った。それからジョン・ウェズリー・グラップソン賞受賞者が女性のグラスに少量のワインを注ぎ、「さあさあ。シャルドネだよ！」と言うと、女性は相手を見てにっこり笑い、指先で涙を拭きはじめた。爪も（プロネクを安堵させたことに）折れてはおらず、しくしく泣くのと同じ勢いでもって涙を拭いていた。プロネクは「大変申し訳ありません」と言った。

ロサンゼルス滞在中にプロネクはジョン・ミリアスに会った。プロネクが一番好きな映画『地獄の黙示録』の脚本を書いた人物だからである。彼のオフィスは『風と共に去りぬ』のタラの代用品としてセルズニックが作った建物の中にあった。代用品といっても表側の部分だけで、一部屋分の奥行きしかない。巨大なデスクの向こう側に座って、ステッキみたいに長い葉巻を喫っているジョン・ミリアス以外に、レグ・バトラーと名のる男がいた。たっぷり口ひげを生やし、薄い色のデニムのシャツを着て、胸には心電図のようなジグザグの刺繍が入っている。プロネクと握手し、加えてプロネクの肩をピシャッと叩いた。前のテーブルには、サイン入り『地獄の黙示録』脚本（「ジョンからレグへ」）が置いてあった。プロネクはバーボンの大きなグラスと巨大な葉巻を与えられた。

「キューバ産だ」ジョン・ミリアスが言った。「共産主義が生み出した唯一いいものさ」。レグ・バトラーが火を点けてくれたが、葉巻はプロネクの弱々しい指には大きすぎて上手くはさめず、やたらくねくねとのたうつのだった。

　と、レグ・バトラーが右のくるぶしを左の膝の上に載せ、右脚をぐいっと骨盤の方に向けて引っぱった。自分で自分の腰の骨を折ろうとしているとしか見えない。手の込んだ彫り模様が入ったカウボーイブーツの尖った先端はまっすぐジョン・ミリアスの方を向いている。あのブーツに秘密の武器が入っていたら――毒を含んだつぶてを発射する装置とか――一瞬にしてジョン・ミリアスを殺せるとプロネクは思った。

「君らサラエヴォの人たち、サム・ペキンパーは好きかね？」

「好きです」プロネクは答えた。

「サムほど血を美しく見せた奴はいない」ミリアスは言った。

「そうですね」プロネクは言った。

「サラエヴォでアメリカ映画が観られるとは知らなかった」レグ・バトラーが言った。

「観られます」

「で、サラエヴォはこれからどうなるのかね？」ミリアスが訊いた。

「わかりません」

「何千年も続いた憎しみ」レグ・バトラーが同情して首を横に振った。「俺にはまったく理解できん」

プロネクは何と言ったらいいかわからなかった。

「俺さ、シュワルツコフ将軍［湾岸戦争を指揮］に電話して、アメリカに何ができるか訊いてみようかな。アメリカが攻めていって、悪い奴をとっちめるとか」

「サダム・フセインとっちめたみたいにな」レグ・バトラーが言った。「いやぁ、あれはよかった。俺たちサダムのこと、しっかりとっちめてやったよな」

「海兵隊が最高だってシュワルツコフ将軍が言ってた」ジョン・ミリアスが言った。「海兵隊の連中が最高だって」

プロネクは葉巻の煙を喫いすぎて、出し抜けにゴホゴホ咳き込みバーボンをピューッと『地獄の黙示録』の脚本に吹きかけてしまい、鼻汁がだらだらとあごに垂れていった。

「戦争は人間の最高の部分と最低の部分を引き出す」ミリアスが言った。「一番の適者だけが生き残る」

プロネクはハンカチを取り出し、鼻、あご、『地獄の黙示録』の順に拭いていった。レグは決然と右を見、左を見、明らかに深遠な思考に耽《ふけ》っている。

「この国に住みたいかね？」ミリアスがプロネクに訊いた。

「それがいいよ」レグ・バトラーが言った。「いい国だぜ、ここ」

「わかりません」プロネクは言った。

「俺、シュワルツコフ将軍に電話して、何かしてあげられるか訊いてみるよ。なあ、明日用事がないんだったらさ、一緒に射撃場に行って、ライフル派手にぶっ飛ばそうぜ」

「いいな、それ！」レグ・バトラーが言った。

だがプロネクには断れない会合があるので（これが真実ではなかったことを私たちは知っている）、丁重に辞退した。立ち去る前、タラを演じた建物の前で写真を撮ってもらった。その写真で我らが異国の友は、家を背景にちっぽけな姿で立ち、がっしりした柱がうしろにずらっと、家族写真のいとこたちのように並び、芝生がギラギラ緑に光っている。彼はレグとミリアスから三十センチばかり離れて立っている。ミリアスの片手がレグの肩に載っていて、二人はスカーレット・オハラとそのパパみたいに見えるが、ただしここには描かれた偽の、血のように赤い夕陽はなく、音楽がオルガスムのごとく高まっていくなかで夕陽を背にした二人が影のように見えるなんてこともない。

泥の奇跡

鷹のように輪を描き、鉤爪を滑走路に埋《うず》める態勢に入る前、飛行機は乱気流に行きあたって、震えるプラスチックカップからオレンジジュースが飛び出し、ジュースはあたりを見回して、嬉々としてプロネクのベージュのズボンに着陸した。雪に包まれたシカゴは、凍りついたコンピュータチップ・ボードを空高くから見たみたいで、異国の人が下降していくとともに、動いている乗り物が識別できるようになり、チップとチップのあいだでささやかなバイトが取り交わされるのが見えた。一人の人物が二本の黄色い棒を手に持ち、あたかも竜を催眠術にかけようとするかのように飛行機に向かって振っている。シートベルトを外すカチャカチャという響きが飛行機じゅう虚ろに広がり、プロネクはふと、ジュースの染みが尿の色合いを獲得したことに気づいた。

　出口でアンドリアが待っていた。ほかの乗客たちが我先に糖蜜のごとき空港の人波に溶けていくなか、アンドリアはプロネクに右の頬と、それに付随した上半身を差し出したが、下半身は五十センチあまり、あたかも骨盤同士が触れあいでもすれば猛烈な性交を引き起こすと恐れているかのごとく距離を保っていた。プロネクは尿＝オレンジの染みを指さし、僕は膀胱がとても小さいんで尿が何とか息をしようと出てきてしまって困ったものだよ、と冗談を飛ばした。

　相手は笑ったか？　もちろん笑わない。

　二人は動く歩道に立って暗いトンネルの中を進んでいき、くねくね曲がったネオンライトが天井一帯を這い回り、合成された女性の声が「荷物を離さずお持ちください！」とさえずっていた。

何とか魅力を発揮しようと、「上に上がるのが上昇機《エスカレーター》なら、これは平進機《レベレーター》かな？」とプロネクは言った。

「ええ、そうね」とアンドリアは言った。

ここで、二人の共通の過去をざっと振り返っておこう。

プロネクは九一年の夏、ウクライナでアンドリアに出会った。二人は恋愛遊戯にふけり、九一年八月のクーデターを目撃し、大いに楽しんだ。ウクライナが独立を宣言したときも、周りじゅうで愛国の興奮に燃える人々が青と黄の旗を振り、自由やら何やらを要求するなか、二人は国会議事堂の前で手を握りあっていた。アンドリアにはイギリス人のボーイフレンドがいて、ピンクっぽいヘッドバンドを常時着けたこの人物はキーウじゅうレイブ［テクノミュージックに合わせて踊りあかすパーティ］を探し回ったがひとつも見つからなかった。彼がＢＢＣの撮影技師をしていたことは私たちも知っていて、独立が宣言された日、彼は――その虚ろな心に幸あれ――大変忙しかった。そこでアンドリアとプロネクはドニプロ川の岸辺まで歩いていき、赤軍将校の帽子を二ドルかそこらで買い、以後アンドリアはずっとそれをかぶっていた。二人でフリスビー大の、人参とビーツがトッピングのピザを食べた。ドニプロ川がゆるゆると、死んだ魚の腹をあちこちで光らせながら流れるのを二人は眺めた。プロネクはアンドリアの太腿の内側を探索したが、パンティ線の壁はどうしても越えられず、一方二人の舌先は宙空でぶざまに衝突を続けた。説明しがたい、眩暈《めまい》のごとき思いに襲われたプロネクは、アンドリアの耳許にフランク・シナトラの歌をささやいた――「ぼくばまいにぢれんじゅうずる　ぎのぎいだぜりぶをざがじで　いみ

をだじぐ　づだえようど……」［シナトラが娘ナンシーとのデュエットでヒットさせた「恋のひとこと」を訛った英語で歌っている］

これはサラエヴォではそれなりに有名で人気のあった、プロネク率いるブルースバンド〈ブラインド・ヨゼフ・プロネク＆死せる魂たち〉のレパートリーのひとつで、奇跡的にもアンドリアはこれを可愛いと思ってくれた。

　ところが翌日、彼女は撮影ボーイフレンドといっしょにハルキウへ行ってしまった。プロネクはサラエヴォに戻り、彼女に宛てて何通かの、ひとまずラブレターと呼びうる、黄土色と赤褐色に満ち枯葉に満ちた、二人一緒に過ごした（総計五十三時間あまりの）時間を回想する手紙を送った。心の底からあなたが恋しい、また会いたい、と彼女は返事をよこしたが、その欲望に火を点けているのはそれが実行されそうにないという事実ではないかとプロネクは危惧した。二人は共に過去の日々を捏造していった。彼女のある手紙の中で彼らは赤いワインを飲んでいたが、キーウでいつも飲んでいたのは最低のウォッカだった。プロネクはアンドリアのかぐわしい香りを思い出したが、街の水道の水圧はつねに低く、誰も停滞せる水滴を待って蛇口の下に膝をついたりはせず、二人とも常時汗ばみ体臭を放っていた。頬を寄せあいチークダンスを踊ったことを彼らは痛ましいほど生々しく思い起こしたが、現実には（そして現実こそ私たちの関心事にほかならない）時代遅れのドイツディスコのリズムに合わせて阿呆みたいにぴょんぴょん跳ね、その間ウクライナの毛深い男たちがアンドリアの周りに群がって、汗だくの体を彼女の体になすりつけようと再三試みた。彼らを追い払う気力をプロネクが奮い起こせなかったことも、一方彼女のボーイフレンドがカナダ大使館次官と婀娜《あだ》っぽい会話を交わしていたことも二人は思い出さなかった。偽りの記憶を十分な数捏造した挙げ句に、アンドリアはクロアチアでの戦争とボスニアでの「緊張」をめぐるニュースに促されたのか、突如プロネクをシカゴに招いたのである。それは慇懃《いんぎん》な招待であった。実現するはずがないと二人とも思っていたのである。ところがプロネクが、自由を愛する作家という立場で合衆国から招かれたので、これ幸いと旅程の中にシカゴを組み込んだのだった。

　したがって、二人とも再会できることを喜んでいた。

　空港で見た彼女は、違って見えた。前より顔は青白く、髪は短くて黒く、銀の鼻輪を誇らしげに着けていた。とはいえ、アンドリアと一緒にハイウェイを下っていくのは嬉しかった。二人で乗った車が、ほかの一連の車とともに、都心のドブへと呑み込まれていく。何もない空を背に高層ビルの作る線は、テトリスの画面の底みたいに平べったく見えた（上から長方形が降ってきて角ばったすきまを埋めたりはしないが）。

　車を操って都心を走りながら、巨大なビル群をアンドリアは指さした。どのビルも厳めしく、ほとんど光を通さず、ひたすら己の機能を宣言している。プロネクにはみな、大きすぎるたわ言という感じがした。商工会議所、世界一高いビル、世界一大きい何トカ、世界一人が多いカントカ。プロネクはレバーを回して窓を開け——とたんに寒さが耳をつねる——目を上げた。建物の端が見えなかった。「ゴキブリから見たアパートの家具もこんな感じだね」とプロネクは言った。「そうね」アンドリアは言った。

ごく少数の、もこもこに着込んだ通行人たちは、首を胸の中に引っ込めようとしていた。みんなせかせかと、ビルの暖かいロビーめざして進み、チョークのような靄《もや》が、舗道の中の風のない部分を求めて人々の靴の脇を駆け抜けていく。アンドリアとプロネクの車は湖岸高速道《レイクショア・ドライブ》を北上していった。港にとどまった浮氷は、桟橋に浮かぶ灰褐色の氷の厚い層を引っかく波から隠れてぶるぶる震えていた。

以上が一九九二年三月、プロネクがシカゴにやって来た情景の一解釈である。ＬＡからのフライトに乗って、股間にぶざまな染みを携え、心に愛を抱えて彼は来たのだ。

アンドリアがアパートのドア（そこには「侵入者はレッカー移動します」と書いた札が掛かっていた）の鍵を開けると、煙とフレンチフライのつんと鼻をつく臭気がプロネクの鼻孔の内壁を伝っていった。

「ルームメートがだらしないの」とアンドリアは、ケチャップがあちこち撥ね飛んだ壁（まあ血ではないな、とプロネクは判断した）をプロネクが（そして彼と一緒に私たちも）見回すのを見て言った。ソファに置いたクッションからはふわふわした詰め物が孵化《ふか》でもしたみたいにはみ出している。ステレオとテレビはＣＤとビデオに包囲されている。テーブルはマクドナルドの紙袋やら細いストローに残忍に刺された紙コップやらから成るみじめな軍隊の下に埋もれていた。煙草の箱の窒息死体、吸殻と灰とが山と積もった灰皿。窓はぼんやりと、無個性な煉瓦塀を見ていた。豚を思わせる黒猫が（「モスクワって名前なの」とアンドリアが言った）プロネクをチラッと見、その存在に何ら興味を惹くものを見出さなかったので、ふたたび窓と塀を凝視する営みに戻っていった。

アンドリアがステレオのＰＬＡＹボタンを押すと、マドンナの曲——「マテリアル・ガール」だったと思われる――が鳴り出して猫はサッシからこそこそと降りてキッチンへ駆けていき、アンドリアと異国の友もついて行った。「マドンナ、大っ嫌い」アンドリアは言った。「あれってセクシストの生きたファンタジーよね。ルームメート、まるっきり阿呆なの」。キッチンテーブルの上にはビール壜がずらりと並び、どれもラベルが乱暴に剝がしてあって、あたかも頑丈な壜が拷問されて目下処刑を待っているかのような風情。流し台には皿があふれ、薄黒い液体に浸かっている。時おり泡がポコッと水面に上がってきて、やがてかろうじて聞こえる程度のげっぷとともに弾ける。流しの底のぬめりに何か怪物が埋もれているにちがいない、とプロネクは考えた。

「ルームメートって誰？」プロネクが訊く。

「あたしのボーイフレンド」アンドリアが言った。「でも寝室は別なの」

「で、いつからつき合ってるの？」

「くっついたり離れたり、十年くらいね。でもあいつのこと大っ嫌い、別れようと思うの」

「僕のことは知ってるの？」

「ええ、もちろん。そりゃ知ってるわよ。これこれこういう人が来るってあたし言ったんだもの。どうでもいいみたい。何でも知ってるのよ」

　実はそうではないことを、私たちは知っている。

　アンドリアがビール壜を押しのけると、壜同士がカチカチと力なくぶつかり、やがてテーブルの左側に、やけに親密そうに並んだ。彼女は二つの椅子を引っぱって並べ、テーブルの解放された側に

（プロネクがよく見ると、煙草の葉の尖った断片が散らばり、油っぽい膜に付着していた）大きなコーヒーカップを二つ置いた。

アンドリアのリンゴの頬にプロネクは触れたかったし、首のうなじでちらちら光る産毛や、その撫で肩や、両胸の下の小さな空洞にも触れたかった（その空洞内に彼はキーウで一度だけ入ったことがあり、かつてそれは悦ばしく発汗していた）。bやmを発音するときにほんのわずか触れあう両唇にも魅了され、摩擦音を形成するときには歯が彼に向かってキラッと光った。何よりもまず、彼女の笑い方。体をわずかに左に傾け、内臓が飛び出すのを防ごうとするかのように腹を押さえ、舌先を突き出す。そしてやっと、何とも感じのよい高らかな笑い声を発するのだ。

プロネクは彼女のことを、その「仲介物なき身体」を夢想してきた。彼女は自分の身を飾るようなことをいっさいしない。その身体は探索の道具であって（言っておくがこれはプロネクの思考である）、男たちに好かれるためにパッケージされる物体ではない。サラエヴォの男たち女たちが、ささやかな愛の儀式にかまけ自分を欲望の対象に仕立て上げようと腐心していることにプロネクはうんざりしていた。自分が求めるのは――とプロネクは信じた――真の愛であり、それに伴う真の身体である。アンドリアは彼にとっての自由の女神であり、情念の自由のシンボル、二人の人間が本当に（傍点プロネク）たがいのために存在しうる――たがいのために愛を演じるのではなく――ことの証しなのだ。彼女なら――とプロネクは想像した――フランク・シナトラのすべての歌、不可避で征服不可能で超越的な愛をめぐるすべての映画（『ティファニーで朝食を』、『ブリガドーン』、『恋の手ほどき』）、それらみんなを現実にできるのだ。

かくしてプロネクは二つの角張ったスーツケースを彼女の部屋に持ち込んだ。そこらじゅう彼女の極小の下着が散乱し、ブラジャーがドアノブから兎の皮のごとくに垂れ、床には靴が一杯入った袋が転がり本の山がいくつも小さな繁華街のようにそびえ、ベッドの上には彼女の体によって捏《こ》ねられたくしゃくしゃの緑のカバーが載っていた。

その夜、二人は愛を交わした。

だがその前に、彼女は巻いたコンドームの束を広げ、プロネクはそのひとつを着けさせられた。「いまは九〇年代よ」彼女は言った。「人はゴム手袋を着けてやっと触れあえるのよ」。というわけでプロネクは、面白がっているアンドリアの前で一本指手袋をぎこちなく着用する破目になった。二人でシーツをこすり合わせ、ベッドが熱狂したようにギイギイ軋み、ベッドに飛び乗ってきた猫がふかふかの尻尾でプロネクの顔を撫でるなか、アンドリアは何度も「これってよくない？　あなた気持ちいい？　これってすごくない？」と訊いた。たしかによかった。部屋は体液や肌の摩擦や埃の匂いがぷんぷんした。二人はたがいの顔に息を吹きかけ、腹部同士を密着させた。やがて彼らのささやかな性装置が核分裂を起こし、彼女はバスルームに行った。キッチンの明かりを背にした彼女のシルエットは素晴らしかった。プロネクはペニスの服を脱がせてベッドに横たわり、それを手からぶら下げたまま己の人生について考えた。彼の思考の流れがどういう経路をたどったか、私たちは推測しうる特権的な位置にいる。僕はこれからどうなるのか？　そう彼は自問した。故国の状況は二度とよくならないだろう。ボスニアで戦争が起こることも、想像しようはないが十分起こりうる。アンドリアと結婚して作家のキャリアを持つことをプロネクは想像してみた。作家をしながら、森のごとき大学で教える。スウェードの肱当てが付いたツイードジャケットを着よう。耳は水差しの取っ手型になり、眼鏡をかけて、白髪交じりの髭を生やす。交響楽団のシーズンチケットを買う。頻繁にしかめ面を浮かべ、『ニューヨーカー』のひとコマ漫画にくっくっと笑う。子供たちが生まれて、いずれみんなハーバードへ行くだろう。年老いたアンドリアと自分をプロネクは思い描いた。老いてもいまだたがいに恋していて、骨はくたびれ、髪は白く、声は弱々しく、二人で暖炉のそばに座り、背中は暖かく、巨匠画家たちをめぐる本を読み、庭の芝生は青々としてカラフルで、お気楽な囀《さえず》り鳥が彼らのささやかな地所一面をぴょんぴょん跳ね回る。と、突然、烈しい疼きが股間を襲ってアメリカン・ドリーム列車は脱線し、アンドリアが戻ってきて、かぐわしいシャンプーの香りを広げる。バスルームへ向かう途上、プロネクは彼女の濡れた髪にキスする。コンドームは鼠の死骸みたいに前方にぶら下げている。

　そうしてバスルームに足を踏み入れる直前、ドアが愛想よく開き、湯気がすうっと引いて、男が一人出てきた。説明しがたい理由ゆえに、プロネクはバスルームにするっと入りもせず（「お入り」と湯気もささやいたのだが）、仔豚のように素っ裸でそこに立ち、己の凹んだ胸に毛が全然ないことを突如意識し、かつ男性全般の裸体前面のグロテスクさを、さらには手に持ったべとべとのコンドームをも意識した。

「ハイ！」プロネクは言った。

「やあ、調子はどう？」男は言った。

「元気《グッド》です」

「よかった《グッド》」

沈黙。

「あんた、誰？」男が訊いた。

「アンドリアの友だちです」

「だろうね」男は言った。「俺はカーウィン」。無精ひげがお洒落にのびていて髪はもじゃもじゃ、これは私たちから見て冷笑的な反抗心を意味した。ネルのシャツをボタンを留めずに着ている下にはTシャツが見え、磔《はりつけ》になった金髪の天使の絵。

「あんた、ロシア人？」男は訊いた。

　裸足の足が冷たかったので、プロネクは左の足裏を右のふくらはぎにくっつけ、マサイの戦士のように立った。手に持っているのは槍ではなくコンドームだったが。

「いいえ、ボスニアのサラエヴォから来ました」プロネクは言った。「でもアンドリアとはウクライナで出会いました」

「じゃ、どうも」男は言った。「あんたのクソ顔、二度と見ないといいけどね」。そうして今度はアンドリアの部屋の方にどなる――「今度はクソ外国人連れ込むのかよ。アメリカ人のペニスじゃ足りねえってのかよ、このクソ女《ユー・ファッキン・ビッチ》！」

「ファック・ユー、クソ白人のケツの穴《ユー・ファッキン・アングロ・アスホール》！」アンドリアがどなり返した。

そこまで来てようやくプロネクはするっとバスルームに入っていった。コンドームはトイレのボウルに沈まず、何度水を流してもまたトイレの喉から戻って上がってきて、挑むようにプカプカ浮かんだ。トイレの座部の陰にトイレットペーパーが一ロール、怯えたハリネズミみたいに隠れていた。その瞬間、プロネクが深い無力感を抱いたと私たちは断言できる。居並ぶプラスチックボトルの陪審団が、プロネクの遂行する手洗い行為に困惑した様子で棚に並んでいた――ナチュラル・ケア、ヘッド&ショルダーズ、ハッピー、アンタークティカ（南極大陸）、モーニング・ミスト（朝の靄）、マド・ミラクル・スイス・フォーミュラ（泥の奇跡　スイス式）、ノー・モア・タングルズ（もうもつれない）。鏡を見ると、顔に朱の点々が見え、黄ばんだ歯と、四角いスラヴ風の頭（てっぺんは平らで、団子鼻、低い額に貼りついた脂ぎった髪）があった。「僕はここで何やってるんだ？」とプロネクは自問した（まああせるな、あせるなって）。けれどできることは何もなかったし、いまここでシャワーを浴びる以上に避けがたいことも何ひとつなかった。

ペンシルヴェニア、一七六〇年

アンドリアが芸術家であること、画家であることを知っておくのはおそらく重要だろう。最新の完成作を彼女はプロネクに見せた。二年ほど前に出来上がった絵で、雄豚と雌豚とのあいだにはさまれた彼女自身の姿が描かれている。豚たちも人もプロネクをじっと見ている。彼らを四方から囲んでいるのはおそらく農場の柵であろう。豚二頭は断固ピンク色だった。雄豚はこの状況を楽しんでいる様子で、前面の足に灰褐色の印が二つついていた。雌豚は乳が膨れていた。絵は「家庭」と題されていた。自分がこの絵を気に入ったかどうかプロネクは決められなかったが、気に入ったと口では言っておいた。この絵のあとは何も描いていない、とアンドリアは告げた。「自分のことを他人に伝える前に、あたし自身理解しておかないといけないことがいくつかあるの」と彼女は言った。

彼女はシカゴ美術館のギフトショップに勤めていた。朝になるとベッドの上で突如上半身を直立させる――ホラー映画で乙女が込み入った悪夢から目覚める（そしてその直後、つねに近くにいる殺人者が彼女に襲いかかってその体をズタズタに切り刻む）ときのように。それから煙草に火を点け、心配顔になる。その煙草の喫い方から、人生は彼女にとって難儀な仕事であることがプロネクにはわかった。額に波形の皺が寄り、彼女は舌を歯茎と唇内側のあいだに滑り込ませる。まるですべての問いに対する答えは口腔の隅に食べカスとともに隠れているかのように。そうして右肱を左手のひらにぐいぐい押しつけ、右手に煙草を持たせて口のそばに持っていき、フィルターを嚙んで、フフッと何度か小さく喫ってから煙を吐き出し、締めくくりに重たげな低いため息を、あたかも終止符を打つがごとく漏らす。背骨を左手の親指で掻き、ピンと張った皮膚の下で肩甲骨がどちらも内側に寄っていって、やがてまた最初の位置に戻った。

彼女の長い爪が肌を繊細に引っかくのをプロネクは聞き、自らはいまだ悪夢に浸ったまま、彼女の背中のあざが剝がれてしまうのではと気に病む。

物音ひとつ立てず、こっそり彼女を観察する。彼女が自分の方を向くとプロネクは眠っているふりをし、キスされないよう目と口を閉じている――朝の饐《す》えた口臭が恥ずかしいのだ。彼女はバスルームに歩いていき、シャワーの容赦ないうなりが聞こえ、その合い間に、あたかも彼女が洪水と闘っているかのようにバシャバシャ撥ねる音がはさまる。それからヘアドライヤーがガーガーと鳴り、そのあとはどうやら髪と腋の下と唇をケアするのだと思われた。彼らの部屋に（プロネクは決してそこを「僕たちの部屋」とは呼ばないだろうが）アンドリアが帰ってくるころには彼はもう眠っていて、彼女が洋服ダンスの中をひっかき回す音や、ストッキングを巻いて穿くサラサラという音ですら彼の目を開きはしない。

　二時間ばかりしたらプロネクはベッドを出て、彼女の香りを追ってバスルームへ行くだろう。彼女はいまだバスルームに蒸気のごとく在《あ》り、バスタブにはいまだ彼女の髪のむさくるしい痕跡があちこちに丸まり、排水口の集団墓地に回収されるのを待っている。プロネクは毎朝の身だしなみ日課を遂行し、自分の身体をアメリカに見られても恥ずかしくないようにしようと努める。歯ブラシが三本あって、うち二本――プロネクのとアンドリアの――は一緒に日光浴しているみたいに並んで横たわっている。ちなみに三本目は流し台の端に載っている。

　三本目をプロネクはトイレの水に浸した。

　朝によっては、まだカビの斑《まだら》を発生させていない皿を皿沼から救出し、生気のないチーズ（つねにモツァレラ）と悪臭のするクラッカーを食べた。時おり、反対側の縁に口紅の染みがついたカップからコーヒーを啜《すす》りながら、何も書いていない紙と睨めっこし、右上に「シカゴ、一九九二年四月」とだけ書いてまたじっと紙を見て、結局手紙を放棄する。場所と日付より先へは決して行かない。あたかもそれらが完全に自明であって、ほかには何ひとつ言う必要がないかのように。両親に電話したかったがその金もなく、アンドリアからは「うちの電話係はカーウィンだから」カーウィンに頼めと言われた。時おりニュースを観ると、バリケード、パニックに陥って走る人々、サラエヴォの街路の真ん中に止まっている白い無邪気な装甲車が映った。

ピア1のストアマネージャーの仕事に行かない日のカーウィンはベッドから出るとソファに陣取り、片手をネルの短パンにつっ込んで、我らが外国人と一緒にニュースを観た。「俺さ、これって全然わかんないんだよね。あんなカッカしなくたっていいじゃん、何そんなに騒いでるわけ?」。プロネクは何も言わず、喉をゴロゴロ鳴らしているモスクワを撫で、それからアンドリアと一緒にランチを食べにダウンタウン行きの列車に乗った。

糸くずが点在し、旅と過去の臭いを発散させている暗い色のコートを着て汗をかきながら、マグニフィセント・マイル［シカゴ一の繁華街］を歩く。プロネクはしばしば『荒野の七人《マグニフィセント・セヴン》』や『七人の侍《セヴン・サムライ》』のことを考え、この一マイルには壮麗《マグニフィセント》なところなんて何もないと思った。死体保管所みたいな建物と陰鬱な商店とが、あらゆるたぐいの購入可能な悦びを約束している。マグニフィセント・マイルを歩くたび、ふだんは大嫌いで食えたものじゃないと思っているマクドナルドのバーガーがたまらなく食べたくなった。

こうした点でプロネクは、建築の心理学に貢献できるのではないか。
ハンドバッグやブリーフケースをしっかり抱え、風を受けて眉をひそめている人々とプロネクはゆるゆるすれ違う。「この人たちは誰だろう？」と彼は考える。「どこに住んでいるのか？　何をしているのか？」。解けた四月の雪のドロドロベタベタの中をとぼとぼ歩きながらプロネクは悟る。マグニフィセント・マイルを歩く自分はまったく余計な存在であって、いま自分が占めているこの空間が空っぽだったとしても何ひとつ変わりはしないだろう。人々は同じ習慣的な意気込みとともに歩くだろう。同じハンドバッグやブリーフケースをしっかり抱え、彼がいなくなって自由に歩けるスペースがわずかに増えた分わずかに気分も向上するかもしれない。そんな思いをあとでアンドリアに伝えてみると、悪意あるクスクス笑いとともに彼女は、「自由の国、勇者の地」［アメリカ国歌「星条旗」の特に有名な一節］と言った。

　プロネクはアンドリアが昼休みに入るのを待って店内をぶらつき、絵葉書をパラパラ眺め、ピカソやモネの絵を刷ったエプロンを試着し、アフリカン・アートに関する本を立ち読みする。あるとき彼は、店内のカメラ――上の方の遠い隅からじっと見ている無関心な目――すべての位置を特定し、どのカメラにもカバーされない地点を探してみたが、どこにも見つからなかった。時おり、まあ一応目立たない場所を見つけて、カーテンのごときポスターの列の陰に隠れたり、本を読んでいるふりをしたりしつつ、アンドリアが客に向かってにっこり笑い、優雅な手付きでクレジットカードを客に返し、アートっぽい品が入った袋をカウンター越しに渡すのを見守った。やがて彼女は職場を離れ、二人は美術館の中をゆるゆると、決して手はつながずに歩く。アメリカ家具・工芸品セクションに隠れて、許されざる、甘美に危険な触れあい行為を開始する。ジョージ・ワシントンの心配げな、心配げな眼差しが、あるいはダニエル・ハバード夫妻の夫婦的な眼差しが（ダニエルの岬のごとき顎が輝かしい革命的未来へとのびている）、あるいはアビゲイル・チーズブローの至高に貞淑な眼差しが二人を見下ろす。むろんそうした一連の名前はプロネクにとって何の意味もないが、彼らはみな本当に心底落ち着かなげに見えた。プロネクとアンドリアはリンカーンの周りをこそこそ歩き、リンカーンは二人の足下の大理石の床をじっと、見るからに考え深げに眺め、アヒルの嘴《くちばし》型のブーツ、アヒルの嘴型の顎ひげのその姿は、前に一歩踏み出そうとしつつも、両手は鉛の尻に貼りつけられていた。また、座り心地悪そうな真鍮の椅子に溶接されたリンカーンもいて、やっぱりとことん心配していて、ブーツも同じだが大きな足指の塊までしっかり見え、汗ばんだ腫れた足と内側に食い込んだ爪が大きな凡庸なる痛みを引き起こしているのではとプロネクは想像した。

　二人は甲冑《かっちゅう》セクションをぶらぶら歩く。金属製の人間鞘《ざや》が不気味な存在を匂わせる。あたかもこれらの鎧《よろい》を満たすべき肉体が、どこか倉庫の中に置いてあると伝えているかのようだ。二人は高校生の大隊のうしろにくっついていく。高校生の大半は金髪で肥満体で（「トウモロコシで太らせたのよ」とアンドリアがささやいた）、裸の女性の絵の前で馬鹿笑いし、見ればどの顔もニキビの春物コレクションに取り組んでいる最中。二人は十四世紀の絵画を見はじめて、それから時代順に、ほかのみなと一緒に時計と逆回りに動いていく。プロネクの見るところ、十四世紀から十七世紀にかけて、人間の主たる営みとは苦難、拷問、恐怖、強姦であると思えた。「サラエヴォに十六世紀ってあったの？」とアンドリアにあるとき訊かれて、「あったよ。でも違っていた」と我らが友は答えた。いかにも世慣れて教養があるように見せようと、言ってみればヨーロッパ人を演じようと彼は努め、ルーヴルで二時間過ごした経験も有効活用しようと思ったが、その二時間の大半は悪夢的な十八世紀ウィングで迷子になっていたのだった。それぞれの絵画に相応の量の思考を注ごうとしても、気がつくとただ彫刻を施した額縁と、絵画の周りの何もない壁とをぼんやり見ながら、興奮した猿みたいに欠伸《あくび》しているのだった。『ルクリース凌辱』とかいう絵がある部屋では、ルクリースの首から剝ぎ取られ永遠の中空に浮かぶ真珠の首飾りを眺めながら、美術館において目撃される欠伸の尋常でない量について考えた。欠伸の生じる主たる原因は空気の循環不足である。呼吸すると偉大なる芸術の理解が妨げられるとでもいうのだろうか。

　ギラギラ光るピンクの上着を着た高齢市民が『凌辱』の前で立ちどまって、ハッと息を呑んだ。アンドリアのお気に入りの絵画は、巨大で一面真っ黒だった。黒い皺、黒いしみ、黒い絵の具の膨らみ。プロネクも気に入ったが、なぜ気に入ったのかはわからなかった。二人とも、しばらくぽかんと眺めては、やがてアンドリアが「怒れる神の手にかかったら、人間なんて何?」と言うのだった。

　ある日プロネクとアンドリアはミニチュア・セクションに降りていった。「左側からご覧ください」と壁の看板に書いてあった。二人で右側から見はじめると、ミニチュア・セクションのケルベロス〔地獄の番犬〕たる、ふっくら膨らましたヘアスタイルで唇の薄い年配の女性が獰猛な視線を彼らに向け、意味ありげにぎゅっと唇を結んだので、二人は左側から見はじめた。金髪の悪ガキが一人、狂った仔馬みたいにあたりを駆け回り、時おりガラス越しに並んだミニチュアの部屋を覗き込んだ。そうしてふたたびぐるぐる駆け回り、「すげえぜ、ベイビー！　すげえぜ、ベイビー！」と叫ぶ。ミニチュア室はどこも小さかった。すごく小さい。こんなものを見るのは初めてだ。「ペンシルヴェニア、一七六〇年」室には極小の肱掛け椅子や机、ごく小さな暖炉があって小さな偽の炎までついている。小さなカーペットに小さな窓、その背後には見えない太陽に照らされた花壇があった。「ペンシルヴェニア、一七六〇年」室を覗き込んでいるのはプロネク一人で、したがって長い白髪で小鬼っぽいミニチュアのニタニタ笑いを浮かべた小人がミニチュア室の中を走って横切るのを見たのもプロネク一人であった。タッタッという、かろうじて聞こえる程度の小さな足音の微かな反響音。やがて足音は花壇の中に消えていった。

　疑いなく、幻覚。

　一方、悪ガキは本人にしか見えないある中心の周りをぐるぐる回り、相変わらず「すげえぜ、ベイビー！」と叫んでいたがやがて眩暈に襲われて床に倒れ込んだ。「ヴァージニア、一七九〇年」室の真下に横たわり、金髪のスイカを両手で抱えてゼイゼイ喘ぎ、依然として「すげえぜ、ベイビー！」と言っていた。

　クロークへコートを取りに行くのについて来たアンドリアに、プロネクは言った。「自分が正しいコートを受け取ってるってどうしてわかる？　もしかしたら持ち物全部、別のものと取り替えられてるかもしれない。僕思うんだ、ポケットの中をチェックされてるかもしれないぞって。中に入ってるものを写真に撮られて、合鍵作られて、何もかも取り替えられてる。だから帰るときには全部違っていて、記憶と合わないんで、記憶の方を変えるんだ」。プロネクはコートを着た。「わかるかい？ これがほんとにいままでずっと持ってたコートかどうか、僕は絶対に知ることができない、でもとにかくこれを着るしかない、ほかにコートはないんだからね、で、僕はこのコートをめぐる記憶を作らなくちゃいけない」

「あんたたち東ヨーロッパ人って、けっこう不気味よね」とアンドリアが言った。

プロネクが家に（といってもアンドリアの家だが）帰ってくるとカーウィンがカウチからあわてて跳び降り――きっとマスターベーションを邪魔されたのだ――そそくさと自分の部屋に行った。プロネクはチャンネルを『爆発！デューク』からＣＮＮに変え、サラエヴォ議会の建物の前に人々が群がっているのを見た。人々は縮こまってどこか身を守れるところへ逃げようとしていたり、狙撃にすっかり混乱してただ単にふらふら歩き回ったりしていた。スニーカーを履いた片足と履いていない片足とを映したショットが一瞬現われ、どちらの足もぴくぴく震えていて片方の丸い親指が突き出し、体の残りの部分は助けようとしている人の群れに隠されていた。泣いていて、血のついた手で涙を拭いている人もいた。

やがて全国の天気予報が始まり、プロネクは立ち上がって汚いグラスにジンジャーエールを注いだ。

ブルーノの問題

ヨゼフ・プロネクは合衆国に住むことにした。もしかすると、一生。決めたのは、雪の降る夜中、雪がひらひらと水晶の顔を一つまたひとつ窓に押しつけてくるなか、カーウィンが腐りかけたスパゲティの入った鍋を床に落として「クソ！《ファック》」と言ったあとのことだった。ハッと目が覚めて、心臓がドキドキ鳴っていた（そう、前にもこんなふうに鳴ったことがある）。犬たちに体を食いちぎられる夢。ジャーマンシェパードが喉に飛びかかり、プードルがふくらはぎに喰らいついた。わずかに開いたドアの向こうで、カーウィンが床の赤いぐじゃぐじゃを綺麗にしようとしてますます広げているのが見えた。床一面に絵を描いているみたいで、それが血と脳味噌のようにプロネクには見えた。自分がその床に倒れている姿が思い浮かんだ。頭の中身が少しずつ漏れ出て、痛みはなく、眩暈がするだけ。カーウィンは考え深げに股間をぼりぼり掻いたのち、隠蔽作業を放棄することに決め、「ファック！」ともう一度言って己の妥協なき決断に調印し、テレビを観ようとカウチにのそのそ歩いていった。

翌朝目覚めると、具合が悪く、額とうなじがずきずき疼いた。アンドリアはもう出かけ、テレビの音が聞こえたが、起き上がることもできないので目を閉じて眠りの底に墜落していった。サラエヴォをめぐる気だるい夢から出たり入ったりし、（たとえば）街の地図を英語で描こうとするのだが英語では描けないので地図も描けないのだった。あるいは、自分の家に面した道を歩いていて（通行人たちは尖った黒い傘を持っていて、彼のことを横目に見ている）、道が間違った道と交わっているので正しい方向がわからないのだった。

こうした夢の陳腐な象徴性はさておき、迷路的状況の真っただ中にいるという事態をそれらが示唆していることには留意すべきであろう。

アンドリアが仕事を終えて帰宅し、紅茶を淹れてくれて、キラキラ光る牛乳にウィーティーズが浮かんでいるボウルを出してくれて、（熱がぶり返す合い間に）プロネクの冷たい額にキスしてからギャラリーのオープニングに出かけていった。その夜彼女は帰ってこず、プロネクはさんざん汗をかきびしょびしょになったシーツが火照った体にべったり貼りつくので、何とかベッドを出てアンドリアのクローゼットをひっかき回して新しいシーツを探したが、タオルのピラミッドの下に小さな鍵のついたノートが一冊見つかっただけだった。だがプロネクはぶるぶる震えていてそれを読む気力もなかったし、知りたくもないことが書いてあるのではと怖くもあった。そこでタオルを二枚出し、むき出しのマットレスの上に魔法の絨毯のように広げて、ふたたび発汗に取りかかった。どのくらいの時間、ベッドにいたかはわからない。途中ところどころでキスがあり、生ぬるい紅茶を飲み、冷たいじめじめしたベッドで目を覚ます……すべてが溶けあって、電話の話し中信号のようなひとつの反復的行為となったのである。もしいま訊ねたら、プロネクはおそらく窓にバンバン叩きつけていた風と、電気的に合成されたおぞましい声が「タッチダウン！　ヒヒヒ……」とわめいていたことを記憶しているだろう。両親に電話したことも漠然と覚えているだろう。サラエヴォに帰ってくるのは賢明じゃない、と父親に言われ、もう今日は昨日ほど銃撃がなかった、あんたがいなくてみんな寂しがってると母親に言われた。

あるとき気力を奮い起こし、熱も熱で彼の体内のどこかで英気を養っているなか、ベッドを出て起きていくとカーウィンとその仲間集団がテレビの周りに集まっていて、画面にはポルノ映画が流れていた。ぱっくり開いたヴァギナをプロネクがそれと認識するのにしばし時間がかかった。それが立てているズブズブという音に混乱させられたのである。けれど誰も観ておらず、みんなお手玉の袋を投げて天井で回転しているファンに当てる営みに没頭していた。ファンは時おりお手玉の袋を壁に叩きつけた。ファンが見事にそうするたび、誰かがそれを祝って「クソ《シット》！」と言い、死神を象《かたど》ったマリファナのパイプを喫った。

チャドという男がいて、歴史専攻の大学生だった。

チャドは週末まで泊まっていって、カウチで眠った。カーウィン相手にテクモボウルを一シーズンプレーしないといけないのだ。カーウィンがカウボーイズで、チャドがレッドスキンズ。プロネクはその週ずっとベッドとキッチンテーブルを往復して過ごし、時おり手紙を書こうと試みたが、どのセンテンスも紙に達する前にバラバラに崩れてしまうのだった。アンドリアはいつの間にか消えていた。息抜きが要るので二週間ばかりデカルブに行ったのだとカーウィンに知らされた。たまに、バーチャル・フットボールとポルノ映画の合い間にニュースも観られて、準軍事的組織《パラミリタリー・ユニッツ》が（「ポルノミリタリー」とチャドが駄洒落を飛ばした）セルビアからボスニアに入ってきていることをプロネクは知った。カーウィンとチャドは、野戦服を着た男たちの映像、ボスニア東部でムスリムたちが大量虐殺されていると語る一人の女の映像を眺めた。

「これ、見てると落ち込むな」とカーウィンが言った。

「あんたらどうなってんの」とチャド。「少し頭冷やせないわけ？」

「みんなひたすら憎みあってんのな」とカーウィン。

「あんた、あそこへ帰るわけ？」とチャドが訊いた。

「二週間後に帰ることになってます」とプロネクは言った。

「ここに残ればいいじゃん」とチャド。

「僕に何ができます？　家族もあっちにいるし」

「俺なんかさ、家族なんて二度と会いたくないね」とカーウィンが言って、両手をがばっとズボンにつっ込んだ。

「あんたここに残って、家族を脱出させてさ、殺しあいたい奴らは勝手にさせとけばいいじゃん」とチャドが言った。チャドには足をものすごい角度に曲げられる不気味な能力があって、フットボールのゲームをやっていて両の親指がボタンを信じられないスピードで押しまくるさなかにも、インディアンの賢者みたいに楽々蓮華座《れんげざ》ができた。

「だってさ、戦争っていいよ。戦争がなかったら人間もうまるっきり多すぎちまう。自然淘汰っていうか、自由市場っていうか。一番強い奴がてっぺんに上がって、クソな奴は底へ沈む。あんたらロシア人のことあんま知らないしさ、あんたのこと好きでもないけどさ、ここへ来たらあんたもそれなりの人間にならなくっちゃ。移民とかみんなそうじゃん、故郷ではクソだったのが、ここへ来たら百万長者かなんかになって。だからこそこの国、世界で一番タフな国なわけよ。ここじゃ適者しか生存しないから」

カーウィンはマクドナルドのストローを吸いながら、ブルズのニュースを観ている。「おぅ、ブルズ、今年も暴れるぜ」。プロネクは自分の（というか、アンドリアの）部屋に這い戻り、黄昏が深まるなかそこに横たわり、やがて小枝の影が壁で震えるのが見えるようになった。

アンドリアは翌朝デカルブから、すっかり元気になって戻ってきた。「うーん、何日もぶっ続けでトリップしてたわよ」。彼女が部屋に入ってきたとき、プロネクはちょうど鏡を見にバスルームへ行こうと、床に広がる赤いパスタソースの海をまたいでいる最中だった。二週間分の微細な無精髭のせいで、顔が石炭の粉だらけのように見えたし、アンドリアのバスローブを着て、パンツがかろうじて腰にしがみついていた。

この二週間プロネクは、カーウィンがストックしているトウィンキーズで生きていたのだった。

その朝、不穏な夢を一晩見た末に目覚めたプロネクは、自分の体を誰か他人の体として見た。足指の先が何マイルも先にあり、膝は二つの丸い砂丘だった。両手を見てみると、それらは頭をもたげて敵意もあらわに彼を見返した。自分が何者なのかわからなかった。が、アンドリアが入ってきて彼を一目見た瞬間、プロネクは自分を外国人として認識した——むさくるしい、薄汚い、不快な、どこにも行くところがない肉体として。バスルームへ行って、髭を剃って体を洗った。新しいアイデンティティを祝うかのように儀式を遂行した。

翌日、二人はディナーに招かれてアンドリアの両親の家に行った。

波が岸に打ち寄せるなか、車で湖岸高速道を走り、木々はエアロビクスのエクササイズで背中をのばしているみたいに折れ曲がっていた。アンドリアが口笛を吹き喉から喘ぎを漏らして「ディア・プルーデンス」を奏で、ニュースブレークが始まりボスニアで戦争が差し迫っている件を報じると彼女は「あなた、ここにいる方がいいわよ」と言った。「そうだね」とプロネクは言った。凍てつく北風のせいで、街灯の光はギラギラ澄みきっていた。暗い城郭のごときシカゴ大学を通り過ぎ（「ここで史上初の原爆作ったのよ」とアンドリアが言った）、どれもまったく同じ赤煉瓦の建物が並ぶ迷路に入っていった。

アンドリアの父親は勢いよく腕を振ってプロネクと握手し、母親は「お話、いろいろ伺っていますわ」と言った。それから二人が彼を、歩行器に寄りかかっている老いた女性に紹介した。把手をがっしり握って、演壇から演説しているみたいに見える。「ナナ、こちらはボスニアからいらしたアンドリアのお友だち」とアンドリアの母親が言った。

「ボストン、行ったことないよ」ナナが言った。

「ボスニアよ、ナナ、ボスニア。ユーゴスラヴィアの。チェコスロヴァキアのそばの」とアンドリアの母親が言って首を横に振り、バスケットボールを押しやるみたいに片手をさっと動かし、ごめんなさいねとプロネクに言った。プロネクは一瞬混乱し、靴を脱いだ。アンドリアの母親は彼の両足を一目見てから、片手をぎゅっと固めて左側、自分の胸の前を指し、「客間に行きましょう」と言った。

みんなで丸いテーブルを囲んで座った。天井からきらびやかなランタンが吊され、大きなクリスタルがいくつも彼らの頭上に垂れている。アンドリアの父親がみんなのグラスにワインを注いだ。緑色っぽい細い壜を片手にプロネクの前に立ち、プロネクがワインを味見するのを彼は待った。プロネクは一口飲み、グラスが歯にぶつかったが、それから「美味しいです。少し甘くて」と言った。

「うん、シャルドネだよ」とアンドリアの父親は嬉しそうに言った。

ナナはテーブルを挟んでプロネクの向かいに座り、唇をぴちゃぴちゃ鳴らして顎を細かく動かし、入れ歯がリズミカルにかちかち鳴る音がみんなに聞こえた。彼女の顔は地図のようだった。谷間、畝《うね》、皺、山脈のように突き出した頬骨。「ワイン飲みたい」と彼女は言った。「あたしのワイン、どこ?」。噛みえないものを噛んでいるかのように口がたえず動いていた。

「体に悪いわよ、ナナ」アンドリアの母親が言った。「わかってるでしょ」

「君の国ではどんなワインがあるかね?」とアンドリアの父親が、強い関心を示すべく頭を左に傾けながら訊いた。

「わかりません」プロネクは言った。「地元産のです」

「ふむ」アンドリアの父親が言った。

「あなたは作家だってアンドリアから聞いたわ」アンドリアの母親が言った。彼女は窓のような眼鏡をかけ、首にぴったりの真珠のネックレスを着けて、歯は白く整然と並んで象牙の鍵盤のようだった。アンドリアの父親は肱当てのついたツイードジャケットを着ていて、耳はだらんと垂れ、光を背にして立つと耳たぶの周りにピンクの半影が見えた。

「前はそうでした」プロネクは言った。

「私たち、よい文章が好きですよ」アンドリアの母親は言った。

「リチャード・フォードを読んだことは？」アンドリアの父親が訊いた。

「繊細な中流階級マッチョのクズ」とアンドリアが吐き捨てるように言ってプロネクを見て、プロネクは単に「いいえ」と言った。

「実に上手い文章だ」とアンドリアの父親は言って、あたかも首をカタカタ鳴らすかのように横に振った。「実に上手い文章だ」

「それに私たちクンデラも好きですよ」アンドリアの母親が言った。「あの人もチェコスロヴァキア出身でしょう」

「キッチンに誰がいるの？」ナナが言って、灰色っぽい塊に上から押されている耳をそばだてた。腕は小枝を思わせ、そこからしわくちゃの皮膚が乾きかけのパン生地みたいに垂れ下がっていた。右の前腕、二本の血管のあいだに数字がぼんやり刺青されている。

「誰もキッチンにはいないよ、ナナ。みんなここにいるんだよ」とアンドリアの父親が言い、連帯を求めてプロネクに向かって目をぎょろつかせた。

　アンドリアの母親がプロネクの知らない食べ物を立てつづけにサーブし、どれもボール紙を切り刻んだような味がして（「これはワイルドライスよ」と彼女は目を輝かせてプロネクに言った）、彼はそれを注意深く、突然の事故を恐れつつ（口を開けたまま嚙んでしまう、ワイルドライスと「メープルシロップとひまわりの種」ドレッシングのサラダをフォークから膝に落としてしまう等）食べた。自分の両足が悪臭を放つと確信して左の足指を右足で覆ったが、靴下の擦れあう摩擦音が大きくなりすぎないかと気を揉んだ。不要な運動は体臭の好ましからざる分子を放出するから極力動かないようにせねば、と強く思った。

「誰がここにいないって？」ナナが訊いた。食べ物を頰張っては辛抱強く嚙み、疲れたような無関心さでみんなの顔を見回した。髪はプラチナの白さだが、ふわふわの毛の下にピンクの斑《まだら》があちこちにはっきり見えていて、皮膚のすぐ下に頭蓋骨があるのだとプロネクは思った。

やがてブラックベリーノンファットチーズがローファットキウイフローズンヨーグルトを添えて供され、フレンチヘイゼルナッツバニラデカフェコーヒーも出された。

「それで、チェコスロヴァキアはどうなっているのかしら」とアンドリアの母親が訊いた。

「ユーゴスラヴィアよ、ママ、ユーゴスラヴィア」アンドリアが言った。

「記事を読んで理解しようとしたんだが、どうにも駄目だ」とアンドリアの父親が言った。「何千年も憎しみが続いているってことなんだろうね」

「悲しいサーガよね」アンドリアの母親が言った。「私たちには理解しがたいわ、ここは本当に安全だから」

「想像を絶するよ」アンドリアの父親が言った。

「ブルーノはどこ？　ブルーノはキッチンにいるのかい？」ナナがいきなりわめき出した。「ブルーノ、こっちへおいで」

「落着いて、ナナ。あれはブルーノじゃないわ。ブルーノはもういないのよ」アンドリアの母親が言った。

「こっちへおいで、ブルーノ！」ナナがキッチンに向かってどなった。「一緒に食べなさい！　もう何もかもあるんだよ！」

「落着いて、ナナ。でないと部屋に戻ってもらうよ」とアンドリアの父親が言ってプロネクの方を向いた。「ときどき手に負えなくなるんだ」。手に負えない（obstreperous）という言葉がプロネクにはわからなかったので、「大丈夫です。問題ありません」とだけ言った。ナナが顎を小刻みに揺すって、大人しくなった。アンドリアの母親が食べ物の残りを片付けていた。それぞれの残り物をこそげ落として、大きな皿にまとめている。

「それ、どうするんだい？」ナナが訊いた。「捨てちゃ駄目だよ、ブルーノがお腹空かしてるんだから。ブルーノ！」

「捨てたりしないわ」アンドリアの母親が言った。「ブルーノのために取っておくわ」。ナナの入れ歯が嬉しそうにかたかた鳴った。ナナはズズッとすばやくコーヒーを飲んで、それからプロネクの方を見た。

「あんた、誰？」

「アンドリアの友だちです」プロネクは言った。

「あ、そう」とナナは言った。

先端に付いた泥をさらしつつプロネクが靴を履いているあいだ、アンドリアの父親がコートを持っていてくれた。「ドライクリーニングに出すといいよ」と彼は言った。「そうですね」とプロネクは言った。アンドリアの母親が柔らかい、ココナッツの香りがする頬をプロネクの頬に押しつけ、彼の耳の周囲の空気にキスした。「来てくれてよかったよ」とアンドリアの父親が言って、習慣となっている威勢よさでプロネクと握手した。「君、ここに住めばきっと上手くいくよ。ここは世界一の国だ。とにかく本気で働きさえすればいいんだ」

「そのとおりね」アンドリアの母親が言った。

「ブルーノに会うのかい」ナナが訊いた。

「いいえ、ナナ、残念ですが」とプロネクは答えた。

ロメイン・レタス、
アイスバーグ・レタス

プロネクはベッドを出て、一番いい服を着た。昔々に家族の友人が中国からこっそり持ち帰ってくれたグレーの絹のシャツ（左乳首のあたりにアメーバ形の油の染みがあって、不随意の乳分泌が生じたように見える）、周知のオレンジ色の染み付きベージュのズボン、カーウィンが貸してくれて結んでもくれたミッキー・マウス柄ネクタイ、やはりカーウィンが自分では何年も着ていないのを貸してくれたピーチカラーのジャケット（1サイズ小さすぎて肩がきついので腕が飛び出してしまいしょぼいフォークリフトみたいに見えた）。そして靴を履いた（昔々は人造毛皮だった、藻みたいな汚い糸屑が両横からふさふさ飛び出している）。

この服装でプロネクは、アメリカの労働市場に入っていったのである。

モスクワを部屋から出し、そのうしろについて階段を下りていった。太陽の光線の中で舞っている埃の粒子をちっぽけな天使だとプロネクは考えたが、埃たちの方はべつに彼に注意を払ったわけではなかった。プロネクは舞台に出る合図を待つかのように網戸のうしろに立ち、通りの先の方を見やった。木々のてっぺんはぐじゃぐじゃに乱れ、激しく揺れている。風が木の葉をぱたぱたと、それらに何も余計な印がついていないことを示すみたいにはためかせていた。一人の男が自分の犬的分身に見えるロットワイラー犬を連れていて（同じペリカン形の顎、同じ陰気な足取り）、一山のウンコを袋に入れ、貴重な証拠のように恭《うやうや》しく運び、くんくん臭いを嗅いでいる調査好きの犬のあとを歩いていた。目の下に同じプラム色の隈があるアル中姉妹二人が朝の飲み物めざして歩き、酒の補充を怠ったのはどっちか、たがいを詰《なじ》りながらも手はつないだままだった。白いキャデラックのオンボロ車が道路に駐車していて、フロントガラスに「レッカー移動すなよ　オレのだぞ　ホセ」と書いた紙が広げてあった。空がゴロゴロと、誰かが天上の宇宙で家具を動かしているみたいな音を立てた。プロネクは空の腹の裏側を見て、不安げな木々をぐいぐい押している雲を見て、ひたむきな様子で眉間に皺を寄せ、また雨が降るぞと胸の内で予測した。ノーウッドを下っていって、ブロードウェイで北に曲がり、ぐんぐん迫ってくる車の列と向きあって歩いた。グランヴィルでブロードウェイを横断しようと待った――**歩くな**と信号灯に警告されたのである。自分が道路を走って渡ろうとしてつまずいて転ぶさまをプロネクは想像してみた。倒れた体をイエローキャブがよけようとするも、左の前輪で頭を轢《ひ》いて潰してしまう。自分が最後に見るものをプロネクは想像する。油に汚れた自動車の裏側、車軸を覆う泥の層。プロネクは私たちの方を見てから（もっとも私たちはあらゆるところにいるのだが）――信号が**歩けに**変わる――横断し、高架《エル》の方に向かう。

ところがそこで、アイスクリーム・パーラーの霞んだウィンドウに**入れ**《カム・イン》と書いてあるのを見たので、アイスクリームを食べることにした。オーナーに（英語で）挨拶した。ロシア系で、ビジネスの拡張に比例して口髭をのばしている人物である。

この時点では、情熱的な闘牛士の細い髭だった。

プロネクはレインボー・シャーベットのLを買い、すぐさま熱心に舐めはじめ、すべての色に対し均等に注意を払うよう留意し、舌がマルチカラーに染まっていった。角に立つドラッグ売人に間の抜けた顔をチラッと向けると相手はしばしばプロネクを睨みつけた。プロネクは落ち着いて目を伏せ、靴の先っぽを見た。履き心地はつねに悪く、押さえつけられた親指が時おり痛みにくねくねあがいた。

列車が停まると同時にプロネクはレインボーカラーを舐め終え、コーンをもぐもぐ食べた。すぐ目の前でドアが開いた（「開けゴマ」とプロネクは思った）。乗り込むと、うしろでドアが閉まった。「ダウンタウンまで21分」と掲示があった。車内には自分の両手に話しかけている男が一人いるだけだった。プロネクは前にもこの男を見たことがあった。膝の上に載せた両の手のひらに向かって訳のわからないことを喋り、時おり右の人差指で左の手のひらの真ん中を突ついて魔法のボタンを押している。疾走する列車のガタガタ、ゴトゴトという揺れにプロネクは眠気を誘われ、目を閉じた。自分の血のうなりが聞こえ、何とも無意味な単語の連なりが、私たちには不明の理由ゆえに、彼の精神の魚卵のごとき表面に達した——「我が頭を西瓜《スイカ》のごとく割れ」。目を開けると、新しい乗客たちが無から出現してひっそり彼を囲んでいた。自分の手のひらに話しかける男は集められる限りの紙クズを集めて回っていた。座席の下に潜って「主は貴方と共におられます」と書いたパンフレットを拾い、マクドナルドの袋の中身を床に空けて袋を畳み、さまざまな色合いの汚物が付いたトレンチコートのポケットに新聞紙を突っ込む。最後にプロネクの前に座り、窓に貼られた青年自警団《ガーディアン・エンジェルズ》のステッカーを剝がしにかかった。あたかも大がかりな犯罪の証拠を集めるのが仕事であるかのようだった。男の眉間に何度もくり返し皺が浮かび、心配の波が額の内側に打ち寄せている。長い黄色い爪には灰色のゴミが三日月形に詰まり、その爪がステッカーを引っかくのをプロネクは見守り、それから男のこめかみにパンし、男の灰白色の髪の中を（ズーム）一匹のシラミが這っていくのも見た。

　我が頭を西瓜のごとく割れ。

　シカゴのダウンタウンには、死んだ大統領の名を付けた通りがいくつかあり、プロネクの想像の中、死んだ大統領たちが天国で（あるいは地獄で——勝手に決めてはいけない）モノポリーに興じるのにあわせて街が作られていき、サイコロでいい目が出るとその通りに建物がどん！と積まれるのだった。プロネクはジャクソン大通り《ブールヴァード》を東に下ってミシガン・アベニューまで行き、そこから北へ歩いて、〈ブーディーン・フレンチ・サワドー・ベーカリー〉に着いた。

半透明のシャツに付いた小さな金属の名札によってドーン・ワイマンと命名された女性がプロネクを待っていた。髪がふっくらと、頭蓋骨から温風が常時噴き出ているかのように膨らんでいた。瞼は効率的に青く、スカートの色を反映している。目玉の形のイヤリングを着けていて、その震える瞳孔がプロネクを睨みつけていた。

「どこの出身？」ドーンが訊いた。

「ボスニアです」

「それってロシアよね？」

「ユーゴスラヴィアでした」

「そうよね。で、どうしてここで働きたいか聞かせてもらえるかしら」

白いカウボーイハットをかぶった男が隅に座っていて、頭上には白黒の時代にサンフランシスコで開店した初代ブーディーン・ベーカリーの写真が掛かっている。男は丸いパンの塊から、ウンコのような茶色い何ものかをスプーンで発掘している最中だった。やがて男は決然と、プラスチックのスプーンを口に突っ込んだ。

「ここのヨーロッパ風の雰囲気が好きです」プロネクは言った。

「そうよね」とドーンは言って型どおりに微笑んだ。白い歯に口紅がわずかに付いていた。「他店とは違うものをお出ししたいと私たちは思っているのよ、洗練された趣味と国際的な経験をお持ちのお客様方に」

「そうですよね」プロネクは言った。

「あなたは自分がブーディーン・フレンチ・サワドー・ベーカリーに何を貢献できると思う？」

カウボーイハットの男はパンの塊にスプーンを放り込み、唇をぴちゃっと鳴らしてから大きな帽子を脱ぎ、右の眉の上に球根状の疣《いぼ》があるメロンを拭いた。そして帽子をかぶり直してから立ち上がり、トレーに載っているものをゴミ入れに空けた。ぱっくり黒く開《あ》いたゴミ入れの口の中にパンの塊が滑り落ち、ドサッという音がした。

「精一杯の労働と人生経験を僕は貢献できます。僕はよく働く人間で、人と一緒に働くのが好きです。かつてはジャーナリストで、たくさんコミュニケーションをしました」と彼は言った。

「そうよね」とドーンは履歴書を見ながら興味なさそうに言った。「給料はどれくらいを想定しているのかしら？」

「わかりません。一時間十ドルとか」

「五ドル出せるわ。そこからだんだん上がっていけるんじゃないかしら。ここでは誰にも公平にチャンスがあるのよ」

「よかったです」

　こうしてプロネクはブーディーン・フレンチ・サワドー大家族の一員となり、キッチン手伝いとしての立派な責任ある任務を与えられた。

　クロワッサンを切って開き、ディジョンマスタードを内部一面に塗り（「塗りすぎないようにね」とドーンが通りがかりに促した）、それをサンドイッチ係に渡す（「この人がサンドイッチ係。この人がキッチン手伝い」とドーンが二人を引き合わせた）。左親指を切り落としかけて血まみれのクロワッサンをいくつか続けてサンドイッチ係に渡してその仕事から外された。今度はトマトを薄く切り（「もっと薄くね」とドーンが通りがかりに促した）、小隊のごとく並ぶミニピザにチーズの破片を振りかける。発泡スチロールのボウルに減塩ノンファットのケージャン・ガンボスープを入れてスープ係に渡す。が、切りかけた親指を熱々のジャンボガンボに（「小さいボウル――ラージガンボ。大きいボウル――ジャンボガンボ」とドーンがガンボ情勢を簡潔に解説した）浸してボウルを床に落としてしまい、足首を二か所火傷した。サワドーブレッドのてっぺんを切り落とし、パンの中身をくり抜き、柔らかい、イーストの匂いがするそのはらわたをゴミバケツに捨て、なぜかひどく罪悪感を覚えたので一日目はその多くを自分で食べ、罰として腹部に激痛が訪れた。そしてくり抜いて出来た空洞に低脂肪チリを埋めた。

　レタスを取りに金庫のような冷蔵庫に初めて入ったとき、ドアが背後でひとりでにゆっくりと閉まり、ぶーんという不変にして極寒の振動音の中、電球が一個だけ弱々しく灯る下に取り残された。自分が凍え死ぬ情景が思い浮かんだ。霜に覆われた死体が発見され、かっと開いた目の瞼に微小の氷柱《つらら》が付着した頭部がレタスの箱に埋もれている。ドアをどんどん叩いて助けを呼んだが、誰もおらず誰にも聞こえなかった。力尽き絶望に包まれて頭をドアに寄りかからせると、氷のような表面に額が貼りついた。剝ぎ取ろうとしたがすごく痛くて、諦観が胸に満ち体から力が抜けていった。

というわけでドーンがドアを開けたとき、プロネクはドーンの力で額を引っぱられてよたよたと外に出、額に深紅の跡が生じた姿で彼女の前に立った。

「何してるの？」とドーンは左右対称の、切られた爪型に引き抜いた眉毛を上げて訊いた。

「そこに閉じられてました」

「中から開けられるのよ、ちょっと押すだけでいいのよ」

「はい、わかってます」とプロネクは言って、安全な皿洗い作業へそそくさと戻っていった。

フードサービスのキャリアにおけるその時点以降、プロネクはもっぱらゴミ処理を担当した。彼はヘモンという男の助手となった。ヘモンが姓なのか名なのかはわからなかったが、出身はドミニカ共和国で、プロのサッカー選手になろうとアメリカに来たのだった。自分を指さしては「マクマナマン」とくり返し言ってからサッカーボールを蹴る動作をするのを見て、彼が抱くサッカーの夢をプロネクは類推した。背は高く、頭はあまりよくなさそうに思えたが、英語がまったく喋れないので何も言わなかった。ヘモンと二人で、客が置いていった、中をくり抜いたパン、ずたずたにされたクロワッサン、かさかさに乾いたボウル等が載ったトレーをゴミ入れに空ける。中身の詰まったゴミ袋を引っぱり出し、口を縛って、死体のように引きずっていき（「急いでね」とドーンが通りがかりに促した）、キッチンの奥の隅に置いたゴミカートまで持っていく。いつも暗く沈んだ顔でカートを押すヘモンを助けてプロネクも押し、キッチンの先の廊下を抜け、かならず彼らの背中やかかとに意地悪くぶつかる自在ドアを通って、エレベーターを待つ。ドアの上に小さなカメラがあって、上から二人を睨みつけている。二人とも黙ってドアを見つめ、ドアが開くのを待つ。乗り込むと一番下のボタンを押して、カートをはさんで二人でゴミの左右に、あたかも重要な柩《ひつぎ》に敬礼を送る護衛兵のように立った。一番下の階まで、ねっとりした沈黙へと沈んでいき、ドアが開くと、冷たい、腐敗しかかった空気が飛び出してきて彼らの顔をひっぱたいた。真ん中に巨大なゴミコンテナが置かれた、天井の低い洞窟に入っていく。コンテナはしばしば黒いゴミ袋であふれていた。

彼らの素朴な心にとって、これこそが至高のゴミ容器であり、この神への奉納を彼らは日々求められた。

カートを押して、祭壇のようなリフトに載せ、カートの車軸を固定し、コンテナの縁まで上げる。二人のうちどちらかが赤いボタンを押すと、祭壇がぐるっとひっくり返り、カートの中身がぶちまけられる。しばしばカート自体が、悪意を込めて落ちてしまい、そうすると二人で至高のゴミコンテナの中に入らねばならず、そんなときコンテナは快楽のうめきを上げるのだった。腐りかけた食べ物に膝まで浸かって、カートを頭の上に持ち上げ、マヨ、ディジョンマスタード、ビネガー、ガンボ、低脂肪チリ等の混合物が前腕を這い降りるなか、助産師よろしくカートを容器の外に出してやらねばならない。カート内に残ったゴミを洗い落とし、自分の手も洗うが（「従業員は必ず手を洗うこと」と流し台の上に掲示があった）、手のひらの溝に入り込んだ汚れの細い線はいくら洗っても落ちなかった。

　昼休みに至り、プロネクとヘモンはバイリンガル沈黙に包まれて座り、ブーディーンのテーブルについている人々をぽかんと眺めて過ごした。一方の前腕で竜が火を吐いていて片目にパッチを着けている、入念な無精髭を生やした男がジャンボガンボをズルズル啜《すす》っている。一人で座って『精神の成長七法則』を読んでいるすらっとした黒人女性は三日月形クロワッサンの上端を齧り取ったのみ。全員肥満の四人家族はみな同じカボチャ頭、丸い胴、横長のふくらはぎで、こいつら分裂繁殖する種に属してるんじゃないかと思えてくる。地味なネイビーブルーのスーツを着た紳士はいかにも重役っぽい銀髪に縁なし眼鏡をかけてサーフィン雑誌を読み、ロメイン・レタスが数枚、発泡スチロールの皿の横に綺麗に積んである。顔に蜘蛛の巣をつけて「スマッシング・パンプキンズ」のTシャツを着たティーンエイジャーの男の子二人はショッピングバッグで周りを囲んで城壁を築き、ブーディーン・フレンチ・サワドー・ベーカリーにおいて観察しうる胸に（それらを「鳩」と呼びつつ）それぞれ点数をつけている。眼鏡をかけた、汗をかいている、禿げて痩せこけた男がポテトチップの真新しい袋に話しかけていて（「俺がお前のこと怖がってると思うか？　ふん、冗談じゃない！」）、プロネクはその袋をのちに手早くかつ用心深くゴミ入れに捨てた。

「この人たちの人生は、いかなる進化のスープから現われたのだろう？」とプロネクは（これとまったく同じ言葉でではなく、かつ自分の母語で）自問した。「この人はどのようにして、ほかの誰かではなく、こういう人間になったのだろう？」。労働体験を共有しているのだからヘモンならわかってくれるかもしれないと（誤って）期待して、込み入った問いをめぐって彼と話し合おうとも試みた。生と死の無根拠さ。ひとたび「人生の川」を制御できなくなってしまえば、ほかの人間に——自分がまったく知らない人間に——なってしまうことがいかに容易か。だがヘモンはプロネクの思考を一言も理解せず、ただ単に疲れたような笑みを浮かべ、後ろ向きに曲げた親指で己を指して「マクマナマン！」と言うばかりだった。

　自分の（というか、アンドリアの）住まいに帰るべくプロネクは高架に乗り、鉄棒みたいに硬くなった両脚に痛みを抱えて車中に立った。車内には疲れはてた人々が満ち、汗っぽい香りを発しながら、スーパーマーケットのアスパラガスのように身を寄せあっていた。

　アンドリアはウクライナに行っていて（「少しスペースが必要なの。でもあなたはいていいわよ」とプロネクは言われた）、彼女の両親がアパートを売ることにしたので内部は改装中だった。カーウィンはチャドのところに越していなくなり、帰ってきたプロネクを待っていたのは四人のポーランド人建設労働者だけだった。彼らは壁を剝がし、ドアの側柱をもぎ取り、床のタイルを掘り起こしていた。アンドリアの部屋へとナイロンの通路が出来ていて、ペンキの缶で押さえてあった。毎日位置の変わる梯子の下をプロネクは通らねばならず、それを過ぎると、濡れた刷毛《はけ》、何なのかよくわからない道具、散らばっている折れ釘、ペンキの染み等々から成るジャングルをよたよた抜けていってやっと部屋にたどり着くと、部屋はいまや修道僧の個室といった様相を呈し、ベッド、本の小さな塔、空っぽのスーツケース、テレビ、隅で腐食しつつある不潔で湿った衣服の山があるのみだった。プロネクはそこへ、静謐な海底に連れていってくれる潜水艦に乗り込むかのように入っていく。名もない魚たちが大海の理解不能な水圧によって平べったく押さえつけられ、仄《ほの》かに光るプランクトンと儚《はかな》い身の原生動物が、催眠術のごとき完全な静寂の中でゆっくりプカプカと、プロネクが見守る窓の前を過ぎてゆく。プロネクは職人たちがいなくなるまで部屋にとどまり、それから、皮を剝がれた壁も膨らんだ戸口の空洞も無視してトマトスープの缶詰を温め、干し草の匂いがするオレガノを振りかけた。いまや流し台も空っぽとなり、皿も黴《カビ》もなくなってフォークが一本あるだけで、プロネクはそれを、びしょびしょのツナを缶から空けるのに使った。アンドリアのベッドに座り、ツナを待たせてスープをずるずる啜りながら『ヘッドライン・ニューズ』を観た。サラエヴォは包囲され、深刻な食糧危機が生じ、セルビアに強制収容所が出来たとの噂が流れていたが、プロネクはひたすら、知っている人間はいないかと映像を観ていた。一度、自分の父親が〈狙撃兵横丁〉を駆けていくのを見た気がしたが、その男は畳んだ新聞で頭を隠していたので確信は持てなかった。だが足取りには見覚えがあるように思えた。大きな歩幅、若干の前屈み、右腕が振子みたいに振れている。

それが済むと、眠った。夜のサラエヴォの映像を見て以来、明かりを消すのはやめていた。完全な、果てのない闇の中で見たサラエヴォは銃弾とロケットが飛び交い、空を切り刻み、照らしていた。眠りは安らかとは言い難く、悪夢と不安な膀胱に損なわれていた。

朝になると、ポーランド人の職人たちの勤勉なお喋りで起こされた。彼らが天井を取り外しにかかると肋骨のような梁があらわになって、クジラの体内で目覚めたような気分になった。ポーランド人たちはプロネクとコミュニケーションを取ろうとしたが、彼には理解できなかった――言葉も音も不安になるくらい聞き覚えがあって、記憶喪失の深淵からひどくゆっくり戻ってくるような気がしたにもかかわらず。キッチンに座って汚物みたいなコーヒーを飲み、萎びたトウィンキーを嚙みながら、職人たちが天井を解体するのを眺める。彼らの濃い眉毛や、バスケットボール型の腹を埃が覆っていく。幅広の親指と、平たく広がった爪のがっしりした手に彼らは金槌を持ち、頭上の天井を軽々と強打した。

　金槌が自分の頭を西瓜のごとく割るさまをプロネクは思い浮かべた。

クビになった日、『TIME』誌の第一ページに載った、赤枠で囲まれた、セルビアの強制収容所に入れられた男の写真をプロネクは見た。三本の細い有刺鉄線のうしろに男は立ち、皮膚が胸郭の上にぴんと張って、顔の毛が顔を蝕んでいた。男はカメラとその背後にいる読者を見てはいない、とプロネクには思えた。この写真に写ることが自分を救うのか殺すのか、男はわからずにいる。

　何やらもごもご呟きつつブーディーン・フレンチ・サワドー・ベーカリーのキッチンを抜けて自分のロッカーへ行きながら、湧き上がってくる熱に目玉を押し出されるのをプロネクは感じていた。赤いブーディーンのエプロンを着けて小さなベレー帽をかぶり（「野球帽みたいにかぶらないのよ、ベレー帽なんだから」とドーンが通りがかりに言った）、ゴミ容器に空けられるべく待っているトレーのところへ行った。

　容器の上にトレーをだらだら積んでいると、草色のシャツを着た男（心臓のあたりでゴルファーのサングラスがクラブを振っている）に「そこのお若いの、こっちへ来てくれるかね？」と言われた。従順に男のテーブルへ行って前に立つと、漠たる憎悪が筋肉の中でふつふつと沸いてきた。男はきちんと櫛を入れた金髪で、完璧なヘアラインが頭部に消えていくのが見えた。そして男は自分の皿に載ったクロワッサンを指さし——小指に巨大な金色のハンコつき指輪《シール・リング》をはめている——言った。「私はターキー・ディジョンにロメイン・レタスと頼んだんだ。悪いけどこれはロメイン・レタスじゃない。これはアイスバーグ・レタスだ。これについて、君は何と言うかね？」

　プロネクはサンドイッチ係に問題を伝えに行こうとしたが、その瞬間ふと、いまここにいたくないという欲求に襲われて、「何も言いません《ナッシング》」と言った。

「ロメイン・レタスのターキー・ディジョンをお願いする」と男は言った。

「何違う《ホワッツ・ディファレンス》？」プロネクは言った。

「何だって」男は声を張り上げ、愕然としたせいで二重顎の皺が倍になった。

「ロメイン・レタス、アイスバーグ・レタス、何違う？」とプロネクは、男の口にレタスの葉を突っ込むところをにわかに幻視しながら言った。

「誰か英語のできる人を出してくれるかね？」と男は言って憤然とトレーを脇へ押しやり、クロワッサンがぶるっと震えて皿の端まで滑っていった。体内で痛みが両のふくらはぎを上がって骨盤を過ぎ、痙攣となって胃の中に定着するのをプロネクは感じた。何か言いたかった。男を叩きのめすような気の利いた何かを言いたかった。だが「ロメイン・レタス、アイスバーグ・レタス、何違う？」以外、このとてつもない馬鹿馬鹿しさを伝えられる英語は思いつかなかった。依然そのフレーズを、空を飛ぶための魔法の言葉のようにぶつぶつ呟き、男があきらめてくれればと空しく念じつつよたよた立ち去った。

だが男はむろんあきらめず、苦労して稼いだ金と引き換えのサービスが十分かつきちんと為されることを（当然）要求した。

プロネクは狂ったようにトレーを空けつづけ、ゴミ容器の中に、内臓を抜かれたボウル状のパン、萎びたクロワッサン、楔《くさび》型に切ったピザ、ギザギザの西瓜のスライス、サラダの切れ端、ヌルヌルのノンファットヨーグルト、ジャンボガンボの沼等々を満たし、ゴミ袋を満タンにしていった。あたかもそうすることで時の流れを止められて、ドーンが男と一緒にここへ来るのを止められるかのように。激怒した男を連れてドーンがこっちへやって来るなか、ヘモンが袋の死体を引きずりながら横目でプロネクの方を、いったい何で反抗なんかしたのか理解しようとするかのように見た。プロネクはヘモンに伝えたかったが、むろんどのみちヘモンには理解できなかっただろう。

こうしてプロネクは男と向きあって立ち、男は自分のクロワッサンのあたりを指差しながらわめき散らし、ドーンは自分の青い靴の爪先を見ながらプロネクにチラチラ目を向けて、男の話の主役はプロネクなのだという雰囲気を作ろうとしていた。男が演説を終え、ドーンが評決を下すものと期待して彼女の方を見ると、プロネクは情けない声で「ロメイン、アイスバーグ、みんな同じ《オール・セイム》」と言った。

「悪いけど、辞めてもらうしかないわ」とドーンは言った。

「辞めます《アイ・ゴー》」プロネクは言った。「問題ない《ノー・プロブレム》。辞めます《アイ・ゴー》」

サルでもわかる心のはたらき

一九九三年春、一連のややこしい情報のやりとりの末に（これにはサラエヴォにいる赤十字の職員、アマチュア無線家、フランスに住んでいる親戚、かかってきた電話に出たポーランド人建設労働者の一人ズビシェクが関わった）、まもなく街を出る護送隊のリストに自分の両親が入っていることをプロネクは知った。

「いつ？」とプロネクは、破裂した血管に縁取られた青い目をスラヴ的共感で潤ませているズビシェクに訊いた。

「言わないかった《ヒー・ディドゥント・セッド・イット》」とズビシェクは言った。

そのとき初めて、プロネクは両親の命を案じはじめた。というのも、私たちには奇妙に聞こえるかもしれないが、もし両親が殺されてしまえば、護送隊のバスに乗って街を去ることもできないわけであり、したがってプロネクは二度と彼らに会えない。サラエヴォの人々が次々死んでいることをプロネクは突如実感した。彼らが次に何をしたいにせよ、何をする必要があるにせよ、死んでしまえばそれもできなくなる。寝床を出て暗くて寒い住まいの中を歩けもしないし、小便をしたあと流れなくなったトイレを（かつては体を洗うのに使っていた）缶一杯の水で洗うことも、辛抱強い狙撃兵にほの暗い光を見られぬよう一番暗い隅に隠れて煙草に火を点けることも、腰かけることも、縮こまることも、わっと泣き出すことも、パンの行列に加わって並び音もない砲弾が落ちてきて彼らを殺すのを待つこともできない。それまでプロネクは、テレビで見るサラエヴォの人々に同情していたし、そこでは人々の苦しみは壮大であり生々しく表現されていた。ほかのすべての苦しんでいる人々と同じく、彼らもいずれは苦しみの終わりにたどり着きうるように見えた。だが死は苦しみの終わりという意味さえ帯びてしまう。ゆえにプロネクはＣＮＮの、見慣れた顔の人たちが自分の血にまみれて這い回りながら、ひるまず迫ってくるカメラに助けを求める映像を眺めた。もがれた手足の末端から血が噴き出し、ぴくぴく震えて息を詰まらせている人々。彼らを助けようとして狙撃兵に撃たれ、内破した建物のように倒れる人々。それが彼らの人生の終わりだとプロネクにはわかる。彼らは二度とドアノブに触らないし、二度と履き心地の悪い靴を履いて足指を痛くすることもなく、二度とトイレの水を流さず、コンドームも着けず、レタスも食べず、二度と苦しまない。これまで自分がずっと、死とは何なのか知らずに来たこと、自分自身の生を十全に生きたことがなかったことをプロネクは思い知った。なぜなら彼は、生が永遠に続くものと（意識して思うことなく）思っていたのだ。他人（たとえば両親）のことを彼は十分に考えたためしがなかった。彼らが死ぬかもしれないという可能性を考えたことがなかったから。

　辞書でその語を引いてみた。「死　有機体もしくは有機体の一部において生が完全に、不可逆的に停止すること」。

　彼のべたべた湿った靴下を洗濯機に放り込む際に、まずその塊を開かないといけないことに母が愚痴を言っていたのをプロネクは思い出した。もし母が護送バスに乗らなかったら、永久に謝れなくなるのだと思うと胸が痛んだ。

スニッカーズ、ベーブルース、チアリオ、ドリトス、ブリートス、その他口に入れられるものすべてを、あたかもそれらが究極のご馳走であるかのごとくにプロネクは貪った。かくして体がブヨブヨと十五キロ太った。

さらば、ハンサムな若者。

メキシカン・レストランの皿片付け・洗い係として働いたが、ある日、空のように青いマルガリータのピッチャーを、体重一四〇キロの地元警官の膝の上に落としてしまった。

パニックに陥り、街なかを歩き、木の名前を知らないことに気づき（カエデ、栗、ライム、オーク等）、花の名も（マリゴールド、ペチュニア、百合、菖蒲《アヤメ》等）車の名も（トヨタ、ニッサン、キャデラック、インフィニティ等）知らないことに気づき、それらがみな、写真がすべて引き剝がされた写真アルバムのページのような空白に見えた。自分のうつろなまなざしを、理解も把握もできない街から逸らすよう自らに強い、足の前方にある、コンクリートのひび割れや平べったい煙草の吸殻や折れた小枝や化石化した足跡などを見ながら歩いた。目が見えなければいいのにと思った。

種々の鼻腔感染症をプロネクは次々患い、それが頻繁な激しい頭痛につながり、耳には分厚い耳垢が詰まって周りの音はすべて彼に沈黙を強いる振動音に変容し、彼自身はぶつぶつ独り言を言うようになった。他人に何を言われているのかわからないまま、もごもごと不可解な呟きを返した。そんなわけで独り言が始まり、聞こえもしない自分の発話に応えてクスクス笑い、顔をしかめ、うなり声を漏らした。

ベトナム料理店の皿洗いの仕事を求めて面接を受けたが、眼鏡をかけた貧相な、携帯電話を腰に刀のごとく差した相手は彼を見て戸惑った表情を浮かべた。

ペンキの缶に囲まれて、有毒な靄のただなかで眠った。ポーランド人の職人たちが彼の部屋の解体に取りかかったので、マットレスを敷くにも（ベッドはもうなかった）梯子を部屋の外に出さないといけなかった。職人たちは明らかにプロネクが正気を失ったと思っていて、ある日自分たちで出しあった三十三ドルを恵んでくれた。プロネクは何らかの超スラヴ的言語で礼を述べた。

あてのない散歩から帰ってきて、ゴキブリモーテルが満員になっているのを見てからはゴキブリを殺すのもやめた。モーテルを手に取ると、昨日の干涸《ひから》びたゴキブリたちが天井からぶら下がっていて、甘い匂いのするねばねばに囚われた今日のゴキブリが触角を彼の方に向けて挨拶した。「ハニー、ただいま」とプロネクは言った。

野球の脳天気な無意味さにムカムカするようになった。

リグリー球場付近の駐車場助手として働き、試合がある日は車に向かって手を振り、催眠術をかけて誘導した。腕を風車のように振り回している最中、突如痛ましい啓示が訪れて己の馬鹿馬鹿しさを悟り、職を辞した。

自分を誰か他人として考えるようになった。漫画のキャラクター、犬、探偵、狂人。自分の肉体を捨て去って無になること、テレビのようにスイッチを切ることを夢想するようになった。

人々が易々と殺され吹っ飛ばされる映画が見られなくなった。血が噴き出るエフェクトを作り出す過程を再構築せずにいられず、嘘が見え透いてしまうのだ。

ビル・クリントンが嫌いになり、彼が出てくるたびにテレビ画面に唾を吐いた。カメラの前に現われるごとに目をキラッと光らせることができるのが気に入らなかった。

浄水器・健康調理具のバイリンガルの販売員として生計を立てようとしたが、上司となるべき人物（元フットボール選手でダブルのスーツを着て、でっぷり太った楽天的な鼻の下に山羊ひげが垂れている）から「もっと頻繁にもっと本気でニコニコしないとこの商売カネにならないよ」と言われてあっさり終わった。

女性を欲することもやめ、超然と、空想もせずにマスターベーションをするようになった。終わると何時間もシャワーを浴び、汚れを肌から洗い落とそうとしたが、やがてサラエヴォの水不足を思い出した。

自分が嫌いになった。何をやっていようと、とにかく生きているだけで自分勝手だったから。

年じゅう悪臭を発していた。鼻の穴の中まで臭った。人は通りで彼をよけて歩き、電車でも隣に座るのを避けた。

求人広告を見て電話すると、こっちが何を言う間もなく「あんた、カネ稼ぎたい？」と言う声が聞こえ、「うーん、それは場合に……」と返すと相手は「うだうだほざく奴は要らねえよ」と言って電話を切った。

ロックスターたちのでかい口をぶん殴ってやる空想にふけるようになった。ああオレは不幸だとか何とか年じゅう文句ばかり言っているから。

この時点で彼が私たちに接触してくれていたら、と思わずにいられない。私たちなら彼を助けただろう。

自分のかつての人生はもうまったく誰の手にも届かないのだ、一から丸ごと捏造していいのだと思い立った。スパイのように伝説を作ろう。

両親が出てくる夢を見た。父親がチェスでルークをサクリファイスしようとしていて、どうかそれはやめてほしい、チェックメイトになってしまうから、とプロネクは訴え、母親は棚から本を取り出しては絵のあるページを破り取り鉄製ストーブで燃やした。母はいつも寒がっていた。

自転車メッセンジャーの面接を受け、すごくいい感じに進んでいると思ったら、自転車とヘルメットは自分で調達しないといけないと言われた。

自分は目に見えないのだと悟り、見られることを欲した。どこへでもつきまとって、彼の人生のあらゆる瑣末で微細な行動を記録するカメラを想像した。

〈ホワイト・キャッスル〉の夜番をつかのま務め、小バーガーをくすねて持ち帰り冷たいまま食べた。ポケットから腐りかけた加工肉と溶けかけたみじん切り玉ネギの匂いがした。

一九九三年秋、アンドリアの父親がやって来て、ポーランド人たちの残した堆積物をかき分けて進み、プロネクに向かって出ていくよう厳かに告げた。アパートが一流の不動産業者に売れたので、超特急で仕上げねばならず、ポーランド人たちは昼夜通して作業しないといけないのだという。アンドリアの父親の背後でポーランド四人組が肩をすくめて同情を伝えるのをプロネクは見、絶望のあまりもはや感覚も麻痺して、目下仕事がないんです、探してるんですが、と訴えた。するとアンドリアの父親は、妻が経営するハウスクリーニング業者〈ホーム・クリーン・ホーム〉で雇ってもらえるよう取り計らうと言ってくれた。

ああ、我らが移民にとって何たる幸運！

アンドリアの母親との面接は大変快かった。「わかっています、あなたが働き者だということは」と彼女は言った。「あなたのような人たちがこの偉大な国を築いてくれたのです」。そう言って指先でプロネクの背中をとんと叩き、清掃員監督者の、心臓部に付いた名札によってスティーヴン・リーと命名されている男の許に送り出した。リーは元海兵隊員で、厳めしい顔でプロネクに、俺相手にふざけた真似は通らねえぞと告げた。角刈り、完璧にアイロンのかかった半袖シャツ、頬の毛深いほくろ（遠くから見るとごく小さな弾痕に見える）、前腕に彫ったライフルを持つ鷲の刺青。いつも爪楊枝をくわえていて、昔は作家だったとプロネクが彼に告げるとジャック・ケルアックこそ史上最高の作家だよと言った。「埃は我々の不倶戴天の敵、掃除機こそ我々のM16だ」とリーは誰か他人の汗の臭いがするロッカーにプロネクを案内しながら宣言した。朝に作業員を送り出す前、リーは腰に手を当てて演説をぶった。

「君たちに四つの言葉を伝えたい。清潔、忠誠、ぴかぴかの表面、プライバシー。帰るときには家が清潔《クリーン》になっていなくちゃいけない、これはクリーニングサービスなんだから。我々はチームとして仕事をしている。こっちの男がバスルームを不潔なままにしていったら、そっちの女の子がキッチンでやった仕事も台なしになっちまう。その家でピカピカ光るべきものがあったらすべて、目がつぶれちまうくらいピカピカにしなくちゃいけない。それでだ、いいか、このことをお前らのカラッポ頭に叩き込めよ、我々は他人の生活の神殿に入っていくんだ。掃除する必要のないものに触ろうなんて間違っても考えるんじゃないぞ。完璧に綺麗になったこと以外、お前らがそこにいたことの痕跡があってはならんのだ」

そう、彼らはヒンズデールで清掃し、オーランドパークで清掃し、ディアフィールド、ハイランドパーク、グレンコー、ショームバーグ、オークパーク、ウィルメット、ウィネトカ、フォレストパーク、レイクフォレスト、パークフォレスト、キルディア、レイクブラフ……シカゴ都市圏一帯で清掃した。

あるときはノーマル［シカゴから南西に二百キロ行った都市］まで足をのばし、大規模な清掃に携わった。

新米のプロネクはバスルーム・クリーナー、すなわち「クソ係《シット・ボーイ》」になった。まずバスルームに入って、全体を見渡す。シャワーカーテンのうしろを見てみる――石鹸と垢が染みついた壁のタイル、バスタブの底に残った（柔らかい土までたどり着けなかったミミズを思わせる）縮れ毛、ハゲタカの頭みたいにタブの上にぬっと控えているシャワー、籠に入れられシャワーの細い首からぶら下がっているシャンプー。ぱっくり口を開いたトイレ（シートが持ち上げられボウルに小便の滴《しずく》が点在し、側面に貼りついた陰毛がのぼって来ようとしているみたいに見え、便器の裏側にはクシャクシャの汚れたトイレットペーパー）。鏡のあちこちに誰かの口から昨夜撒き散らされた歯磨きペーストの泡が貼りついている。歯磨きチューブは鏡の下で身をよじらせ真ん中に親指の指紋が見てとれ、液体石鹸のボトルからノズルが突き出て足のないフラミンゴみたいに見える。無表情に並ぶ化粧品の壜（モイスチャライザー、クリームのリフィル、アフターシェーブ、コンディショナー）。

点検を終え、プロネクは清掃に取りかかる。ゆっくりと、容赦なく、肉体の残余と痕跡をすべて抹消していく。やっているうちにこの仕事がだんだん好きになっていった。自分のこともほかの誰のことも考えるのをやめて、毛と染みに集中し、それらが着実に、不可避的に消えていくのを楽しめるからだ。全世界が、鏡に貼りついたニキビの膿《うみ》の一点に縮小され、プロネクはそれを迅速に拭き取る。バスルーム内のすべてのものが、精神を没頭させる大きさと重要性を帯び、プロネクはどんどん小さくなっていって、やがては自分をめぐる思いもバスルームの外に属するものすべてに関する思いも完全に捨て去り、彼は一個の超越的な清掃力と化す。清掃を終えると自分も浄《きよ》められた思いがし、自分から離れていたあいだに自己が根本から変わったような気がした。

そのようにして、プロネクは真のプロフェッショナルとなった。給料は時給六ドルから時給六ドル五十に上がり、リーも彼が時おり「ソロ・ミッション」に行くことを――リンカンパークやゴールドコーストの高級マンションへ一人で清掃に行くことを――許可してくれた。

いやあ、これは嬉しかった。マンションに入っていくと、所有者の匂い（香水、シャワージェル、シャンプー、デオドラント）がまだ漂っている。テレビの周りに家具が呼び集められているが、誇り高いドレッサー二つは壁際に引っ込んでいる。黄土色の（すなわち古い）、隅っこで竜が水にちょこっと入っている世界地図。生気なき灰色の荒地の谷間を撮ったアンセル・アダムズの写真。怠惰な満ち足りた猫のように床に広がった小さくてカラフルなカーペット。高級マンションにおけるシアーズ・タワーとも言うべき高いCDラック。気をつけの姿勢を採った兵士のように直立する本が並ぶがっしりした本棚（リチャード・フォードの『独立記念日』、『精神の成長七法則』、『中にあるのは――魂利用ガイド』、『顧客』、『闇の奥』、『トスカーナの食事』、『今日の投資』、『サルでもわかる心のはたらき』、『シオドア・ローズヴェルト伝』、『エイリアニスト』）。バビロンの空中庭園ミニチュア版のように天井からぶら下がった植木鉢。ピアノの上に置かれた、午後のひまわりみたいにわずかに上を向いて並んでいる家族写真。小物が入ったボウル（小銭、ビー玉、マッチ箱、名刺、コンドーム、クリップ）。黒い壜が揃った、霊柩車を思わせるワインラック。壁に掛かった「駐車禁止　レッカー移動します」と書いた看板。ソフトボールのトロフィー（小さな台座に載った金色の人形《ひとがた》が金色のビー玉を投げている「グレース・カップ'92」）。プロネクの動きを逐一、詳細にモニターしているコンピュータとその黒いスクリーン。

　プロネクは時おり、座り心地のいい肱掛け椅子に座って、この高級マンションで自分が暮らすさまを想像してみた。あのドアから中に入ってきながら、まだ郵便物を、世界中の友人たちからの手紙をチェックしている。そうして靴を脱ぎ、足指をくねくね動かす。あそこの細長い、洒落たスコッチのボトルのところに行ってたっぷり一杯グラスに注ぎ、一口飲んで、温かさが内臓をゆっくり包むのを感じる。電話のメッセージをチェックする（「ハイ！　あの……グレースです、昨日お電話いただいた……あの……来週はすごく忙しいんですけど、金曜日なら時間作れると思うの……うーんと……イタリアンとかいいかなあって……」）。いまだ酒をちびちび飲みながらクローゼットに行き、鏡をスライドさせ、ネイビーブルーのジャケットを吊す。シャツやスーツがはにかんでたがいのうしろに隠れるが、今日もまた彼に会えて嬉しそうだ。そして朝になったらラジオを点ける（「ダン・ライアン通り上りは相当混雑しています……ケネディ通り下りは順調に流れ……」）。テフロン加工のフライパンで目玉焼きを二つ作りながら歯を磨き、泡をペッとキッチンの流し台に吐く。週末にはここでパーティを開く。友人たちを招待し、終わって最後の酔っ払い客も帰ったあとに、グレース（ミシガン州ホワイト・ピジョンから来た豊満なブロンド）とソファの上で（二人とも興奮して寝室まで行くのももどかしかったから）愛しあい、マティーニのグラス（そのいくつかは煙草の吸殻に汚《けが》されている）のコーラス隊が二人を見守る。時おり、心底ブルーな気分になると、プロネクは明かりを暗くし、シャルドネのボトルを開けて、何かブルースをかけ（「お前が出ていくのを見るくらいなら目が見えなくなる方がまし」）、ゆっくり酔っていって、やがて酔いつぶれて気を失う。

　高級マンションの掃除を終えると、自分のアパートに帰る。がらんとした、家具もない、窓から高架の線路が見えるワンルームを二八五ドルで借りたのだ。床に敷いたマットレスに横たわり、天井のファンが巨大な狂ったトンボみたいにぐるぐる回るのを眺める。毎日の同じさを維持するにはファンが回りつづけねばならないことをプロネクは理解している。同じ時間に仕事に出かけないといけないし、同じ電車で帰ってこないといけない。昼食はいつも同じ食パンとソーセージでなければならない。毎日が毎日同じである限り、プロネクの両親も生きていて、依然護送バスに乗るのを待っているのだ。

プロネクの心の中の、いわば西へと広がりつつある異国の領域を私たちはこうしてたどってきたわけだが、そのさなかに彼が、不意に湧き上がってくる記憶の沼にしばし埋もれたことも言い忘れてはなるまい。

最初の記憶はファーマーチーズにサワークリームを混ぜ、青ネギを添えたライ麦パンを貪っている最中に突如襲ってきた。味のメドレー（ファーマーチーズのひんやりしたミルクっぽさ、青ネギのぴりっとクシャミを誘う青さ、舌を引っかくパンの粒の甘さ）が口蓋に達するや、ぶるっという震えがプロネクの体を貫いた。暖かい哀しみの大波が押し寄せた。孤立した、何ともつながらない、どこから湧いたともわからぬ感覚。二口目を口に入れ、のろのろ噛んでいると、そのマルチが喉を滑り落ちていくとともに、ひとつの記憶がゆっくりと、パン種のように膨らんできた。夏の午後、七月後半だろうか、サラエヴォのわが家のバルコニーでプロネクは西を向き、「チトー万歳」と大きな赤い字で書かれた四角い建物の向こうに日が沈むのを眺めている。彼は漫画本（「ターザン対インターポール」）を読んでいて、べとべと湿った塊をページ（ターザンがエッフェル塔で悪漢と戦っている）の上に落としている。父親は新聞のうしろの方の訃報欄を読みながら考え深げにため息をつき、紙をがさがさ言わせている。母親は花に水をやっていて、青緑色のラッパ形の花が陽をまともに浴びて緑がキラキラ光り、その上で蜂がコソコソ動いている。プロネクの騒々しい友人たち（ヴァンパイア、ツォベル、デバ、アルミン）

がバルコニーの下の公園から「プロネク降りてこい、ボール持ってこいよ。カウボーイ・インディアンごっこやろうぜ！」と叫ぶ。「チトー万歳」ビルの背後に太陽が這っていき、熱を発しているコンクリートからバルコニーの薄闇が消えていく。やがて夜の毛布がすべてを包む。

　こうして、プロネクがつねに呆然としている期間が十二か月ばかり続いた。不意に湧いてくる記憶から生じる感覚はもはやおなじみの認識ではなく、かつての人生に哀しく溺れることを強いる不快な重荷だった。

　清潔にすべき住居に入っていき、そこにいない女性が残していった芳香（マギー・ノワール）の雲の中に足を踏み入れたとたん、ズーの髪に顔を埋《うず》めたことが思い起こされ、頬をくすぐる絹のような感覚がよみがえる。バスタブを掃除すれば、洗剤の塩素臭がきっかけとなって軍隊でポットン式トイレを掃除してあとで両手がひりひり熱くなったことが思い出され、ノスタルジアの鋼鉄の玉がはらわたをグリグリ抉《えぐ》る。キッチンでレンジをごしごしこすっていると、獣脂の焦げた匂いが彼を追ってバシュチャルシヤに移動し、居並ぶケバブ店がバーベキューの煙を吐き出して、足下の石畳のでこぼこさに体がふらつく。掃除機が巻き上げた埃は彼に土曜の朝、すなわちわが家の掃除タイムを想起させ、母親に言われてプロネクはベッドの下に潜り込み、壁際に追いやられた埃の塊に手をのばしながら、そこに横たわって一人みんなから離れている状態を楽しみ、頬を冷たい寄木張りの床に押しつけているが、やがて母のずんぐりした両足がベッドのそばに現われる。ピアノの上の壁で揺れる陽ざしの染みは、暑さで鎮静したプロネクがうとうと眠るテントの内側で（テントの中は日焼け止めの安っぽいココナツ臭で一杯だ）揺れる染みと同じ。机のそばの屑カゴに入った鉛筆の削りカスは小学校での一番の親友ミルザと共有した色鉛筆と同じくぴりっと木の匂いがし、ワックスを塗った床、濡れた黒板、清潔な子供服などが作る九月の匂いが戻ってくる。机の上に並んだ本は（うち三冊はピンで留められた蝶みたいに拡げて伏せられ机の表面を押し、背表紙が上に突き出て、まるで本が腕立て伏せをしているみたいに見える）昔むかしプロネクの机の上にあった本たちだ。

　頭がどんどん大きく、重くなっていく。背骨はだんだんクエスチョンマーク型に折れていった。ろくに歩きもしなかったが、たまに歩くときは体を前に曲げ、目は爪先に釘付けにして、体全体がじわじわ空気の抜けていく人形みたいだった。

プロネクに薔薇を

だが親愛なる読者よ、私たちがプロネクの意識の流れにどっぷり腰まで浸《つ》かってその魂をフライフィッシングしているあいだも世界は自転をやめていなかったし、時計もコチコチ鳴るのをやめなかった。三年間がひっそり過ぎた。私たちは一九九六年の春まで戻っていこう。この間、プロネクの両親が護送バスに乗ることはなく、父親は狙撃されて負傷し、テレビ画面はボスニアからの映像で飽和し過飽和し不飽和し飽和の正反対になって市内での虐殺がさらにいくつか報じられた。スレブレニツァの破壊と虐殺、西側の腕力のさらなる誇示、狙撃兵に撃たれたり榴散弾で死んだりした友人たち、強姦収容所、餓死の話、燃える村、誰かと握手しているカラジッチとムラディッチとミロシェヴィッチ、サラエヴォ包囲と戦争の終焉、ひと月に一度くらいの割合で両親と交わす会話。こうしたすべてを、痛みを伴う呆然自失状態で体験しつつも、決して——私たちとしても誇らしいことに——プロネクの仕事の質に支障をきたすことはなかった。実際彼はいまや単身者用マンションのスペシャリストであり、お得意の顧客を着々獲得していて、客たちは彼と顔を合わせることは決してなかったがいつもフルーツボウルの下かコーヒーテーブルの上にチップを置いていってくれた。金も貯まってきて、ウェストロジャーズ・パークに1ベッドルームのアパートを借りることができた。床は傾いていて、ドアの側柱は曲がっていて、銀色のスチームはしゅうしゅうとやかましく、バスタブはピンク色で四本足の年代物で、中サイズのゴキブリたちの軍団が、アパートにプロネクが入ってきたのを喜んでいるとは言わずともまあ嫌がってはいないようだった。このアパートでプロネクが一人で過ごした最初の晩の象徴的な情景を私たちは語ることができる。床に横になったプロネク。二枚の薄い、穏やかな毛布に挟まれ、床は快く硬い。プロネクは部屋の向こう側を見ていて、磨き立ての床は華やいだ月夜の湖のようにキラキラ光っている。両端の隅、よそよそしい薄闇の中、たがいに数マイル離れて二つのスーツケースがドン・キホーテとサンチョ・パンサのごとく陣取り、薄い背の高い方には本や文書が一杯入っていて、でっぷりした方は洗っていない服とびしょびしょのタオル二、三枚とでパンパンに膨らんでいる。

　朝には痛みを抱えて目覚め、そのことをプロネクは誇らしく思う。一つしかない椅子に座って、膝に挟んだ（テーブルを買う金はまだない）水の漏れる木のボウルに入れたシリアルとミルクを食べ、朝の日差しがおずおずと、好奇心の強いリスのようにアパートの中に入ってくる。ああ、一九九六年春の肌寒い朝。暖かい風が雪の覆いを剝ぎ取りはしたが、あたりにはまだ朽ちかけた雪が唾の泡のようにあちこち残っている。夢遊病状態のバスに乗ってデヴォン・アベニューを下り、職場まで行く電車に乗るべく高架の駅に向かう。プロネクの過去のさまざまな悪夢が、朝の現在に行きわたる靄に変容する。街路が過ぎていくのを眺めながら、自分が目覚めているしるし、そもそも生きているしるしを探す。結婚衣裳店のウィンドウに飾られた回転する豊満な胸の半身像。〈ノアの方舟〉に積まれたビーニー・ベイビーズのぬいぐるみ。サリーを着てモーツァルト通りを歩く女性たち。〈ワールド・シューズ〉。〈イースト＝ウェスト電器店〉。〈ユニバーサル・ディストリビューター〉。薔薇を入れたバケツを店の前に据えているＹシャツ姿の花屋の主人。〈コスモス・プレス〉。〈エデンの園カクテル・バー〉。街灯柱、標識柱、郵便箱にテープで貼った、「マイクに知恵がつくようお祈りを」と書いたビラ。〈ミラクル・メディカル・センター〉。〈アクメ掃除機〉。仕立屋のマネキンが掲げた、仕立て職人在店を示す掲示。どの朝も初めての朝同然だった。一日の仕事を終えるともう朝のことを忘れていたから。

　四月のある朝、霧雨のカーテンの向こうで、仕立屋のマネキンがこっちに向かって手を振っているのが見えた。それでプロネクは、サラエヴォへ行くことに決めた——大丈夫だと悟ったから、信じがたくもすべての場所には名前があり、その場所にいるすべての人間、その場所にあるすべての物にも名前があり、どこにもいないでいることはできない、なぜならどこであれ何かはあるのだから。どこにもいないでいるには、まったく存在しないしかない。

　これがサラエヴォ行きの決断とどうつながるのか、私たちには見当もつかない。

　いずれにせよ、プロネクはさらに若干の金を貯め、飛行機の切符を買って五月にウィーン経由でサラエヴォに行った。そこで私たちは、彼の声を彼に返し、彼に自分で語らせることにする。むろん理想を言えば彼としては母語で語りたいだろうが、あいにくこれは無理な相談である。というわけで以下、彼の本物の、真新しい、生々しい体験を英語で語ってもらおう――


　飛行機が下降していくなか、青々とした山並のあちこちが黄土色の傷になっているのが見えた。

　滑走路の両脇の家々は弾痕だらけで、飛行機が着陸するとき、標的に突進していく弾丸の中に自分がいる気がした。

　ガラス板の向こうの男にパスポートを渡した。男はパスポートを見て、僕を見て、パスポートを見た。男のうしろに、薄暗い青のスーツを着て小枝みたいに細いネクタイをした若い男がいた。携帯電話を持っていて、あちこち見回して到着した乗客たちを監視している。やがて男は制服を着た男の肩ごしに身を乗り出し、僕のパスポートをチラッと見て、僕を見た。男は幽霊だった。

空港の向かいのドブリニャは飢えきったシロアリの大群に侵略されたように見えた。街全体が穴で出来ていていまにも崩れ落ちそうに見えた。そこらじゅう黄色いテープが張られ、「地雷」と書いてあった。

タクシーの運転手がタクシーのメーターを入れないので、入れたらどうかと言ってみた。すると相手は、もごもごと華麗なサラエヴォ訛りで、あんた何が心配なんだ、どのみち払うんじゃないか、と言った。だっていくら払ったらいいかわからないじゃないですか、と言うと、わかるさ、わかるって、との答え。押し問答になって、やがて運転手は車を道路の脇に寄せて停め、僕の方を向いて、シャツのボタンを外して臍のそばの傷を僕に見せ、いいか、俺が四年間塹壕の中で過ごしてこの街を守ったのは、いまになってタクシーのメーターを入れるためじゃないんだ、わかったか？　わかりました。

どの建物にも弾痕のあばたがあって、窓がえぐり取られ、そこで営まれていた生活もえぐり取られ、瓦礫の山、燃えた車、燃えたバス、燃えた売店、燃えた市電。ここは僕が初めて『地獄の黙示録』を観た、燃えた映画館。

タクシーから降りたとたん、アイダがそこにいた。会うのは何年ぶりだろう。二人とも子供だったころ、アイダは前腕にボールペンでハートを描いて、中に僕の名前を書いた。会えたのが嬉しくて、僕は彼女をハグした。もう結婚していて、包囲のさなかに生まれた息子がいるという。会えて本当に嬉しかった。どう、暮らしは？　お母さんは元気？　彼女のお母さんはすごく美味しいバクラヴァを作ってくれたものだった。戦争が始まってすぐ狙撃兵に撃たれて死んだわ、とアイダは言った。彼女はその瞬間を見たのだ――母親は彼女の前を走って、狙撃兵に見張られている通りを渡ろうとし、撃たれて即死した。

僕の母と父はアパートの前に出て待っていた。父は僕を抱擁し、僕たちは何も言わずに抱きあった。それから母が僕を抱擁し、母はいつまでも泣いていた。

銃弾が父の左の頬に当たって、そのまま反対側に出ていった。左右対称のいぼのように頬に二つの傷が残り、舌がもつれるようになった。もし口を閉じていたら死んでたね、と父は言った。カラシニコフの弾はすごく軽いんだがその分スピードも速くて、体内に入って骨に当たっても止まらずにあちこちに撥ねて何もかも引き裂いちまう。だから、弾が出ていく前にもし歯に当たっていたら、頭の内部そこらじゅう跳び回って脳をズタズタにして、しまいには頭の中どこも西瓜みたいにぐじゃぐじゃになっただろうよ。

僕は両親のアパートの中を回って、あらゆる物に触れた。清潔な、ストライプのテーブルクロス。

象牙色のボタンが七つ付いていてドナルド・ダックのステッカーを貼ったラジオ。ニタニタ笑っているアフリカの仮面たち。込み入った、でも慣れ親しんだ幾何学模様の絨毯は裂け目だらけで、その下に見えるはずの寄木張りはなくなっている（角に置いた錆びた鉄ストーブで燃やした）。デミタスカップ、コーヒーミル、スプーン。どれも湿っていて榴散弾の裂け目が入っている父のスーツ。黒いドアノブ。カッコー時計（壊れた）。クリスタルの花瓶、ジョゼフ・コンラッド全集（半分ストーブで燃やしてなくなった）。水がポタポタ垂れる蛇口。白黒もカラーもある写真。マカルスカのビーチで撮った僕たち三人の写真（左にいる母はスカーフを巻いて濃い色のサングラスをかけ、右の父は口から煙草を垂らし、真ん中の僕はロバの背にまたがり、憂い顔のロバは頭にソンブレロをかぶせられて戸惑っている様子）。

かつて僕が使っていた部屋には窓がなくなっていた。代わりにナイロンのシートが何枚か貼ってあって、青い、整然とした字でＵＮＨＣＲと書いてあり、風に吹かれてパタパタ揺れて膨らんだ。

母と散歩に出かけた。父はいつも誰かに見られている気がすると言ってもう仕事以外では外に出たがらなかった。母に案内されて、お隣さんのヴェラが殺された場所に行った。母と腕を組んで建物から出たとたん、ヴェラは心臓を撃たれてぐるっと右に回った。母がその爪先旋回《ピルエット》をやってみせた。ここでバッタリ倒れたのよ、ハンドバッグを摑んだまま、それから息が詰まって血を吐いたの。どうしていいかわからなかったわ、と母は言った。

街じゅう、歩道に薔薇があった。銃撃があった場所だ。ごく小さなクレーターと、何本かのまっすぐな線。線の長さはまちまちで、子供が描いた絵の陽ざしみたいだ。

フェルハディヤにはパンの行列に並んでいた人たちを虐殺した銃弾を記す薔薇があった。友人の娘アメラはここで死んだ。榴散弾の破片が後頭部に入って顔から出ていき、顔をぱっくり裂いた。父親のアディルが自ら手術して、きちんと埋葬できるよう顔を元に戻した。

「エジプト」のそばの壁に「サミルはDを愛してる」の落書き。Dとは誰か？　いまどこにいるのか？

僕はトレベヴィッチを見た。いまや平和になった山は暗く静かだ。父がその山を指差した。チェトニクの連中からはこっちが手に取るように見えたんだ、と父は言った。屋根線のすぐ上に前線がある、と父が、かろうじて見える程度の、緑の中に隠れた細い灰色の糸を指し示した。

二度と君に会えないと思ったよ、とヴェバが言った。十五キロくらい痩せていた。食い物がろくになかったんだ、米だけか、何もないか。ヴェバのアパートの部屋へ行くのに十五階までの階段を上がらないといけなかった。隣の部屋はがらんどうで真っ黒焦げで、鳩たちが巣を作ってクークー鳴いていた。ヴェバは戦争をボスニア軍の一員として過ごした。でもいまはカナダに行きたいと言っていた。

かつて狙撃兵だった男と一緒に仕事をしていた、とヴェバは言った。そいつは一個の銃弾で向こう側にいる女の子二人を殺したことでちょっと有名だった。そいつはホテル・ブリストルの屋上にいて、女の子たちは川向こうで遊んでいたんだ。

僕が生涯一度だけ事故を起こした（トラクターに追突した）交差点。街灯は消えていて、片方の街灯が撃たれてもげた腕みたいに、焼け焦げた救急車の上にぶら下がっている。

母と二人でやっと父を説き伏せ、一緒に散歩に連れ出した。隣人たちが挨拶をよこし、僕たちも挨拶を返し、時には立ち止まってお喋りもした。で、アメリカはどう？　と彼らは訊く。いいですよ、仕事はきついけど、と僕は答える。ミリャツカ川の川べり、栗の木の花咲く樹冠の下を僕たちは歩いた。川は前線だったので、木々が伐られて薪にされることもなかった。かつて僕が一人で住んでいたアパートまで一緒に歩いていった。東ボスニアからの移民が何人か住んでいた。いい人たちだけどすごく怯えてる、と僕の両親は言った。頼めばたぶん入れてくれて中も見させてくれるだろうけど、すごく怯えているだろうよ。

僕たちは通りの反対側に立って、ＵＮＨＣＲのナイロンの幕の向こうを影がひとつ、またひとつよぎった。彼らが乏しい夕食を作っている姿が目に浮かんだ。食器棚に行って皿を出し、テーブルに並べる。ナイフやフォークを出して、フォークを一本床に落とし、唾をかけて袖口で拭う。彼らが床を箒で掃き、水で洗う姿が思い浮かんだ。バスタブを洗う。流し台の汚れの膜をこそげ落とす。トイレをブラシでこする。絨毯に掃除機をかける。僕は突然、自分の人生から抜け出して自分を外から見ているのだと――ナイロンの向こうの影は僕なのだと――いう思いに襲われた。

　水の行列に並んでいる自分を想像する。僕はプラスチックの容器に囲まれて立っている。と、砲弾がどこからか音もなく飛んできて、アスファルトに当たり、僕の前にいた人があっという間に倒れる。僕の体もどこか変だと思えて、僕は下を向いてひざまずく。両の太腿がぱっくり裂けていて、血が噴き出ている。僕はばったり倒れて舗道で頭を打つが、驚いたことに痛みはまったくない。急激に霞みつつある視界の只中に、薔薇がある。まだ温かい薔薇に、僕の頭から滲《にじ》み出る血が満ちていくけれど、僕は死の瞬間をどうしても想像できなかった。消滅することがどうしても想像できず、僕の想像力はいまも薔薇にとどまっている。

モーツァルトクーゲルン

「絶対入《はい》れないよ」と言ってオーストリア人の係官は色の薄い唇をぎゅっとすぼめ、ヴィザもなしでオーストリアに入国しようとしているプロネクへの非難の念を表明した。口ひげの幅がその瞬間口の幅とぴったり一致していた。プロネクはのばした片手にボスニアのパスポートを握りしめたまま、係官の緑がかった目をじっと覗き込んだ。「ウィーンを一目見たいだけなんです。すぐ戻ってきます。長居はしません。僕はアメリカ合衆国の居留外国人《エイリアン・レジデント》なんです」

その瞬間、プロネクは自分が一個の矛盾であることを理解した。

アジア人の男が一人、靴を履いていない両足をスーツケースの上に載せ、椅子に深々と座って、さして興味もなさげに会話を見物していた。プロネクはその男を、あたかも究極の不正の最重要証人であるかのように見たが、相手は単に目をそらし、アルプス山脈が写った壁一面の広告ポスターを見た。ポスターは澄んだ水、澄んだ空気、健康によい高度、臭《くさ》い外国人の連中から遠く離れた世界を約束していた。

プロネクはエスカレーターを上がっていった。バッグには清潔なニットの靴下と、母親手作りのブレクが入っている。反時計回りに回っているドアの前で立ちどまってドアを凝視し、ここから出る企てを構想してみたが、鋼鉄の柵によってその可能性が防がれていることをじきに見てとった。

「お客様のカッツェルマッハー様、インフォメーション・デスクまでお越しください」ゆらゆらした電子の声が頭上で言った。

プロネクは上昇していった。壁沿いの青い座席で人々が心地悪そうに体をのばしている。みんないかにもボスニア人らしい平たく四角い頭の家族が見えた。一瞬でも離れたら二度と会えなくなる危険を冒すことになると信じているのだろう、一か所にみんなで固まっている。山のような巨体の、臍《へそ》がはみ出た男がいて、丸々とした腹に載った平たいブリーフケースが上がってはまた下がる。リバプールのユニフォームを着たアフリカ人の子供が、母親の膝の中に収まって周りを見ているが、瞼がじわじわ降りてきていていまにも閉じてしまいそうだ。ロシア語の新聞を読んでいる男の、茶色い靴下を履いた足が靴の上に平行に載っている。ネクタイショップがあって無数のループタイがあるが、パターンも色もごくわずかなバリエーションがあるだけで狂おしくたがいに反映しあっている。アメリカ国旗のワンピースを着て、幅広の尻にちょうど星条が来ている女性が引率するアメリカ人一行が免税店の買物袋を両手に提げ、ゲラゲラ騒々しく笑いながら歩いている。うち一人の、長身で金髪の男がレッドスキンズの帽子を落としたのに気づかず歩き去るのをプロネクは見て歓喜の疼きを感じた。ウィーン空港のこのトランジットゾーンで一生を過ごすことをプロネクは想像した。スリで生計を立て、飛行機一杯のアメリカ的楽天と意気込みが降りてくるたびにアメリカ人たちからスリまくるのだ。やがてプロネクは、箱の蓋からモーツァルトたちが横目で彼を見ている店にふらっと入っていった。どのモーツァルトも唇をきつく細い線に結んで、何か心配事があるようだった。

　プロネクはモーツァルトクーゲルンを一箱買った。誰にあげるかは思いつかなかったが。

「お客様のカッツェルマッハー様、インフォメーション・デスクにご連絡ください」

プロネクはカメラショップに近づいていった。ウィンドウに小さなモニターがあって、そこに自分がいることを認識した。上を見ると、入口の上にごく小さな、動かない黒いハチドリみたいなカメラがある。彼が自分に手を振ると、彼が自分に手を振り返した。ベールを着けた女性が二人入ってきて、ポラロイドカメラを吟味しはじめた。プロネクは店に入らないことにして、ヨハン・シュトラウス・カフェに行った。脚を組んで、出発フライトの掲示板を眺めていると、突如津波のように変化が端から端まで伝播していき、速い波の頭《かしら》に乗ってモスクワがてっぺんから真ん中あたりに運ばれ、バンコクのすぐ上で落ち着いた。重そうなトレーを三本指で掲げたウェイターがそそくさと通り過ぎ、トレーから皿を下ろしはじめた。ウェイターは皿を次々、黒いシャツのボタンを臍まで外し銀の十字架を乳首と乳首のあいだにぶら下げた男の前に置いている。最後に馬鹿でかいビールのジョッキを下ろすと、ウェイターがまだ立ち去りもしないうちに男はゴクゴク半分飲んだ。そして男は上唇から泡を拭い、プロネクの目をまっすぐ見据えた。

プロネクはミネラルウォーターを注文した。ミネラルウォーター、冷たいのを一杯。

輪になって座っている人たちがいて、水が根気よく滲み出ている大理石の塊に背を向けている。黒いつば広の帽子をかぶった男が眉間に皺を寄せて煙草を喫い、左の手のひらに灰を落としている。スエードの肱当てが付いたツイードジャケットを着て学者っぽい灰色の髭を生やした男が、表紙でグレースという名の女性が胸をさらしている『ペントハウス』をパラパラめくっている。人々のまとまりが長方形の金属探知機のひとつを通ってどっと流れ込んできて、あたかも遠くの惑星から突然ここに送られてきたみたいに見えた。彼らはプロネクが特定できない言語を話し、時おりたがいの鼻先で手をパンパン叩いた。一人の女性がカートを押し、その舳先《へさき》に小さな女の子が提督《ていとく》のように乗っていた。

「お客様のプロネク様、1番ゲートにお越しください」

プロネクは丹念に数えたオーストリアのコインをテーブルに置き、ミネラルウォーターを最後の一滴まで飲んで、ゆるゆると免税店に歩いていった。ジョニー・ウォーカー、ウィンストン、ジャック・ダニエルズ、ミルデ・ゾルテ、ジム・ビーム、キャプテン・モーガン、ロスマンズ、スミルノフ、ダビドフ、ココ・シャネル、ジャンポール・ゴルチエ、アブソルート。プロネクは店を出て、出発フライトの掲示板を見た。モスクワは一番下でじき発とうとしていて、プロネクのフライトまではまだ三時間ある。シカゴ行きに乗りたくなかった。ウィーンから大西洋まで歩いていって、そこからのろい大西洋横断汽船に乗ることをプロネクは夢想した。大洋を越えるには一か月かかる。その間ずっと海上にいて、陸も国境もどこにも見えない。やがて自由の女神が見えて、プロネクはシカゴまでのろのろ歩いていき、途中好きなところで止まり、人々と話し、はるか遠い土地の話を彼らに聞かせる。人が蜜とピクルスを食べ、誰も水に氷を入れず、鳩が食糧室に巣を作る土地の話を。

だがもちろん、ウィーン空港からは出してもらえないだろうし、月曜には仕事に戻らないといけない。

「荷物は手元から離さないでください！」と声がさえずった。

ぶらぶらとヨハン・シュトラウス・カフェに戻っていくと、銀の十字架を着けた男がもう一杯ジョッキからガブガブ飲んでいた。男の前の皿にはまったく同じ三日月形のブラートヴルスト・ソーセージが二つ平行に並び、あわせてケチャップと、胆汁の黄色をしたマスタードとが左右対称の水たまりといった按配で載っている。プロネクは激しい空腹を覚えた。席を取り、ウェイターを呼んで、ブラートヴルストを注文した。モーツァルトで一杯の棚の上の壁に、バイオリンがいくつも、羽のない蝶みたいにピンで留められている。白髪の男がテーブルのあいだを窮屈そうに動き回り、顔にも腕にも板きれみたいなものがペタペタ貼りついている。黒シャツ男の首に発展途上のおできがあることにプロネクは気づいた。燃えるように赤い球形が、襟のすぐ上から飛び出している。プロネクはヨハンとラベルの付いたウェイターを呼び、気が変わった、ブラートヴルストは要らないと伝えた。ウェイターは彼を睨みつけ、上唇をねじ曲げ、林檎の頬がもぞもぞ動き、それからコホンと軽く、吐き気ゆえのヒックに限りなく近い咳をした。そして何も言わずペンを引っぱり出し、あたりをひととおり睨んでから小さな注文メモ帳も取り出し、引っかくように線を引いてプロネクを抹消した。

「お客様のプロネク様、至急1番ゲートにお越しください」ゆらゆらした声が言い、今回は若干怒りも混じっていた。自分の名が呼ばれていることをプロネクはやっと認識し、モーツァルト球体がすでに姿を覗かせ快楽を伝えているなかモーツァルトホイルを剝くのをやめたが、己の認知の信頼性をにわかには認めず、いまの呼出しも音声幻覚の更なる一例だと片付けた。

「お客様のプロネク様、至急1番ゲートにお越しください！」

これはさすがにプロネクも否定できなかった。あたりを見回すと、誰もが期待の目で彼をじっと見ている。モーツァルトボールにかぶりつき、手荷物を取り上げ、そろそろと慎重に1番ゲートへ向かった。

　気が進まないことが、不細工で優柔不断な足どりが私たちには見えた。くしゃくしゃで染みだらけの短パンと、十年前から着ている緑色のクレープのポリエステル製シャツも私たちは見た。ひとたびゲートを抜けたら後戻りはできないことを意識しているかのように、プロネクは用心深げに金属探知機の灰色の長方形の方へ歩いていった。

　モーツァルトクーゲルンの残り半分をもぐもぐ嚙んで、ホイルを丸めて小さな玉にした。立ちどまって、合図を、あるいは観衆の喝采を、待つかのようにあたりを見回した。それから彼は私たちの方を見たが、ゲートの向こうにいる私たちは彼には見えなかった。私たちは待っていた。彼にほかに行くところなどないことを私たちは知っているのだ。だが彼はそっちへ行こうという欲求を少しも見せなかった。よたよたと二歩ばかり歩んでまた止まり、もうひとつモーツァルト球体の包みを剝がし、かぶりついて、ゲートの前にただ立ち、もぐもぐ嚙みながら私たちに向かって微笑んだ——まるで私たちがそこにいることを知っているかのように。

人生の模倣

Imitation of life

私はずっと早寝の習慣だったが、わが家でもとうとう両親がはじめてのテレビを購入した。はっきりと記憶に刻まれているのは、居間の片隅に置かれたグレーの肘掛け椅子の陰にしゃがみこんで、画面の生物から隠れようとしたことだ。その生き物は三本足で、蛇のように長い首をして、頭はこぶし状になっている。たったひとつだけの眼は怒りを湛え、恐れおののく人々や建物に破壊光線を発射するのだ。建物を一睨みで木っ端微塵に吹き飛ばしながら前進する怪物に比べれば、建物はいかにも脆そうで、マッチ箱をグロテスクにしたみたいだった。私は肘掛け椅子の陰に隠れていたが、時おり勇気を出して部屋のむこうのテレビを見た。肘掛け椅子を覆うフェイクファーが頬をこすった。そして画面上の怪物が呻り声をあげ、私は椅子の陰に追いかえされるのだった。できるかぎり小さくなろうとして、引き攣りを起こした腹を抱えて私が横たわると、カーペットのカラフルな幾何学模様がまぶたの内側ほどにも近くにあった。私が恐怖に悶えているあいだ両親が何をしていたのかはわからない。だが自分がひとりきりだった記憶がある。私と三本足の破壊者のあいだには誰も、何もなかった——肘掛け椅子をのぞいては。椅子には不細工なベニヤの肘掛けがあって、スプリングは頑固に、いつまでもギシギシ鳴っていた。画面の映画は『宇宙戦争』だったと思う。

病気になると、居間で寝ていた。テレビがあったからだ。それで『セサミストリート』や『サバイバル』を見ていた。もともとソファーだったしわだらけの私のベッドの脇には小さな椅子が置かれ、瓶やら薬箱やら錠剤やらが整列し、鼻をかんでくちゃくちゃになった紙ナプキンが山をなしていた。

母が緑色のサンシェードを降ろしてくれた。私は時たまテレビを無視し、しつこい熱にぐったりして、ただ単に射しこんでくる日の光を見ていることもあった。日光は二枚のサンシェードのすきまから身を捻じこんできて、部屋を横切り、盲人の杖みたいにいろんな物の不意をついて指し示していた。

そして光は、場違いなソ連絵画（人気のない秋の森の小道を描いた絵だった）の粗末な複製に行きあたる。まず絵の左側から始めて、茫然として立ちつくす褐色と灰色の白樺の群れを一本一本数えるかのように撫でていき、しばしの間黄土色に変えるのだった。それから模造黒檀の箪笥の上に並べられた、父がザイールで買ってきたお土産群を通っていく。ぴんと立った象牙の先端は、木製の黒い仮面（口は歪んでぱっくり開き歯を剝いている）の方を向いている。焼き物のフクロウはカーマイン、オレンジ、レモンイエローに塗られ、こちらが部屋のどこにいようがその飛び出した目で追ってくる。私が物憂げな、錯綜した夢から出たり入ったりしているうちに、光線はそそくさと、車通りの多い道を渡るみたいに反対側の壁にまで達しているのだった。頭上を見上げると、光線の中を粒子が、まるでダイバーが吐き出す泡みたいに上方へと流れていく。それから光線は、重くたわんだ書架をなぞっていき、難解な書名にも動じず、父所有のロシア語数学書の固い背を越え、ついに右端で停止する。季節次第で、背が破れた『養蜂百科事典』か、整然と並べられた、誰も読んだことがなく新品同様の『ジョゼフ・コンラッド選集』に貼りつくこともある。やがて光線はシェードの裂け目を目がけて用心深く撤退していき、じきに消えてしまう。部屋はまず緑青色、それから栗色の薄暮で埋め尽くされる。夜が訪れると、部屋の物体は動かなくなり、輪郭がぼやけ、静まり返る。私は横になったまま、闇が近づいてくるブーンという音に耳を澄ます。そして私自身のぜえぜえという息づかいもゆっくりとその中に消えていく。

忘れてはいけないものがひとつ――「ユニバーサル」モデルのラジオ。ラジオを収めるベニヤ板のケースは、ヴォリューム一杯にあげると反響して震えた。前面上部は麻のような布で覆われていて、その奥にはシャツの下の胸のように、スピーカーが二つ並ぶ円形の影が見える。前面の下部にはボタンが、アコーディオンのキーボードのように細長い列になって並んでいるが、ただしボタンは七つだけである。左端のボタンを押すと、スクリーンのむこうでライトが点灯して世界中の都市の名前が浮かびあがる。アブダビ、エディンバラ、ケルン、アンカラ、バグダッド、ワルシャワ、バルセロナ、ドレスデン、カイロ、アテネ、コペンハーゲン、モスクワ、ウラジオストク、コルドバ、ダッカ、ダカール、ジブチ、アンドラ、ハーグなどなど。右のつまみを回すと音量が調整され、左のつまみを回すとライトとスクリーンのあいだの赤い線が都市名のうしろを動いていく。種々様々な言語がパチパチ、ビービー、アーアーいう雑音や、低いブーンというようなうなりになり、また別の言語に戻っていく。私は赤い線をどこかの都市名のうしろで止め――たとえばミュンヘン――わからない言語に耳をそばだてる。話している人達を思い描いてみるが、それも頭だけで、体は想像もつかなかった。丸顔で髭面の男がモスクワでしゃべっていて、一文首尾よく言い終えるごとに唇をんぱっと鳴らすさまを思い描く。青白い顔色の、金髪の女性がモナコからさえずっている。ラゴスで怒り、歯を食いしばっている男。私は彼らが話している内容を当てようとしたりもした。ニュースを読みあげているのは声に起伏がなく沈んでいるのでわかる。祈っているのは発する音に痛みが籠っているからわかる。詩を読んでいるときは声を哀れっぽく張り上げ、大きくなったり小さくなったりするのでわかる。だが、ただ単にしゃべっているだけのときもあって、そうなると何を言っているのか皆目見当もつかないのだった。自分の人生を話しているのか？　子どものことか？　それとも自分の過去についてか？　物語を語っているのか？　だとしたら何の？　これら無意味な声には音楽のようにどこか心奪われるものがあって、その背景にある空間を、街を、建物を、部屋を思い浮かべることができた。ローマの、曲がりくねった情熱的な街路が聞きとれて、スクーターがゴロゴロ呻り、市場で人々はトマトの値段をめぐって言い争っている。ポツダムの声の、鉛色をした厳めしさが聞きとれて、四角四面で左右対称なビルとだだっ広い道の街では人々はちっぽけに、息苦しそうに見え、街角には警官がジャーマンシェパードの紐を手に立っている。カイロの声の背景でざわつく大都会の喧騒が聞きとれて、ごったがえす街で、その声がくぐり抜けていく狭い通りはやつれた人々で溢れかえり、積みあげた果物や奇妙な菓子を売っている。ドアの上に籠が吊され、中には犬が一匹入れられている。小さな犬はそわそわ落ち着かず、大きな耳が垂れていて、眼は好奇心に赤く燃えて光っている。

　ある日、じれったくなってラジオの背面からベニヤ板をねじ回しで外して中を見てみると、埃まみれの熱い真空管が私には測り知れない論理のもとに配置され、じっと動かぬその様はチェスの駒を思わせた。くしゃみを誘発する生温かい埃を吸いこみながら、私はラジオの内臓を凝視したが、どういう仕組みかはわからなかった。色付けされた腱が絡み合いながら真空管同士を繋いでいた。中で空中ブランコのような細いワイヤーがぎらぎら光っているものもあれば、中にいるひとが寝ているかのように暗い管もあった。

私の無二の友人のニックネームはヴァンパイアだった。犬歯が長くて人目に付いたせいだ。私が七歳のときに、彼の母親が死んだ。小柄な痩せた女性で、煙草を喫って噂話をする以外はほとんどなにもしない人だった。突然体が縮んでしまい、そして死んだ。「癌だ！」みんなそう言っていた。葬式が済んだあと、そのアパートに行かされた。ちょっとでいいからお悔やみを言ってきなさい、と言われたのだ。入ってみると、箱状の部屋の中で黒い服を着た大人たちが大勢しくしく泣いていた。誰かが私の手に、生温い、色鮮やかに燃え立つようなオレンジと赤の液体が入ったコップを押しつけてきた。大人たちがくゆらせている煙草はどれもフィルターまで焦げ、挟んでいる指には火ぶくれができそうだった。大人たちからは不眠と不幸と、気の抜けたぬるいビールの匂いがした。男たちは不精髭を生やし、黒い袖を前腕の半ばまで気だるげにまくりあげている。女たちが土色の顔のまわりに巻いている黒いスカーフは汗ばんでいた。そのスカーフの角で自分の口元の涙や汗の粒を拭いていたのだ。彼女たちはちょこまかと走り回り、ぬかるみに踏み込んで動けなくなるのを怖れているかのようにしぶしぶ入ってきた客たちをこまめにもてなしていた。壁にかかった時計の振り子は不動で、時計は十二時二分を指し、針は麻痺してしまって、秒針は五と十のあいだで停止していた。居合わせた会葬者が私に言うには、時計が指しているのは母親が死んだまさにその時刻で、家族が生きているうちは二度と動かさないということだった。私は気まずい思いで、脇の下を火照らせながらそこに座って、しばらくのあいだ大人たちが故人の人生を陰気にふり返るのを聞いていた。彼女のつくるポテトスープが絶品だったこと。死んだ月曜日に天気予報を聞きたがり、予報によればその週は好天に恵まれる予定だったこと。路面電車の中で眠ってしまい、何時間も街を回って、しまいにどこに着いたのかわからずに全然別の停車場で降りたこと。それから私は濁った飲み物を飲み干すと、おずおずとみんなに「さよなら」と言って立ち去った。私の挨拶を気にとめた人間はいなかったが、唯一、鶏の腿肉を山盛りにした皿を運んでいた若い女性だけは、通り過ぎざま私の赤いほっぺたを油でべとべとする指でつねった。

公園の真ん中にあった遊び場は四角くて、周囲を藪で囲われていた。その真ん中に、四角の中に四角があるという按配で砂場があった。滑り台とメリーゴーランドが一台ずつあって、ブランコにシーソーも二つ三つあり、端にはベンチが六脚あった。どれも錆びついてみすぼらしく、山々みたいにばらばらに配置されていた。遊び場は目の細かい砂利が敷きつめてあったが、もう薄くなってしまっていて、黒い土の地面のそこかしこにガラスの欠片がのぞき、仄かにきらめいて、まるで遠くの窓に明かりが灯っているみたいだった。砂場には目の細かい浜辺の砂を入れてあったが、あらかたなくなってしまい、ほかの場所と同じく砂利と黒い土で一杯になっていた。ヴァンパイアと私は、追いかけっこをしたり、サッカーをしたり、単に喧嘩したりして駆けまわっていた。私たちの周りには塵が靄みたいにたちこめ、汗ばんだ肌や舌に貼りついた。喉が乾燥してひりつくと、通りをよくするため、ゲーッと耳障りな音をたてて痰を吐きだすのだ。痰は地面に当たると、ゼラチンのビー玉のように土の上を転がっていく。しばらくすると疲れ切ったかのように止まり、土埃に覆われたまま乾いてなくなってしまう。私たちは時にシーソーや滑り台、ブランコを無視して、公園の隅にあった大きなライムの木に登ってみることもあった。てっぺんまでよじ登るとほかの子たちを眺めた——まるでむこうは海底にいて、こちらはボートの上で釣りをしているかのように。

その映画館はアリーナと呼ばれていて、私はその言葉の意味を知らなかった。建てられたばかりだったので、清潔で、どの色もくっきりしていた。あるいはただ単に私がはっきり記憶しているというだけで、近頃は鮮明な色などひとつもないのかもしれない。いずれにしても映画館のドアの萌黄色が、その把手と鍵の苺色が、その奥に広がるひんやりと魅惑的な、薄暗い闇が息づくさまがありありと目に浮かんでくる。ドア左側に設置してあったディスプレイ・ケースには、上映中の映画のポスターが貼られていたが、だいたいがかなり古いものだった。少し頑張れば、『人生の模倣《イミテーション・オブ・ライフ》』［一九五九年のアメリカ映画。日本では『悲しみは空の彼方』の題で公開された］のポスターを思い出すことができる。映画のあらすじも書いてあった。「若い女優（ラナ・ターナー）が若い写真家（ジョン・ギャヴィン）と出会うが、相手を生涯愛することになるとは知る由もない。しかし彼女が愛よりも仕事を選ぶとき、ああ、自分が生涯最大の過ちを犯していることもまた知る由もない云々」。あらすじのわきには、レタッチされた、鬱陶しいほど華麗なカラーのスチール写真があった。ラナ・ターナーは浜辺にいて、瞳は空色、髪は金色で、歯は真白で、肌は乙女のピンク色をしている。背後には群衆が描かれ、おめでたい金髪のアメリカ人が何千人といて、誰も見分けがつかない。ラナ・ターナーはジョン・ギャヴィンと見つめ合い、ギャヴィンは彼女の肩を抱いていて、すべすべした新緑の野に沈みこんでいく彼女を持ち上げて助けようとしているみたいに見える。

ライムの木のてっぺんに登った私たちは、自分らが地上から隔絶され、誰からも見えない事態を満喫した。女の子たちがブランコに乗り、ベンチの老人が新聞を読んでいる最中に寝こけてしまったのが見える。時折よだれが一筋、顎を伝って滴り落ち、老人はうっと呻いて目を覚ますと、少々パニックになってあたりを見回し、見ていた夢にまごついているか、寝ているあいだに何もかもが消えたのではと恐れているかのようだった。

犬が一匹、とっとと公園に入ってきて、砂場のわきで足を止めた。ブランコを漕いでいる女の子たちを見て、それから老人を見た。私たちは急いで木から降りると、犬めがけて駆けていった。犬はあわてて逃げだして少し離れると、立ちどまってこちらを見た。垂れた舌はどどめ色で、死んだリスみたいだった。体全体、工場現場みたいな骨組みに、灰褐色の敷物をかけたように見えた。後ろ足の腿にはベルトか鎖で打たれたような、すじ状の瘢痕があった。首と尻まわりの皮にはベージュの斑点があり、尾は断ち切られていた。だが犬はこちらをじっと見つめたままどこにも行かず、私たちが向かって行くたびに視線を定めなおしていた。

その夏、私は西向きのバルコニーに座っていた。カエデの木のてっぺんから延びた枝先が揺れて、公園で遊んでいる子供たちの姿をなかば隠していた。私からは声が聞こえて、走る姿が枝のあいだから断続的に見えるだけだった。子供たちはひどい、胸がむかつくような言葉を使い、私は盗み聞きするのが後ろめたくても、やめられなかった。下のバルコニーから煙草の煙の雲がか細く、ため息のように立ちのぼり、花咲きほこるライムの木やぬくもったコンクリート、子供が巻きあげる公園の土埃の匂いと混じり合った。私はそこに座って、万物が息づく様を眺め、ごちゃまぜの雑音に耳を傾けていた。年季の入ったサンダルを履き、麦わら帽をかぶった老人が、ふらふら危なっかしく通りを横断するのを私はたびたび目にした。両腕を振り回し、肩を上下させ（止まらないしゃっくりの発作に襲われたみたいだ）、頭を前後にがくがく引き攣らせて、一歩前に踏みだしたかと思えば一歩後ろに下がるといった具合なのだ。そんなわけだから、私の側の四つ角から自分の建物の入口まで相当な時間を要した。私は老人の顔を見ていた。幾度となく繰り返す痙攣に、お手上げだという苦笑いを浮かべていた。まるで常時痛みの不意打ちを喰らっているみたいなもので、どうしようもない。いつも倒れるか倒れないかの瀬戸際にいたのだ。私は老人がびっこを引きながら長旅の末に帰りつく様子を見て、なぜあれが老人の身に起こり自分の身には起こらないのか考えていた。何年もあと、老人が高齢者を襲うある病にかかっていたことを知ったが、本人はとっくの昔に亡くなっていて、残していったものといえばいくら頭が揺れようとも麦わら帽子は決して落とさなかったという記憶だけだった。老人の妻はたまに、黒いプードルを散歩させているのを見かけるだけだった。肥満の、くたびれた女性で、プードルはだらりとした紐で繋がれていることも知らぬげに時折立ちどまると、何度か喉をヒクヒクさせてはぬるぬる茶色がかった塊を吐き出した。

学校の生徒全員で映画館に行くことになり、歩道で信号をじれったく待っていると、長い黒髪をポニーテールにした、みんなよりずっと年上の痩せた女の子が走って通りを横断しようとして、キーッという耳をつんざく音のあとに、ピカピカの赤いフォルクスワーゲンに撥ねられた。女の子はゴムまりのように宙に舞い、私たちが仰天して目をしばたたかせるあいだ空中に静止し、ドスンと音をたてて墜落した。一瞬の沈黙があって、ネイビーブルーの上着を着た少年がギャアギャア悲鳴を上げはじめた。私たちはそそくさと連れ去られ、少し間をおいてから二人ずつペアを組まされ、震える手をつないで、教師に歌うよう命じられた歌を歌いながら歩いていった。「恐れを知らぬ人民の息子、同志チトーといっしょなら、地獄でさえわれらの足を止められはせぬ……」映画館で『白雪姫と七人の小人』を観た。そのあいだずっと、あの少年が泣いているのが聞こえていた。

帰り道、横断歩道では万事平常通りになって、少女も車も消えていた。ただ歩道のそばには、埃の塊やオイルの黒い油だまりのあいだに、真っ青なスニーカーが片方、底を上にして落ちていて、踵にはピンクっぽい色のチューインガムがへばりついていた。学校からの帰り道、雨が降っていた。スニーカーはまだそこにあり、オイルだまりから虹色の流れが一筋、それを迂回するように流れていた。

　こうしてヴァンパイアと私は各自うちまで走って帰り、必要な食物を取ってきた。ゆで卵、鶏の頭、牛乳一瓶、そしてヴァンパイアの母親がポテトスープをつくるのに使っていた（とヴァンパイアが言った）くたびれたホーロー鍋一個。私たちは犬が牛乳をピチャピチャ飲むのを見ていた。時折犬は物憂げな目をあげて、まるで私たちが誰だか見きわめようとするかのようにこちらを見た。だがそうできたためしはなく、またミルク鍋に戻っていくのだった。ヴァンパイアは犬にチトーという名前を付けたがったが、そんなことをしたら逮捕されかねないと恐れた私は、本で読んでこの人みたいになりたいと思ったスパイにちなんでゾルゲと名づけた。

　私は時折、退屈した係員がよそ見をしている隙に映画館に忍びこんだ。あるいは大人に頼んでその人の子供ということにしてもらい、入場料を払わずに入れてもらうこともあった。私は最前列で見ず知らずの他人の隣に、闇につつまれて安堵しつつ、頭を後ろに倒して座っていた。上映前には笑顔の女性がスクリーンに映し出される。きらきら輝く瞳にビーハイブ・ヘアーをしたいつも同じ人がこちらを見て指をさし、煙草を吸わないでと頼むので、私たちはそれを固く守った。スクリーンはだだっ広く凹面状で、まるでこちらを包んでしまおうと待ち構えているみたいだった。クロースアップは馬鹿でかかった。自分がクリント・イーストウッドの口内に、葉巻みたいにすっぽり収まってしまうと気がついて怖くなったこともある。映像の肌理《きめ》とスクリーンの肌理が重なり合っているのがわかった。頭上では、太い、いちおう円錐形をした光線の内部に、引き延ばされた埃の渦が漂っていた。スプレーされたばかりの干し草の香りのエアフレッシュナーが、外から持ちこまれた汗、安物のアフターシェーブローション、香水の香りを駆逐しようと奮闘していた。映画館の凍える闇が私の肌をなでていき、世界と自分との境界を強く意識させた。あまりの寒さに震えることもあったが、出ていくのは不可能だった。座っている私は、パンツに漏らしそうなほど凍え、太ももがシートの表面に貼りついていた。クレジットの最後の最後まで座席に座ったまま、自分には発音できない名前をいちいち恭《うやうや》しく読みながら、この人たちは誰なのかと考えた。なんでこんな名前が大事なんだろうか？　この人たちは何の仕事をしてるんだろうか？　どこにいるのか？　この人たちは生きているんだろうか？

　ライムの木に育ったヤドリギの実はおいしいだけでなく、食べれば不死になり、人知を超えた力を授かるとヴァンパイアは主張し、私はまんまと丸めこまれてしまった。実を数個食べた私が吐き気に襲われむかついていると、悪だくみを思いついたヴァンパイアはうちの戸口にまで駆けていってベルを鳴らし、自分がそそのかしたとは言わずに、私のしでかしたことを父に告げた。家に帰ってみると、父に至極真面目な調子で、ヤドリギの実には猛毒があるから、今日中に死ぬ覚悟をしたほうがいいと言われた。どうしたらいい？——私は父を信じていた。土曜日に映画『ネレトバの戦い』を見に行く約束になっていたので、私は末期の涙を流してむせび泣いた。私は父に、最期の時間をいっしょに過ごしてくれと頼んだ。父はベッドに横になり、私はシェードを降ろして、父が観ていたテレビのクイズ番組を消した。父の横に寝て、広い胸板に頭をのせると、時計のようによく響く心音が聞こえてきた。父のピトラロンのアフターシェーブローションの香りを吸いこんで、忍耐強く闇を見つめながら死を待った。アパートの誰かの部屋から、興奮したラジオの声が聞こえてきた。歓喜にいなないている——誰かが、どこかで、待ちに待ったゴールを決めたのだ。

通りの向かいのビルの一階に、エミリヤという名の老婆が住んでいた。老婆の顔面は頭蓋骨に沿って下に引っぱられて氷河のような様相を呈し、しわがしわを呼び、細い、折れそうな両腕からは皮膚がパン生地のように垂れ下がっていた。若い頃は美人だったに違いないと思った。エミリヤはいつも、かつては白かった手袋をつけ、色もなくなったスカーフをターバンのように頭に巻いていた。しかしそんななりをしていたのも、隣人たちがどうやってだか、壁越しに土埃を吹き込んで自分を打ちのめし窒息させようとしていると思いこんでいたからだった。老婆の家の窓のブラインドは四季を通じて閉ざされ、夜になるとかすかな照明を唯一の光源にしてブラインドに薄っぺらい影が映し出されるのが見えた。影が操り人形のような細長い腕を振り上げ、網戸を入れた窓の向こうの何かだか誰かだかを指さし、一本指を振るのが見えた。時折老婆は、窓をがばと開けると、耳をつんざく憔悴し切った声で叫びだしもした。「私を出ていかせたいんだろうけど、そうはいかないよ！　絶対に出ていかないから！　地獄に堕ちろ！　私を窒息させたいんだね！　冗談じゃない！　私は死なないよ！　あんたらを困らせるためにも死んでたまるか！　地獄に堕ちろ！」一度、真夜中に老婆はわめきちらしながら牛乳の入った瓶を投げ捨てたことがあった。「毒だよ！　毒！」瓶は歩道で割れて、牛乳の水溜りができた。地図の上の海みたいに歪《いびつ》なかたちをして、街灯を照り返してきらめいていた。

　私たちはゾルゲに、しっかりした段ボールで家を作ってやった。段ボールの床にはふかふかのタオルを敷き、刺繍いりの枕（これはヴァンパイアが、父親が酒を飲みに出ている隙に自宅から盗んできた）まで入れてやった。ゾルゲは私たちがどこへ行くにもついてくるようになった。私たちが『黒いジャガー』や『エージェントX』の冒険に盛り上がっているあいだ、ゾルゲは映画館の出口の前に座っていた。私たちが公園のブランコで振り子運動に興じているあいだ、ゾルゲはベンチの下でうたた寝をしていた。うちに帰る時間になると、ゾルゲを置いて逃げようと思ったら骨や卵をやって気をそらさなくてはならなかった。ゾルゲは不潔で臭く、体には蚤のコロニーが繁殖していた。そこである日、にわか雨がゾルゲの体を洗ったあとで、私は母の財布から金をくすねて害虫スプレーを買ってきた。缶に描かれたゴキブリは、害虫スプレー缶の絵から広がる三角形の影の下で言語を絶した恐怖に身悶えしていた。それで、私たちはゾルゲにスプレーした。ヴァンパイアはハグしているみたいにゾルゲの首元をつかまえていた。ゾルゲは毛づくろいしてもらっている馬のように後足を軽く踏みならしながら、おとなしく立っていた。私はゾルゲの身体全体に、特に斑点の部分をスプレーした。ヴァンパイアが放してやると、ゾルゲは神妙に自分の顔をなめ、ぶらぶらと歩いていき、すべり台の下に横たわった。

　それから禁煙の女性が同じ毅然とした笑みを浮かべて再登場し、私は人波に流され映画館を出て、焼けつくような日の中へと滴っていく。そのたびに目が眩んだ。眼を閉じると、まぶたの内側を星のような斑点が滑っていった。なにもかもがものすごく喧しかった。車のクラクション、道行く車が立てる怒気を孕んだ響き、サッカーで遊ぶ子供たちのワイワイガヤガヤ、そこらじゅうにあるつけっぱなしのラジオ。眼を開けると世界が戻ってくる。ごつごつとして、有形で、灰色で、不協和で、スクリーンと闇の恍惚とさせられる静寂にはほど遠い。今見た映画を見ていなければよかったのに——そうしたらもう一度見て、もう一度忘れがたい感動の洪水に浸れるのに。でも、そんなことはできないとすぐに悟る。映画の中と同じで、時間はいつも前にしか進んでいかないのだ。過去に戻って、貴重な瞬間を失うのを防ぐことはできない。そう思うと、痛みをともなった哀しみの温かな波が全身に広がっていき、やがて目も潤み、視界も滲むのだった。

　作ってやった家の中で、ゾルゲは固くなっていた。横向きに寝ころんだまま、四肢は伸びて硬直している。下顎はこわばっておぞましく歯を剝き出している。歯茎から血の気が失せ、眼は恐怖と驚愕に見開かれ、光を失っている。私たちは木の棒でゾルゲを押して起こそうとしたが、棒はすぐに折れてしまった。滑り台の陰に浅い穴を掘って、そこに埋めた。墓の場所を忘れないようにポテトスープ用の鍋を上に置いておいたが、次の日には鍋はどこにも見当たらなかった。

目覚めると父はいなかった。私は自分が死んだと思った。自分がまだ同じ人間のままなのか、別人になったのかわからなかった。だから動かないでいた。心臓の拍動を感じられないか、心音が聞こえないか耳を澄ませてみたが、まったくの無音だった。光線は律儀に、サンシェードの目立たない穴から入ってきていた。せわしない塵の微片が空中浮遊しているのが見えた。誰かが声を張りあげるのが聞こえた。「お前なんかくたばっちまえ！」そして遠くでドアがバタンと閉まった。ラジオはまだついていたが、上気した声はもうなく、ただただ甲高い声で、内容も無茶苦茶だった。暗くてひんやりとしていた。私はお腹がすき、おしっこがしたかった。壁にかかった時計を見ると、おぼろげに光っていたが、針の動きは見えなかった。半信半疑のまま起きあがってドアを開けると、光の奔流につつまれた。そのただ中で父はクイズ番組をぼんやり見ていた。「お帰り！」——そう父は言った。

一年生をまずまずの成績で終えて、ご褒美に腕時計を買ってもらった。丸い文字盤に、大きくて細長い数字が円状に配置され、凸面状のガラスがかぶせてあった。秒針は小刻みに動き、いくら目を凝らしてもほかの針が動くところはわからなかった。私は時計をしょっちゅう眺めては、縫い針みたいな秒針が不易の忍耐で無機質な数字の上を駆ける様子に魅了された。脈をとりながら時計を見ると、二者が刻むリズムが着実に同期していて私の気持ちを落ち着かせてくれるのだった。夜寝る前に毎晩時計のネジを巻かないといけなかった。寝ているあいだに止まらないようにしなさいと言われていたのだ。

ある晩、落ち着かない夢をいくつも見た。起きると、窓のむこうにナチの旗が二本見えた。赤地に眼のような白い円と、スワスチカの瞳が、駅舎にひるがえっていた。敵は決して眠らないと教えられていたので、何もかも元に戻ってしまったのだと私は思った。私は駅まで走っていった。途中、貧弱な青ネギやころころしたピーマンが詰まった袋を両手に持っている女性にぶつかったが、女性は旗のことなんかこれっぽっちも気にしていないようだ。駅は一面ドイツの負傷兵だらけだった。ドイツ兵は線路に横たわり、頭や腕や脚に巻いた包帯にはあちこちに深紅の血の染みがあった。立って煙草を喫い、笑っている者もいた。腹ばいに横たわった、胸元に大きな血の跡がある兵士がひとり、担架から飛びあがると嬌声をあげながら貨物車両に座った兵士の一団の方に走っていき、赤十字が描かれた車体からは、兵士たちのブーツを履いた足が楽し気に垂れていた。泰然とした一般市民たちが作る脚の森を肘でかきわけ、私は最前列までたどり着いた。ドイツの将校が二人、駅舎の通路を歩いていき、ドアを開けて中に入っていった。その頭上では、粗末な服を着た男や女が、太いロープで吊されてぐるぐる回っていた。ひとりは私にむけてほほえむと、一回転して、ウィンクをし、さらにもう一度回転を経ると、またほほえみながら肩をすくめた。さっきのドイツ軍将校二人がふたたび廊下を決然とした様子で歩いてきて、首元から下げた黒鉄色のマシンガンを固く握りしめていた。二人はドアを開けて中に入った。それから出てくると、廊下の端まで戻り、踵をかえすと、一瞬待ってから、また決然と戻ってきた。口を固く閉ざし、軍服は折り目正しく、黒光りするブーツは塵や小石を跳ね飛ばす。二人はドアを開けて中に入った。その瞬間、カメラが私の目に入った――カメラは群衆の眼前を横切り、狭くて細いレールの上を私の方に向かってきた。将校がドアを開けるとカメラは停止し、レールの端まで戻って将校を待った。群衆はポケットに手を入れ、その場に立ちつくして静まりかえってぴくりともせず、ただ眼の群れが催眠術にかかったように将校を追いかけていくだけだ。それから二人の将校は廊下を歩くのをやめ、ほっとして煙草に火を点け、ドアのすぐそばで腰を下ろした。群衆は散り散りになり、カメラは三脚から外されてどこかに運ばれていってしまう。頭上に吊されていた男はロープから降ろされると、まず左に、次に右に頭をひねってから、空へ昇っていく飛行機を模倣するように腕をぴんと伸ばし、やがて群衆の中に消えてしまった。

訳者あとがき（1）

柴田元幸

アレクサンダル・ヘモンという名前に初めて出会ったのは、スチュアート・ダイベックが送ってくれた、スチュアートがゲストエディターを務めた文芸誌『プラウシェアーズ』（*Ploughshares*）一九九八年春号の中においてである。正確にはそのときは「アレクサンダル・ヘモン」（Aleksandar Hemon）ではなく「A・ヘモン」（A. Hemon）だった。

「A・ヘモンの短篇はそれ自体驚くべきだが」とダイベックさんは雑誌に添えてくれた手紙に書いている。「これを書いたとき彼がまだ英語を学習中だった（そしてシカゴで自転車メッセンジャーをして食べていた——現在はロヨラ大学の博士課程に在籍している）ことを思うともっと驚くべきものに思える」

というわけで雑誌に収められていた短篇“Islands”を読んでみたら、本当に驚いた。少年時代の出来事をふり返っている体裁で書かれ、語り手の感性は明らかに少年のそれに戻っているのに、その少年としての内面はほとんど語られず、少年が見聞きしたことがただ述べられる。淡々と、というべきなのかもしれないが、淡々という言葉ではどう考えても済まない濃密さがそこにはある。こういう語り方の少年小説もあるのか、と感じ入った。

　ダイベックによる編者序文にはこうあった。「A・ヘモンによる『島』は、彼が英語で書いたもっとも初期の作品のひとつである。ヘモン氏はボスニア人であり、一九九二年にアメリカを旅行中、ボスニアでの戦争により帰国の道を絶たれてアメリカに移住した。『島』を書いたのは一九九五年の春、もはや母語で小説を書くこともできず英語でもまだ書けなかった三年間を耐えた末のことだった」

「島」はすぐにでも翻訳したかったが、あいにく当時はこの長さの短篇を好きに訳せる立場にはなく、そうこうするうちにほかの方の翻訳も出て（正来紀子訳「島々」、『アメリカ短編小説傑作選2001』DHC、二〇〇一）、もはや自分の出る幕はなくなったわけだが、あまりにも好きだったので、ゲストエディターを務めた『飛ぶ教室』8号（二〇〇七年冬）の特集部分を単行本化する際に、ボーナス・トラックとしてちゃっかり入れさせてもらった（『昨日のように遠い日　少女少年小説選』文藝春秋、二〇〇九）。

　むろん「島」のみならずこの『ブルーノの問題』という短篇集全体を訳したいとも思い、その中の小品「アコーディオン」を自分でやっている雑誌で訳したりもしたが（『Monkey Business』四号）、これまたそうこうするうちに、『ブルーノの問題』の次に出たヘモン第二作『ノーホエア・マン』を岩本正恵さんが翻訳して白水社から刊行した。そして岩本さんは「いずれ『ブルーノ』も訳したい」と言っていたので、ならばここは彼女に任せよう、と思ったのだが、残念なことに岩本さんは、ヘモンの二〇〇九年刊連作短篇集『愛と障害』は訳したものの、『ブルーノ』には手をつけることなく二〇一四年に亡くなってしまった。

　が、その後ヘモン初のノンフィクション『私の人生の本』（二〇一三）を訳した秋草俊一郎さんが、『ブルーノの問題』のような名短篇集が訳されずにいるのは惜しい！　と考え、すでに二本を訳している僕を誘ってくれて、かつ書肆侃侃房の田島安江さんが乗ってくださり、今回の刊行に至ったという次第である。原書が刊行されてから二十数年が経過し、サラエヴォ包囲自体は過去の出来事になったかもしれないが、むろん優れた小説はこの程度の時間で古びるものではないし、そもそもユーゴスラヴィアの惨事と消滅そのものは過去の話であっても、同じような事態が日々世界で生じていることは言を俟《ま》たない。

　今回「コイン」と「ブラインド・ヨゼフ・プロネク&死せる魂たち」を新たに訳してみて、初読のとき以上に強い感銘を受けた。特にこの短篇集の中で最長の力作「プロネク」は、骨を切らせて骨を切るといった観のある、自虐的でも他虐的でもある痛いユーモアが何とも強烈で、本当にこの人ならではだと思った。先に引いた手紙でスチュアート・ダイベックは、「ひょっとすると彼は第二のナボコフかもしれないが、実のところむしろ『異郷』のイェルジ・コジンスキーを思わせる」と続けている。たしかに世界の狂気を静かに熱く語るところはよく似ていて、なるほどと納得させられる（まあヘモンの主人公たちはコジンスキーの主人公ほど世界の狂気に染まっていないかもしれないが）。加えて、状況の馬鹿馬鹿しさに自虐他虐ユーモアで対峙するあたりは、やはり英語が母語でなかったポーランド出身の作家ジョゼフ・コンラッドに通じるものがあるように思う。

ヘモンはその後も——これについては秋草さんの解説に委ねるが——最新作 *The World and All That It Holds* に至るまで充実した作品をコンスタントに発表しつづけ、異例のバックグラウンドが話題の新進作家だったのはもうとうに昔の話で、いまや現代アメリカ文学を代表する作家の一人となっている（ちなみに最新作では、本書でも二度出てくる、アコーディオンを持った先祖がいま一度登場し、歴史を大きく左右する！）。だがこのデビュー作は、一篇ごとに独自の声と仕掛けがあり、八篇八様の作品世界が拓けているとともに、歴史の重さを一貫して伝えていて、いまなお独特の熱量を発しつづけている。多くの方に触れていただけますように。

訳者あとがき（2）

秋草俊一郎

一

本書は Aleksandar Hemon, *The Question of Bruno* (Nan A. Talese, 2000) の翻訳である。

著者のアレクサンダル・ヘモンは一九六四年に、ユーゴスラヴィア社会主義連邦共和国のボスニア・ヘルツェゴヴィナ社会主義共和国の首都サラエヴォで生まれた。大学卒業後、ラジオや雑誌のライターや編集などの仕事を経験したのち、九二年にアメリカ合衆国広報文化交流局主催の文化交流プログラムで渡米。しかし滞在中にサラエヴォはセルビア人勢力によって包囲されてしまった。

ヘモンは滞在先のシカゴに残ることを決断し、職を転々としながら英語で作品を書くようになる。九〇年代後半には作品が文芸誌に掲載されるようになる。二〇〇〇年に刊行された本書はヘモンの第一短篇集にして最初の著書になった。二〇〇二年には初の長篇『ノーホエア・マン』が刊行され、高い評価を得る。二〇〇八年に刊行された長篇第二作『ラザルス計画』（未訳）は全米図書賞ほか数々の文学賞の候補になった。

現在はプリンストン大学でクリエイティブ・ライティングを教えながら、精力的に執筆活動をつづけている。近年は小説に限らず、さまざまなジャンルへの進出がめだっている。二〇一三年に刊行した『私の人生の本』は自分の半生を振り返った自伝である。また映画やドラマ・シリーズの脚本も手がけ、二〇二一年に公開された映画『マトリックス　レザレクションズ』の脚本をデイヴィッド・ミッチェル、ラナ・ウォシャウスキーと共同で務めもした。また Cielo Hemon の名で音楽活動をし、楽曲を発表している。

以下に既刊の訳書をあげておく。

『ノーホエア・マン』岩本正恵訳、白水社、二〇〇四年。
『愛と障害』岩本正恵訳、白水社、二〇一三年。
『私の人生の本』秋草訳、松籟社、二〇二一年。

より詳しい邦訳リストは『私の人生の本』の「訳者あとがき」（松籟社 Note で全文公開されている https://note.com/shoraisha/n/n0a55f8b9008c）も参照してほしい。

二

本短篇集の内容について少し触れておく。本書は八本の、それぞれが別々の媒体に発表された短篇からなる。当然、設定も異なるはずだが、作中人物の置かれた境遇やディテールはヘモンそのひとを思わせることが多い。

「ブラインド・ヨゼフ・プロネク&死せる魂たち」では、主人公のプロネクは、ヘモンと同じく文化交流プログラムで渡米し、内戦によって帰国への道が閉ざされた人物のようだし、「島」や「ゾルゲ諜報団」、「心地よい言葉のやりとり」、「人生の模倣」で描かれている社会主義ユーゴスラヴィアでの少年時代、青春時代はヘモン自身の経験した少年時代、青春時代を踏まえたものになっている。とりわけ、ヘモン家自体のルーツに触れた「心地よい言葉のやりとり」で描かれる家族史の内容（父親がウクライナ系、母親がセルビア系）はほとんど作家ヘモンその人のものと同じである。ただもちろん小説の内容は事実そのものではなく、それはそれぞれの短篇で語られている内容が重なり合いながらも少しずつずらされていることからも明らかだろう（ということはそれぞれの短篇は、やはり独立したものとして読むのがとりあえずは正しいのだろう）。

またそれは作中人物の設定だけでなく、背景となる歴史に対しても同じことが言える。第一次世界大戦のきっかけになったいわゆる「サラエヴォ事件」を暗殺される側であるフランツ・フェルディナントの視点から描いている「アコーディオン」の内容が「無責任な想像と恥知らずな憶測」と語り手によって述べられているように、書かれている内容は必ずしも事実そのものではなく、作家の想像力によって脚色されている。「ゾルゲ諜報団」も、脚註の中で展開するゾルゲの生涯は大筋としては事実を踏まえながらも、時に大胆に脚色されている。一例をあげておくと、作中ではゾルゲが日本にやってきた際の交通手段が飛行機とされているが、実際は船である（ただもちろん現実を踏まえているものもあり、たとえば「ブラインド・ヨゼフ・プロネク&死せる魂たち」で登場する「薔薇」は、町のそこかしこに残る銃撃や砲撃の弾痕を、花のように赤くペイントすることで犠牲者を追悼する「サラエヴォの薔薇」を指している）。

本書はヘモンの最初の本だが、『ノーホエア・マン』や『ラザルス計画』ほか、のちの傑作の萌芽というか構成要素的なものはほぼ出そろっていると言ってよいと思う。それはすでに述べたような虚実皮膜の境の行き来や、歴史的事件の引用、狭間を生きるものとしてのスパイ、見ることと見られること（あるいは語ることと語られること）、人間の生殺与奪の権を握っている得体の知れない力といったテーマだ。そういった意味では本書はヘモンを読むうえで最初の本としても好適であるし、ほかの本を経由した読者にも楽しみが大きいものだと言えるだろう。

なお本書については都甲幸治氏による紹介が『生き延びるための世界文学――21世紀の24冊』（新潮社）に収録されていることを付言しておく（「共産主義の問題――アレクサンダル・ヘモン『ブルーノの問題』」）。

三

ヘモンは移住先のアメリカで、母語ではない英語で創作をするスラヴ系作家ということもあり、初期より亡命二言語作家のウラジーミル・ナボコフと比較されることがしばしばあった。それは作家のプロフィールだけでなく、作風もしかりで、たとえば「ゾルゲ諜報団」に見られるような過剰な註釈などはいかにもナボコフの『青白い炎』のような作品の連想を誘う。ただしナボコフは幼少時から家庭教師によって英語を教わり、もともと高いレベルで習得していたのに対し、ヘモンは英語はあとからかなり意識的に身に着けたという点では異なっている。

ナボコフとヘモンの関係については、ヘモン自身が「『ロリータ』の言語を習得すること」という文章を書いている（ジェニー・ミントン・キグリー編『ロリータの死後の生――二十世紀最大の不朽の名作にしてもっともショッキングな小説の美とリスクとそれに向きあうことについて』［二〇二一、未訳］所収）。

ナボコフは社会主義ユーゴスラヴィアでは長らく禁書に近いあつかいを受けていたが、社会主義体制のゆらぎとともに作品集の翻訳も出版されるようになり、ヘモンのお気に入りの作家のひとりになった。渡米後、英語作家になると決意したヘモンは、創作のための言語を獲得する必要から、名作を英語で片っ端から読み、読み直していった。その初めの一冊に、ナボコフの『ロリータ』もふくまれていた。ヘモンは読みながらわからない単語には線を引き、あとで辞書で調べることにしていたのだが、『ロリータ』の場合、わからない言葉の数が多すぎたためインデックスカードに書き出し、図書館に行って半日がかりで単語の意味を調べなければならなかったという。ヘモンの作品に頻出するブッキッシュな語彙はこうして獲得されたものだった。

しかし、ヘモンがナボコフとのあいだに感じる親近感は語彙という面からくるものではなく、故郷を喪失した作家が共通して抱える「埋め合わせてくれるものは言語だけ」という感覚だという。この感覚があるからこそ、ナボコフは自分が持つ一切合切（記憶やら喪失やら）を英語に持ち込んで、それを作りかえなければならなかった。ゆえにナボコフの小説はどれも「多言語」的であり、ヘモンにとって『ロリータ』が教えてくれるものとは、「英語という野獣とやりあう術ではなく、どこにいようが、故郷には決していないのだという止むことのない感覚を埋め合わせるまでそれを作りかえてもいい」ということなのだ。そして、その新たに作りなおされた言語の中で故郷喪失者は生きることができる。

ヘモンの作品もまた多言語的であり、一九〇八年にシカゴで警官によって無実の罪で殺害された実在のロシア系ユダヤ人移民ラザルス・アヴェルバッハの生涯を再構成しようという移民作家の試みを描いた『ラザルス計画』がそうであるし、今年発表された新作長篇『世界とそれがかかえるすべて』（未訳）は、セファルデム（イベリア半島系ユダヤ人）であるボスニア人の主人公のピントが、イスラム教徒であるオスマンと、ともに徴兵された第一次世界大戦の前線で愛し合うようになるという筋書きだが、より直接的に、小説全体にボスニア語やドイツ語、ラディノ語など複数の言語が混在したまま提示されている。こういったヘモンの作風の変化に、ナボコフが渡米後、『ロリータ』から『青白い炎』をへて『アーダ』へと、異言語混交《ヘテログロッシア》的傾向を強めていったのとを重ねることができるかもしれない。

四

本書の訳出にあたって、旧ユーゴスラヴィア現地語や固有名詞については奥彩子さんのご教示をえた。記して感謝する。

本書の翻訳の経緯については「訳者あとがき（1）」で柴田元幸先生が説明されているとおりである。ヘモンの初期の紹介者のひとりである柴田先生と本書を世に出すことができたのは幸運だった。私事になってしまい恐縮だが、二十年前、まさに柴田先生の翻訳のゼミで私はヘモンの短篇を訳していたことを思うと今回の訳書の刊行には特別な感慨がある。

訳書の編集・出版は書肆侃侃房の田島安江さんが引き受けてくださった。こちらも私にとっては僥倖だった。

本書の刊行を機に、ヘモンの作品が既刊もふくめ日本の読者に楽しんでもらえるきっかけになれば、訳者にとってそれ以上のよろこびはない。

■著者プロフィール

アレクサンダル・ヘモン（Aleksandar Hemon）

1964年、旧ユーゴスラヴィアの構成国だったボスニア・ヘルツェゴビナ社会主義共和国の首都サラエヴォで生まれる。大学卒業後、メディア関係の仕事を経て、1992年に文化交流プログラムによって渡米。滞在中にサラエヴォがセルビア人勢力によって包囲されたことで帰国不能になり、そのままアメリカに留まる。母語ではない英語で作品を発表するようになり2002年に発表した長編『ノーホエア・マン』で高く評価される。ほかの代表作に『ラザルス計画』（未訳、2008年）や『世界とそれがかかえるすべて』（未訳、2023年）などがある。現在はプリンストン大学でクリエイティブ・ライティングを教えるほか、『私の人生の本』のようなエッセイ、音楽、映画・ドラマ脚本といった分野でも活動している。映画『マトリックス　レザレクションズ』ではラナ・ウォシャウスキー、デイヴィッド・ミッチェルと脚本の共同執筆も務めた。

■訳者プロフィール

柴田元幸（しばた・もとゆき）

1954年生まれ。東京大学名誉教授、翻訳家。ポール・オースター、スティーヴン・ミルハウザー、レベッカ・ブラウン、スチュアート・ダイベックなどアメリカ現代作家を中心に翻訳多数。著書に『アメリカン・ナルシス』、訳書にジョナサン・スウィフト『ガリバー旅行記』、マーク・トウェイン『ハックルベリー・フィンの冒けん』、エリック・マコーマック『雲』など。講談社エッセイ賞、サントリー学芸賞、日本翻訳文化賞、早稲田大学坪内逍遙大賞を受賞。文芸誌『MONKEY』日本語版責任編集、英語版編集。

秋草俊一郎（あきくさ・しゅんいちろう）

1979年生まれ。日本大学准教授。専門は比較文学・翻訳研究など。著書に『アメリカのナボコフ――塗りかえられた自画像』、『「世界文学」はつくられる　1827-2020』、訳書にドミトリイ・バーキン『出身国』、ウラジーミル・ナボコフ『ナボコフの塊　エッセイ集1921-1975』、アレクサンダル・ヘモン『私の人生の本』、ホイト・ロング『数の値打ち――グローバル情報化時代に日本文学を読む』（共訳）など。

収録作品初出誌

島　　柴田元幸訳、柴田元幸編『昨日のように遠い日　少女少年小説選』
文藝春秋、2009 年
アコーディオン　　柴田元幸訳『Monkey Business』4 号、2009 年

翻訳の分担は下記のとおり。

柴田「島」「アコーディオン」「コイン」「ブラインド・ヨゼフ・プロネク&死せる魂たち」

秋草「アルフォンス・カウダースの生涯と作品」「ゾルゲ諜報団」「心地よい言葉のやりとり」「人生の模倣」

ブルーノの問題　The Question of Bruno

2023 年 11 月 13 日　第 1 刷発行

著　者　アレクサンダル・ヘモン
翻訳者　柴田元幸・秋草俊一郎
発行者　池田雪
発行所　株式会社 書肆侃侃房（しょしかんかんぼう）
〒 810-0041 福岡市中央区大名 2-8-18-501
TEL 092-735-2802　FAX 092-735-2792
http://www.kankanbou.com
info@kankanbou.com

編　集　田島安江
DTP　藤田瞳
印刷・製本　モリモト印刷株式会社

ISBN978-4-86385-596-0 C0097